独角娃东行记

Advertures of Single-horned Lad to the East

Written by ZHU Yin-zhou and ZHU Yan-lin

朱银周
朱彦霖 著

云南出版集团公司
云南人民出版社

故事梗概

元朝末年，战争频发，华龙村的村民华天民夫妻俩生下了一个头上长角的孩子——独角娃。当夜吓死母亲，村民视独角娃为妖孽，把战争和自然灾害造成的许多灾难都归咎到独角娃头上。华天民为了躲避村民追杀独角娃，不得不躲到山中。战争造就物质匮乏，在独角娃五岁那年，在一个风雪交加的日子，华天民为了寻找食物，死于饿狼之口。

战争进程中，村民都逃难去了，村子已经成为了空村落。独角娃不得不独自寄居在山神庙中。但他的秉性极度聪明和勤勉，沿袭父亲教授的良好生活习惯，不断自我学习各种知识，特别是不忘修身，不忘积德，养成极好的道德素养，练就了高强的武功和获取了其他各方面的丰富知识，为以后东海之行积聚了各方面的条件。

独角娃在山神庙中生活的日子，结识了生命即将走到尽头的东海龙王的第六个儿子——霸下。两人在患难过程中，建立了良好的忘年交情感关系，向霸下学到了一些知识和魔法。为了便于独角娃前往东海龙宫讨要增寿龙珠，霸下认独角娃为义子。

战争缓和之后，返回的村民多次要斩杀独角娃，巫师巫芭拉设计逼独角娃上九阳山去铲除危害一方的千年蟒王塔拉，被独角娃大败，结果并未被村民认可，逼得独角娃只有和霸下联手，准备做一些正义的事业。可惜霸下生命已经快要走到尽头。为了让霸下能多活六百年，独角娃毅然承担起到东海，向霸下的父亲东海龙王讨要增寿龙珠的重任，同时可以避免和村民的正面冲突。

独角娃一路历尽千辛万苦，经历了极度艰苦的自然环境，翻过雪山、穿过草地、穿越林海、走过沙漠、翻越莽原、踏过火山、跨越深海等各种原始的地方，每个历程都留下了一段磨难的故事。领略了沿途的自然风光、风土人情，凭借个人的聪明才智和不屈不挠的精神，战胜各种艰难险阻，成功抵达东海。

东海环境险恶，正值各路神仙游历大山名川归来，聚集在东海龙王的水晶宫中，品美食、饮佳酿，鉴赏各种宝贝，气氛极为热烈。独角娃在此时段进入龙宫，和平讨要增寿龙珠未果，依靠一路获得的法宝和霸下交与的宝贝，和东海龙王展开一对一的对决。偶有其他神仙介入，但都以东海龙王和神仙失败告终。经过两天的恶战，独角娃彻底战胜东海龙王，逼迫东海龙王交出增寿龙珠。东海龙王在被逼无奈的情况下，被迫交出假的增寿龙珠给独角娃。独角娃为了快速返回华龙村，强逼东海龙王驮自己返回。不料东海龙王见到了阔别多年的霸下，心有所触动，取出了真正的增寿龙珠，使霸下的寿命得到了六百年的延续。独角娃和霸下终于可以真正联手，为正义开始了新的征程。

故事紧紧围绕正义和道德展开，通过各种苦难进一步锤炼主人公的整体实力，已达到出神入化的程度，塑造出一个身体有缺陷，但正义、道德不打折，贯穿正义总会战胜一切邪恶的线索，把一切正义的力量赋予孜孜不倦、努力学习的独角娃。对青少年励志有一定的作用。

Synopsis of Adventures of the Single - Horned Lad to the East

In the last years of the Yuan Dynasty, people suffered much from chaos caused by continuous wars. In Hualong Village, a couple gave birth to a special child who had a single horn on his head. He was therefore called Single - horned lad. Single - horned lad's mother died on his birthday because she was terrified out of her senses by her handicapped child, and people in Hualong Village regarded Single - horned lad as demon or misfortune. They blamed Single - horned lad for the wars and all sufferings and they wanted to get rid of him and his father, Hua Tianming. In order to escape from people who ran after him, Hua Tianming had to hide himself in mountains nearby. When Single - horned lad was five, the war situations got worse and worse. On one cold and stormy night, Hua Tianming, Single - horned lad's father, went out to find something to eat but was killed by a starving wolf.

In the process of various wars, villagers all escaped out of the village. Single - horned lad who lost parents had to live in the Shanshen Temple, one of little temples used for sacrifice at that time. Because of all good habits getting from his father, Single - horned lad obtained not only much knowledge but also developed into a moral person, which was necessary to his adventures to the East Sea.

In the days of living alone in the Shanshen Temple, Single - horned lad met the dying Ba Xia, the sixth son of the Dragon King of the Eastern Sea. Through many kinds of difficulties they experienced together, Single - horned lad and Ba Xia became good friends despite their great difference in age, and Ba Xia taught his Kong Fu knowledge and magic to Single - horned lad.

As the war situation eased, villagers came back to the village, but most of them still wanted Single - horned lad dead, so they tried many ways. For instance, witch Ubala forced Single - horned lad to kill the snake king Tara in Jiuyang Mountain, which was a very evil deception. Single - horned lad defeated

Tara, but villagers still did not change their mind to kill him. Hence Single – horned lad had to cooperate with Ba Xia to fight for justice in just means, but what disappointing was that dying Ba Xia just had a few days to live. In order to extend Ba Xia's life, Single – horned lad decided to find the Dragon Ball in the East Sea, a magic ball that would give another six hundreds years of life to Ba Xia.

After experiencing untold hardships, Single – horned lad finally reached the East Sea. In the whole process, he overcame countless difficulties and left many impressive stories and legends.

East Sea is an extremely dangerous place. At the time of Single – horned lad's arrival, East Sea was filled with many fairies coming from different places. They came together in the crystal palace, ate fancy food, drank best wine, and appreciated fancy artifacts. At this moment Single – horned lad choose to step in the crystal palace and asked the Dragon Ball from the Dragon King of the Eastern Sea patiently, but he was rejected immediately. Single – horned lad therefore decided to fight against the Dragon King of the Eastern Sea for the Dragon Ball. After two days' fight with the Dragon King of the Eastern Sea and other fairies in the crystal palace, Single – horned lad beat all of them in the end and the Dragon King of the Eastern Sea agreed to give the Dragon Ball to him. Just as everyone's expected, the ball given by the Dragon King of the Eastern Sea was a fake one.

Single – horned lad forced the Dragon King of the Eastern Sea to go back to the Hualong Village with him, because he thought this could be a fast way back. At Hualong Village, the Dragon King of the Eastern Sea met Ba Xia, his own long parted son. This unexpected reunion touched the King's heart so deeply that he decided to give his own son the real Dragon Ball, which enabled Ba Xia to live another six hundreds years. Ba Xia and Single – horned lad therefore live together and could have chances to do many justice things.

This story is built around justice and morality. Through different kinds of sufferings in the main character's life, a handicapped but with strong morality, diligent and just Single – horned lad is shaped. This is a good inspirational book for teenagers.

目录

第一章 妖魔降生惊世人 庙宇成长苦修行 …… 1

第二章 修身习武德先行 霸下相救忆往事 …… 15

第三章 雷鸣山作法走火 山神庙备战授计 …… 33

第四章 九阳山智斗塔拉 华龙村设宴庆贺 …… 50

第五章 宗祠设计除妖孽 受重托认父东行 …… 62

第六章 初上路复仇群狼 刚出道搭救弱女 …… 75

第七章 大漠漫漫路难寻 幻觉奇异破迷阵 …… 90

第八章 桃花湖水深千尺 西域女王助东行 …… 96

第九章 寻路误入古墓葬 心诚敲开通天门 …… 109

第十章 山摇地动逃命忙 毒气漫天险丧命 …… 121

第十一章 泛舟布迪湖逃命 跨越大峡谷坠落 …… 130

第十二章 比武招婿除恶霸 文韬武略定天下 …… 143

第十三章 丛林深处路难寻 食人族里偶复活 …… 173

第十四章 龙宫亮宝群仙惊 东海对决夺宝贝 …… 183

尾 声 …… 213

第一章　妖魔降生惊世人　庙宇成长苦修行

元朝末年，京畿大雨，遍地饥民流离失所。至正四年，黄河三次决口，黎民百姓淹死无数，饥民遍野。轰轰烈烈的农民起义的烈火燃遍中原，战争的硝烟向四处扩散。百姓缺衣少食，瘟疫盛行，饿殍遍野。风雨飘摇中不可一世的元朝大帝国摇摇欲坠，苟延残喘。

话说华龙村乃龙氏之后，带有皇室的高贵血统。村中有三种姓氏，大多姓华和龙，少部分姓夏，取村名之意乃为华夏之龙，囊括了村中的两大姓氏，两族人皆大欢喜，夏姓人少，也无可奈何，只好默认眼前的现状。据说此村曾经出过一个名贯四海的皇帝，皇帝从小就离开村子，后来参与战争，夺取天下当上了皇帝。由于历朝历代纷繁的战乱和识字人少，加之没有确切的记载，姓甚名谁已经无从查考，只留下点点滴滴的往事。为了纪念此皇帝和激励后代，村名就此一直沿用下来。关于皇帝的口头传说历经各朝各代后更加完美，甚至赋予了很多毫不相关的往事，有血有肉，但凡华龙村的村民，出生后能言语者，皇帝的传说就是人生中的第一课，这是族人引以自豪的经典的遥远传说，都不厌其烦地重复着同一个话题。

华龙村也没有因为带有皇室血统幸免于难，反而成了战乱和灾祸的中心地带，名副其实的重灾区。洪水过处，庄稼绝收，瘟疫肆虐，民不聊生，悲惨之状罄竹难书。壮丁都已经被抓去参战，剩余村民有体力的四处逃走，躲避战乱，寻找活路，整个村落就剩下无法逃走的老弱病残、部分妇女和儿童，已经将死亡置之度外的这群人正在忙于洪水过后的耕种。可是辛勤劳作种出来的粮食被征粮士兵掠夺一光，整个村落已经透出一种死寂沉沉的衰败和阴森。唯一让人欣慰的是几户富庶人家还透出一丝的生机，几个下人正在筹备打仗分派的物资，袅袅的炊烟爬上屋顶，几十匹驮运货物的骡马在院落的空地上啃着草皮，不时发出一阵阵撕咬的鸣叫，还混杂着赶马人粗鲁的呵斥声，以及清脆的皮鞭抽击声。

华天民已经年近四十，年龄不算大，可是两鬓隐约可见斑斑白发；有些麻木的神情看起来有几分迟钝，整张脸庞像糊了一层黑乎乎的锅烟，时不时眨巴的眼睛还能感觉到生命气息的存在；弯虾一样弓着背，破烂而脏兮兮的土布衣裤看起来好像从破败的砖窑中刚拎出来，特别是系着的腰带就是一根粗大的草绳，避免了站立时裤子下滑；再次破裂的补丁自然下垂着，在风中来回扇动。他看起来感觉更老，更无力。他膝下无子，虽然以前生了几个孩子，但出生不久就夭折了，老来膝下无子在灾荒年月意味着无人养老送终，这种痛苦莫过于百虫钻心。他只好一次次求助于巫师，祈求上苍再次降子与他。但将近三年的努力似乎银子花了，收效甚微，搅得两口子精神有些萎靡。

最终老天爷还是显灵了，华天民的妻子又已经身怀六甲，临近分娩，又一次激发着华天民的美好梦想和对生活的憧憬。他更加勤快了，只是心绪有些复杂，生怕孩子再有个三长两短而显得忧心忡忡，提心吊胆。他只好把希望寄托在各路神灵之上，每天早晚都要烧香，看着袅袅升腾的烟雾心里得到了莫大的慰藉，祈求上天给予他最后的机会，盼望孩子平安降生，健康成长。为了逃避抓壮丁，华天民白天一早烧过香之后就躲在深山里，顺便打猎，寻找些野食，到夜晚才摸索着潜回家，挑着满满一担山货，山鸡、野兔、野核桃等什么都有，日子还算勉强应付。有几次，抓壮丁的士兵改在后半夜行动，华天民被狗吠声惊醒之后，急忙从后墙翻出悄悄溜走，跳进水潭潜伏在水草中，才得以侥幸逃脱。这样的情形，他想起来心里难受至极，不知以后还有没有这样的好运，看着即将降生的孩子和病痛中的老婆，生活在惊恐和无端忧虑中的男人偶尔也会发出几声干号，长吁短叹的声音预示着未来充满着恐惧。

盛夏的夜晚并不平静，撕裂天幕的闪电过后，炸裂的霹雳仿佛就在屋顶开花，震得地动山摇，撼动着整个阴郁的世界，接着就是倾盆大雨，本来就泥泞的乡村小路又被白花花的雨水覆没。已经夜里戌时，大雨变小了一些，有停歇的一丝迹象，但依然淅淅沥沥地下着。妻子临产，在房中木板床上痛得翻来覆去，痛苦的呻吟声隐没在滴滴答答的雨声中。华天民斜靠在厢房一角的柴禾上，抽着旱烟，一明一暗的烟火点亮着闪电过后的黑暗，等待着延续香火的孩子出世，心绪异常复杂，难以平静。他心里反复琢磨着是男娃好还是女娃好，不断传回战争的噩耗是很多男儿战死沙场，成为了野狗的野餐，死无葬身之地，他觉得还是女娃好；可是他心眼里固有的观念还是觉得男娃好，可以延续一家人的香火。矛盾重重，想起以前刚出生就死去的孩子，他无奈地闭上眼睛，痛苦的泪水一直流到嘴中，茫然不知如何应对未来，面对尚未出生的孩子，他的心中充满了无限的惆怅，心绪就一阵阵紧蹙起来。

接生婆已经五十多岁，腰板还算硬朗，嘴里喋喋不休。她先是责怪华天民烧香心不诚，烟雾一冒就求下一场大雨；而后又怪华天民一辈子尽遇霉运，老婆生个孩子都要被“安排”在电闪雷鸣的雨夜；华天民不理会她，最后她只好喃喃自语，咒骂着鬼天气，加上华天民的老婆难产，她忙得满头大汗，不知如何是好。

“哇”的一声，华天民从墙角跳了起来，来不及抖落烟灰，就冲进房中，伸头想看个究竟。接生婆突然改变态度，笑呵呵地说道：“还是一个带把的，壮实得很，未来前途无量呐，天民，你两口子算是老天爷开眼，老了还修来这样的好福气呀。”

华天民哪里还听得进接生婆唠唠叨叨的言语，急忙取来靠墙的烛台要看个究竟，借着半截蜡烛的微弱的光芒照亮新生孩子额头的时候，接生婆突然惊叫道：“妖怪，妖怪，长角的妖怪！”这一嗓子划破了黑沉沉雨夜的寂静，就如快刀劈开了眼前的布帘，画卷一般展开了新的一幕从未遇到过的恐怖景象。

原来新生的孩子的头上长着独角，足有十公分高。接生婆的惊叫，孩子头上的长角，本来就虚弱的华天民的老婆如何能承受得住如此沉重的打击，当夜就被吓死。一场突如其来的灾难几乎压得华天民近乎绝望，几度要自我了断，准备离开这个没有人情味的残酷世界，还是孩子孱弱的哭声拉回了心灰意乱的华天民。无论如何，为了孩子，决定好好先活下来。

华天民家生了一个怪胎的事情很快传遍了方圆几十公里的村庄，还克死其母，煞气太重，这绝对不是一个好兆头。整个村落开始弥漫着一种恐怖的气氛——妖孽出世，村落要遭受厄难，甚至是灭顶之灾，霉运将会接踵而至。一种不祥的气氛预示着村民的极度不安，同时也意味着孩子将会前途未卜。

村民内心担心的事情还是出现了，先是前线大批受伤的战士被运回，居然一个也没有存活下来；接着是千年龙潭之水莫名其妙一夜干涸，这是千年从未发生过的事情；尔后是母鸡白天啼鸣，一齐飞上树梢；再后来彗星出现，扫把星直指华龙村；接踵而来的铺天盖地的蝗灾，把村民辛辛苦苦种出来的快要成熟的稻谷洗劫一空；大蛇搬家，青蛙集体出洞……最终酿成瘟疫四处传播，谣言四起，彻底把村民们的精神支柱摧毁了，愤怒的波涛不知道要延伸到何方，总要寻找一个可以宣泄的对象，找到一个可以担负责任的事件。

村民们开始到处查找原因，不知道得罪了何方神圣，竟然要降罪于华龙村的村民，村民们百思不得其解。村民们还是找到了源头，罪恶的源头共同指向了独角娃。接生婆是直接见证人，她抽着旱烟，枯黄的牙齿早已经掉了几颗，干瘪的嘴使劲地吸着烟嘴，喷薄而出的烟雾熏得她微闭着耷拉的眼皮，满脸皱褶的面庞随着嘴唇的一张一合一齐鼓动，绘声绘色地描述着当夜接生的情景。周围是里三圈外三圈的村民，都聚精会神地听着她不紧不慢的唠唠叨叨的叙述，特别是小孩，听得一阵阵惶恐，接连不断地向接生婆提出疑问，希望接生婆揭开好奇的谜底。

事也凑巧，村民突然看到一线希望，就如抓到救命稻草一般。寺庙中粮食紧张，一和尚来村中化缘，据传是一位得道高僧，头顶仙气，脚踩灵土，在当地德高望重，有很好的口碑，好事的村民顺便求助于高僧大师。大师慈眉善目，手捻佛珠，口里抑扬顿挫喃喃念道："世道不平世人评，魔王转世妖孽生，祈求上苍一把剑，斩杀冤孽定乾坤。"比手画脚，形容阴森，语言隐晦，大家想要问得更明白更直白一些，高僧低头念道："阿弥陀佛，上苍之意不可违，顺天者生，逆道者亡，古今同理，好自为之。"高僧摇摇晃晃，自言自语地走了，留给村民一头雾水，不知道如何是好。

村民事后传得更为玄乎，说高僧是天神显灵，授意天机给华龙村。这四句话开始在村中广为流传，被人们作出不同的解读，但得出的结论是何等相似——独角娃就是这场灾难的罪魁祸首。唯一的救赎方法就是要斩杀"冤孽"，才可以拯救整个村子的未来。这种共识已经逐步深入每户村民心中。村民如坐针毡，睡卧难安，如鱼刺哽在喉咙。

自从独角娃出生吓死母亲之后，就一直由父亲华天民抚养，父亲顶着村民异样的眼光，艰难地抚养着独角娃。华天民整天忙于照看独角娃和打理田地，已经精力憔悴，哪里还顾得查阅古籍给他取名，更没有心思讨教算命大师，就顺嘴叫他独角娃，无非就是一个语言符号而已。只是独角娃长势异常迅速，天资聪敏，不同于一般的孩子。

华天民毕竟上过几年私塾，还算识得几个狗屁字，认识读书的重要性，在村里红白喜事还帮着亲戚朋友写写对联，记记账，也算是一个知识人。如今生了这么个娃娃，亲戚朋友都不敢往来了，平时路上或桥上遇见，都要躲得远远的，生怕惹上这股妖气，祸害一家人。华天民实际上已经与村民和亲戚变相断绝了关系和往来，唯一和他相依为命的就只有独角娃。每到夜晚，华天民就轻轻拍着独角娃的臂膀，口里喃喃自语：

独角娃，独角娃，
头上一只尖尖角，
地下两只厚厚脚。
上通天，下立地，
角儿尖尖有智慧，
腿儿敦实聚灵气，
眼儿穿透天地间。
肩挎弓，背背剑，
斩尽妖魔成天仙。
心间聚德行天下，
胸怀大志走四方。

高僧的言语太过于隐晦，村民们想杀独角娃，可还是找不到十足的理由，只好暂时搁浅计划。一天，一个路过道士的一番话再次激起村民痛杀独角娃的决心，商定尽快铲除独角娃。原来，道士经过华龙村，眼看夕阳西下，焦急中找不到一个安身之所，腹中饥肠辘辘，不得不到村民家中求食投宿。此时正是青黄不接之际，先是遭受水灾，然后是蝗灾，村民家中只有靠野菜、蝗虫和其他野果为生，哪还有饭食给道士，道士拂尘一扬，愤怒地说道：“妖魔转世，食尽人间衣禄，夺其富贵，饿其体肤，伤其筋骨，洪水齐屋，霍乱不止，地裂黑烟出，黄金变石头，无德乎！祸将至，天意也！”说尽极其恶毒的语言，饿着肚皮连夜离开华龙村，头也不回，眼神中流露出极端的蔑视。

村民们虽然不懂道士的晦涩的言语，但“妖魔转世”和“祸将至”听得很真切，结合高僧的一番话对独角娃的憎恨更胜一筹，必须要尽快铲除妖孽独角娃，才能确保全村相安无事。先是在村口搭台作了一场法事，祈求上天赐予平安幸福。可是天灾人祸的严重局面并没有好转，反而有加重之势。全村人只好悄悄聚拢，酝酿如何铲除妖孽，化解全村人面临的厄难。几次想亮剑铲除妖孽，只是恐于妖孽的魔力，只好寄希望于法力无边的人士，用强大的法力铲除妖孽将会是斩草除根的最佳策略。

法力无边的人在村中就算巫师了，这种责任只有他能够胜任，也就只有在这关键时刻，巫师的一言一语将会左右整个村落的未来。巫师法名叫莫力，身材矮小，皮肤黝黑，眼眶深陷。口若悬河，滔滔不绝能讲三天三夜也不感到累。他原来经商，贩运些小商品到京城，然后又顺道带上些城里的稀奇玩意到乡下倒卖，累积了一些财富，生意越做越大。赚钱的欲望急速膨胀，四处借债扩大生意，意欲靠本大利大猛赚一把。后来的一次大买卖不幸遭遇强盗，钱财和货物被洗劫一空，就连几十匹骡马也被掳走，变得一无所有，债台高筑，生计变得极度困难。后来有幸遇到一位法师，投身学起了法术，演变为华龙村的大法师。加之以前经商的广泛见识，经常说起外面世界的奇闻怪事，村民听得目瞪口呆。把他当做救世主一样，他在村民中的威信很高，口碑很好。

只是不幸的是莫力前段时间染上瘟疫，整天躺在床上说胡话，时清醒时混沌，眼看将不久于人世，家人已经准备好后事。听说莫力将骑仙鹤而逝，整个村落已经感到无助，精神世界将要崩溃。特别是独角娃的降生，莫力又躺在床上，谁能阻挡强势的妖孽？看来只能寄希望于莫力出现奇迹，重新康复如初。

奇迹还真的出现了，莫力居然躲过了瘟疫，能够下床走路了，只是咳得厉害，有时咳得泪水盈盈，就连手中拄着的拐杖也有些颤抖。一个月以后，情况大为好转，莫力已经开始在家中生火煮饭了，在佛龛前祈祷烧香。这个消息不胫而走，先前莫力刚得病时村民不敢靠近莫力，生怕染上瘟疫，能躲多远就躲多远。如今主动上门到莫力家拜访，嘘寒问暖，夸大其词地把独角娃的事情反复渲染，就连高僧和道士的话语也道听途说地重复了不知多少遍。莫力不嫌烦，为能成为村民心中的丰碑感到莫大的高兴，掐着手指来回推算，用极为专业的阴阳术语解释着村民心中的疑问和困惑。

独角娃的事情使莫力大为窝火，堂堂华龙村岂能为妖孽所困，实为笑话，为外村人耻笑。莫力身体还未痊愈，为了保全他的声誉，就开始着手研究起斩杀独角娃的方案来。没过几天，还真的制定好了缜密的计划，就待具体实施了。莫力三天两头聚众在村口作法，派村民盯梢华天民，在合适的时候将实施斩杀特别行动。

华天民已经早有耳闻，整天忧心忡忡提心吊胆，生怕独角娃死于村民之手。他就在村民忙于举办法事之机，背着独角娃就往深山里钻，顺着他熟悉的偏僻小路，一颠一拐地往前走，争取在天黑之前躲到深山里。实际上，华天民想错了，早早就有村民盯上了独角娃，一则因为有莫力的精心安排，二则近来有几家村民接连好几人都莫名其妙死于非命，只好迁怒于妖孽独角娃。

华天民没有逃出村民的视野，他被村民抓住之后，连带独角娃一起押到村口山神庙的平台上。两个村民押着华天民，襁褓中的独角娃哇哇大哭，哭声响亮如钟，头上的独角一阵摆动。台上一角的巫师莫力一时为处决独角娃的方式十分为难，有人提出使用上吊的方式，有人提出用砍头的方式，还有人提出用溺死的方法，甚至有人提议丢入毒蛇洞中……各人都提出自认为最合适的措施，各抒己见，结果都被莫力一一否决了。莫力自认为人死还有灵魂存在，灵魂和肉体一起毁灭才是最佳方式，特别是处决妖孽更是如此，务必做到斩草除根，万无一失。独角娃生是华龙村的妖孽，死是华龙村的鬼，务必妥善处置，大意不得。

莫力按照日月星辰的最佳位置摆下法阵，穿红戴绿，仪表威严，头顶上的阴阳帽巍然向天。他举起双臂，迎着太阳的方向，不断比划着，像是在向苍天祈求什么。而后双膝跪地，一阵深情的朝拜，喃喃自语。然后转向众人，声情并茂地说道："我刚才和上天对话，得到了上帝的旨意，对待妖孽，最好的方式就是用火烧，肉体和灵魂一齐从天堂和地狱中双双毁灭，永世再也见不到妖孽的化身，这才是我们最期盼和乐意接受的方式。退一万步，即使失败了，至少也要把他压在十八层地狱之下，永世不得翻身。”

村民伫立凝听，深信不疑的目光望着莫力，互相传递着极度的满意和赞美之词。从此，华龙村有了坚强的保护盾牌，不会再受到妖魔的伤害。

华天民不知什么时候已经被绑在台角的一棵石柱上，作为妖孽的罪魁祸首，理应受到一样的处罚，才会彻底根除祸害的根源。只是莫力的年龄大了或是大病初愈，一时忘却了他的存在，得以让他有几分的安静。可是内心的痛苦使他一阵阵昏厥，低垂的头，拖着长长的发辫，仿佛死去一般。独角娃是他的命根子，不能受到任何伤害，宁可他自己死，也不愿意独角娃过早地死在莫力手中。这种即将失去爱子的折磨使他精力憔悴，无助又义愤填膺，已经数度昏厥。

莫力命令村民们准备柴禾，还有生石灰、铁钉、木板和符咒。在夕阳来临之前，要给上天一个满意的交代，这样，才不会让死亡的灵魂在黑夜中复活，在村落中游荡，伤害村民。

台下的香火已经腾腾燃烧，和着哗啦啦的风，弥漫着的烟雾已经向苍天发出处决的信号。襁褓中的独角娃不断蹬着小腿，已经趋于声嘶力竭，沙哑的哭声撕人心肺，嘴唇已经青紫色，不知能不能熬到处决的那一刻。莫力不断在台上舞动着长剑，一会剑指苍天，一会剑戳大地；一会呼号，一会喃喃自语；一会抛撒着纸钱，披头散发的样子显得相当卖力。直到台边的两炷香燃烧将尽，他才双臂用力一挥，说道：“剿灭妖孽的时辰已到，是吉时，这是上苍的旨意，各就各位，准备动手。”他用手指一指台下的柴堆，用生硬的语言命令村民再向其中多添加一些柴禾，特别是干桃木，可以镇妖。

台下已经站立了两个时辰的村民没有完全看懂神秘莫测的莫力的法道，一种信赖的眼光随着莫力的步伐游走，想要从中尽力揣摩出其中的奥秘，始终无法做到。看着幼小的独角娃无助扭曲的身体不知是悲是喜，听着独角娃细弱的哭声有一种揪心的痛。可是面对他头上伸出来的长角就想到了妖孽，联想到遭受妖魔厄难而死去的人们，然后就坚定了追随莫力的信心，鼓足了斩杀独角娃的力量和决心。

一切已经准备就绪，七色旌旗在风中呼呼作响。台下莫力的两个徒弟已经就位，举着火把，就等待师傅的号令。莫力围着台子最后作了一圈法，然后表情冷峻而严肃地说道：“上天旨意，为了创造一个国泰民安风调雨顺六畜兴旺的好局面，剿灭妖孽的行动正式开始！”

独角娃连同襁褓一同放置到柴垛的顶上，哇哇的哭声响彻云霄。莫力的两个徒弟举着火把准备从两侧点火。柴不是太干燥，火几次都没有点燃。独角娃在柴垛顶上滑动了一下，似乎已经意识到死亡的正式到来，吓得莫力的徒弟的手颤抖了一下，火还是没有立刻点着。

意料之外的事情还是发生了，来得很突然。三支呼啸的箭从遥远的方向飞来，两个点火的小巫师还来不及点燃柴垛，就已经在柴垛边倒地气绝。莫力似乎发现了什么，犹豫了一下，准备逃走，没想到第三支箭已经从后面穿胸而过，还来不及反应，就向阎王爷报到了。

当村民反应过来的时候，如鸟兽散，一溜烟跑回家，紧紧关上大门，再也不敢轻易走出半步。

远方的硝烟一阵阵燃起，元军和起义军的交战打得正酣，人仰马翻的哀鸣声由远及近，整个村庄顿时淹没在你死我活的战争洪流中。突然逼近的战争拯救了独角娃，父子俩得救了。独角娃留住了最后一口气，暂时艰难地生存了下来。

痛苦的战争让村民暂时忘却了妖孽，可是来势汹汹的瘟疫夺走了很多村民的性命，整个村落已经死寂沉沉，硕大的老鼠对着苟延残喘的人们虎视眈眈。华天民已经无法在村中生存，就躲到一个山洞中，幸运地躲过了这场夺命瘟疫。这个山洞就处在离村几公里的后山上，华天民在逃避抓壮丁时的隐秘根据地。当时为了打持久战，他在其中藏匿了很多粮食和腌肉，广积粮，多多益善，想不到这个山洞在最艰难的时候反而成了他和独角娃生存的家。

天无绝人之路，幸运有时还很眷顾落难之人。独角娃和华天民父子俩不但躲过了瘟疫的侵袭，而且因为有一些储备粮，顺利地越过了寒冷的冬天。华天民看着独角娃，内心一阵欣喜，血脉相连的情感在两人的心际间流淌交汇。孩子已经会咿呀学语，在山洞门口爬来爬去。每天夜晚，华天民就为独角娃讲一些代代相传的奇闻怪事，唱着单调、周而复始的歌曲。

独角娃似乎已经习惯了，华天民的歌声一旦唱响，他会安静地睡去；即使无法入眠的夜晚，总用生硬的言语问这问那，华天民总不厌其烦尽其所能地为独角娃解释。

来年，战争的号角声已经听不到，村庄的墙顶上和院子中已经长满了蒿草，壁虎贴在密密麻麻的蛛网边的屋檐下一动不动，忙着捕食蚊虫，几条野狗无精打采的咆哮声一阵紧过一阵。

山边几株桃花已经预示着春天的来临，荒芜的田地中小草开始露出土面。华天民还是带着独角娃躲在山沟的山洞中，虽然躲过了寒冷冬天的饥饿，可是开春之后粮食的匮乏已经威胁到独角娃的成长。华天民挂在洞顶上的几条口袋里储存着稻种、苞谷种、大豆种和油菜种，这是他寄予新一年的希望。他在饿得两眼冒金花的时候也没有打过吃掉种子的主意，但此刻，为了独角娃，华天民时时刻刻在考虑用稻种为独角娃熬一点米粥。最后种子还是被留了下来，拯救种子的是山边一家人遗弃的芋头，着实让父子俩打了几天牙祭，不但吃饱了肚子，而且还留出一些做种了。

两年过去了，独角娃比一般的孩子健壮和聪明得多，已经能够跑来跑去，跟在华天民身后，亲切地叫着“爸爸”。华天民感到一阵激动，内心顿觉幸福无限，缓解了失去爱妻的痛楚。有时他用一根草绳背着独角娃，一路撵着野兔，运气好时，或许还可以打到一两只野兔，改善一下生活。在无事时，华天民就用树枝在地上教独角娃认字，教独角娃背诵《三字经》、《千字文》、《百家姓》和《明贤集》。华天民有时想模拟他小时候上私塾的方式，在山洞前的石壁上用木炭教独角娃识字。独角娃识字很快，整天跟在华天民后面，嘴里还不断重复着华天民教的字。用不了多长时间，所学的内容理解透彻，背得滚瓜烂熟。华天民只好开始逐渐教他四书五经，各类兵法之书。

华天民还特地为独角娃制作了一张小弓，虽然独角娃拉不满，但可以操练射箭技术。在特别清闲的时刻，华天民还取出心爱的宝龙长剑来，在独角娃面前卖弄几手，惹得独角娃好奇之心与日俱增，也跟着一招一式地模仿。华天民会几招杨家枪法，就教独角娃来回演练，看起来有模有样。华天民收藏有一本《武林秘籍图谱》，独角娃找来木棒、刀枪，也跟着一招一式地模仿，体质渐佳。在枯燥山头的日子一点也不觉得寂寞，在兵荒马乱的年月，反而更觉意义重大。

五年后的夏天，天气异常酷热，大地似乎要燃烧起来。战事重新爆发，如火如荼，华龙村又再次成了战场前沿。华天民辛辛苦苦种的稻谷，盼望着能吃上饱饭的希望，尚未成熟就被战马吃个精光，连一粒种子也没有留下。华天民坐在山洞口，哭得地动山摇，不知道冬天将如何度过？懂事的独角娃就站在华天民面前，不断为他擦眼泪，嘴里自言自语地背着："离离原上草，一岁一枯荣。野火烧不尽，春风吹又生。"弄得华天民没有好气，想伸手发泄一下，可是还没有出手，就把独角娃一把搂在怀里哭了个痛快。

战争暂停后不久，气温逐渐下降，已经临近初冬，死尸遍野。华天民偷偷寻遍了全村人的田地，还是找到了几穗未被糟蹋的稻谷已经成熟，在初冬的寒风中格外显眼。华天民拿出旱烟袋，花了一个时辰，采集了仅剩的二三十穗谷种，小心翼翼地揣在怀中，留作来年的种子，心事重重地离开了谷田。

隆冬来临，天气异常寒冷，纷飞的大雪铺天盖地而来，白茫茫笼盖四野，就连洞门也被挡住，难以打开。独角娃已经五岁多，很懂事，深陷的眼窝，看着华天民郁郁寡欢的神情暗自垂泪。洞中没有一点存粮，风雪一天胜似一天，洞中一直燃烧的柴火几乎无法抵御寒冷。华天民半天要储备御寒干柴，半天忙于寻找食物。饥饿的狼群万分狂躁，整天在洞外的雪地上徘徊，狐性多疑的眼光时不时回头盯着独角娃，恨不得一口把独角娃叼走。为了预防不测，华天民在洞门旁放置了从战场上捡到的宝龙长剑，以对付来回窥望的森林恶狼。

独角娃在山头成长，虽然只有五岁多，可是力大无穷，他在洞门口放置了一堆拳头大的石头，还有几根称手的木棍，平时除了学习父亲教的文字外，就是舞枪弄棍，投掷石头。可是，今年如此多的恶狼，实在罕见，估计与天气异常寒冷有关。华天民为了父子的生计问题，披着用狼皮缝制的大衣和帽子，在腰上扎了一根草绳，别了一把腰刀，背着弓箭，手里提着宝龙长剑，准备外出抓点野味充饥。

北风呼啸，大雪纷飞，宛如漫天的飞絮一般，已经下了一整天的大雪。华天民原想中午就要出外寻找食物，期盼大雪早早停止。可是，一直

挨到午后大雪没有任何停止的迹象。洞外视线很差，华天民内心很矛盾。一整天独角娃吃了仅剩的一小块烤野兔肉之外，几乎粒米未进，深陷的眼窝让华天民痛楚。华天民已经一天没有吃东西了，内心的恐惧使他坚定了信心，在没有饿死之前，无论如何也要弄到食物，不然第二天早晨也许就起不来了。漫山遍野飞舞的雪花，难以看得很远。华天民决定把独角娃留在洞内，为他把火塘的木材加足，反复交代，生怕他害怕，还为他在洞壁点燃了松明火把。一切妥当之后，华天民伸出头探察了一下外面的大雪，然后金蝉蜕壳一样悄悄溜出洞外，反复检查洞门无恙之后，才蹒跚地在雪地中前行。大地上的雪已经没过了小腿，山腰处的雪就更深了，几乎无法前行。

华天民吸了一下鼻子，肩上扛着的宝龙长剑闪动着。就在他的身后，几只狼尾随着他。估计狼也是好长时间没有进食了，正在伺机发起攻击，对华天民的一举一动都观察得很细致。华天民原想捕狼为食，可是饥饿的躯体就连寒冷都无法抵御，更别说对付身旁的饿群狼，不被狼群瓜分就算幸运了。他只有把希望寄托在野兔身上，或许更现实一些，他不断地搜索着野兔的足迹。

华天民一步一步挪动着双腿，好不容易移动了近两里路，运气还不错，用箭射着两只肥大的野兔，他就用细绳拴着挂在脖子上，野兔的血顺着足迹滴在雪地里。身后的野狼越来越多，虎视眈眈地看着华天民脖子上的野兔，不断地舔着嘴唇，舔着雪地上野兔留下的血滴，时不时发出几声哀鸣，在空荡荡的山谷中回响。

风雪更紧了，视线更差。华天民准备返回，想着今晚可以让独角娃享受一下野味，雪地里还藏着一些马铃薯，原本打算作为下一年的种子，现在看来也管不了那么多了，先解决眼前的饥饿问题。就这么想着的时候，华天民迷路了，直到撞到一棵大树的时候，他才意识到几乎犯了一个大错误，好在及时察觉，不然今晚将会冻死在雪地里，成为饿狼的大餐。这棵大树他平常熟悉，只是如今大雪缤纷、包裹覆盖，远距离一时之间难以辨别，但大树没有被大雪覆盖的印记使他逐渐辨清方向。他镇静了一下，慢悠悠地调整了回家的方向，一深一浅地向前挪动着。

眼前的树木影影绰绰，由于饥饿，华天民走几步就要原地停一下，呼号而过的寒风刮得脸面生疼，手脚几乎冻僵，感觉有些不听使唤，有几次踉跄了一下几乎摔倒。他咬了咬牙关，想起饥饿中的独角娃，一股莫名的力气突然涌上来，他加速前行，后面留下了一串深深浅浅、歪歪扭扭的足迹，还有尾随的恶狼。

华天民已经看到了石洞的门了，特别是门前的老树，被雪压弯了腰，他感到亲切，毕竟那就是他的家。微笑的满足悄悄爬上心头，想起马铃薯炖野兔肉的清香，他本能地咽了一下口水，一种幸福的滋味飘荡在心头，看来今晚将不再难挨。

独角娃自从父亲外出觅食之后，他就没有安心，看着徘徊在洞口外狂躁的野狼，他感到一阵不寒而栗，有一种不祥的预感。他搬过一条小凳子，手里提着木棍，透过门缝扫视着视野能及的雪地。他很长时间没能看到父亲的身影，每一分钟都让他揪心。他坚信父亲能安然无恙地满载而归，满屋肉香的感觉真好。他咂了一下嘴，继续通过门缝期盼着父亲的归来，况且冬天白天短，天色已晚，独处的时间很恐怖。

临近傍晚时分，独角娃终于看到了熟悉的父亲的身影，除了一张脸庞之外，浑身上下都挂满了雪花。他内心充满无比的喜悦，期盼了两个时辰的努力终于得到了回报。他准备打开洞门，迎接父亲的凯旋，温暖的一夜即将来临。

华天民已经有几分麻木，饥饿和寒冷使他不由自主，只有坚强的信念控制着他的行动，他的心里不断地重复着独角娃的名字，好让自己坚强地保持一点意识。夜幕降临，风雪更紧，呼啸的寒风刮得树梢鬼哭狼嚎一般，飘荡的雪花东一阵西一阵乱窜。注定今晚将是不安宁的风雪之夜。

狼群极度狂躁，跟随了华天民两个时辰一无所获，饥饿的恶魔已经折磨得狼群万分疯狂，眼看着华天民蹒跚地带着野兔而归，狼群近乎绝望，再不行动，意味着将要在风雪之夜度过一个饥饿的不眠之夜。狼群一阵咆哮，互相抱怨，吐出猩红的舌头，半张的嘴对着天幕仰头嗥叫。群狼看着头狼，头狼又高又壮，敏锐的眼光死死盯着华天民，一刻也不能让他消失在视线之外。头狼突然一声尖叫，群狼停止了相互间的追逐，尾随头狼的脚步加紧了，深邃、凶狠、充满杀戮的目光盯着华天民，恨不得把华天民瞬间溶化了，变为口中的美食。

这一切，幼小的独角娃在门缝里看得真真切切，他已经窥透到狼群的阴谋，气得咬牙切齿，瞬间热血往上涌。他没有任何思索，抓起木棒就打开山洞之门，边跑边叫，提醒父亲注意狼群的疯狂。可是，父亲遭受极度的劳累和饥饿的双重折磨，就连在雪地里行走的力气也几乎消耗殆尽，哪还有闲心关注狼群的杀戮。也就在这一刻，头狼也预感到这是狼之家族今晚猎取食物的最好一次机会。机不可失，时不再来，说时迟那时快，发出疯狂的出击指令。群狼飞一般地冲到华天民的身后，头狼跳跃起来，对着华天民的脖子就是一口。其他狼瞬间就将华天民脖颈上的一对野兔叼走了，还疯狂地把华天民咬得面目全非，体无完肤。独角娃看得真切，他痛苦地抡起木棒，对准头狼就打将过去，头狼尖叫一声，逃之夭夭。群狼也瞬间跟着头狼消失在夜幕中，互相争抢着野兔肉发出一连串的追逐声……

独角娃花了好大力气，终于把父亲拖回洞中，但为时已晚，父亲已经听不见独角娃的呼唤和整夜的哭泣声……

第二章　修身习武德先行　霸下相救忆往事

独角娃失去了父亲，就等于失去了生活的来源和依靠，当面对荒凉的白雪皑皑的山脊和虎视眈眈的群狼的时候，痛苦的回忆使他泪流满面。面对着草草埋葬父亲的荒山坡，他恭恭敬敬地磕了三个头，扛着父亲的宝龙长剑，小心翼翼地装好打火石和一包心爱的书籍之后，擦去脸上的泪水，踏雪迤逦下山而去，开始了他人生中孤独漫漫长路的第一步。

战争几起几落，华龙村实际上已经成为了空村落，昔日是战争的前沿阵地，死伤战士拥塞了村子的通道，野狼和野狗盘桓其间。就连村前的山神庙，在战争的高峰期，这里也变成了最高的军事指挥中枢，骑兵的快马在庙前卷起的尘灰遮天蔽日，三日不散。

山神庙半倚着突兀的山崖，靠伸展悬空的山崖形成了一道空中屏障。石壁上前人雕琢了许多史事片断、名人轶事和诗词歌赋，使庙宇有几分灵性，又有几分玄机，历经岁月的洗礼，如今已经显得斑斑驳驳，有些模糊不清。如今已经人去庙空，只有泥塑菩萨还孤零零地眺望着远方，菩萨身上还留下一块块被长矛、大刀等兵器损坏的痕迹。庙中的空地上原是用条石砌起来的规整的平台，专门用于举办祭祀大典之用，如今满地留下凌乱的煮饭的临时锅灶和炭灰，以及丢弃的大量垃圾。外围是高高的石砌围墙，把整个山神庙隐匿在其中，只有威严高大的山神庙大门可以进出。偶尔也有逃荒之人到庙中过夜或者朝拜一下，但这种机会少之又少，香火就很难再度燃起。战争、瘟疫和自然灾害已经彻底毁了华龙村，只有硕大的老鼠成了村落中自由的“主人”。

独角娃下山之后，不知往哪里走，茫然不知所措感觉孤苦伶仃。在村子前的土路上来回转了一圈，连个人影也没有碰到，十屋十空，残垣断壁，萎蒿满地。野狗不怀好意的眼光让独角娃提高了警惕，他将宝龙长剑高高举起，威慑着踯躅而来的野狗群。饥饿使他再度对周围的一切进行认真观察，寻找可以找到食物的机会。以前都是父亲的责任，如今自然落到自己身上，为自己的安全成长自我做主。看到父亲死于饿狼之口，在安全问题上不能有半点大意。

饥饿容易使人点亮聪明的火花，独角娃也不例外。他无意中看到一家人破落的院落中挂着一张网，或许可以到未冻住的河流中捕到一点鱼。他溜到院子中，胆战心惊地取下网，决定到村后的大河中试试运气。他卖力地撒下第一网，湿网重量会增加很多，成人拉网都显得很吃力，更别说小孩儿了。当拉起网的时候什么也没有，只有几段枯树枝、鹅卵石和一些杂草。他感到万分失望，看着哗啦啦流动的河水有一种说不出的愤怒和无奈。他又尝试了几次，总算有了收获，拉起了两条小鱼，鱼很小，但多少增强了一点信心。冬天小河中水少一些，边缘已经被冻结，他相信总有机会逮到大鱼，坚持或许是最好的方法。一直坚守到后半天，他终于网到了一条很大的鱼，这是上苍赐予他的人生中的第一份慰劳，可以让他吃饱肚子了，一种踏实的感觉充斥在心头，暂时忘却了父亲之死带来的痛苦和无奈。

这是独角娃下山的第一天，他藏好渔网之后，提心吊胆地拎着鱼来到山神庙中，忐忑不安地打量着庙中的一切，确认一切相安无事之后，才用元军丢弃的一些柴禾点起一堆火，学会用打火石生火为他开创了生存的第一课，这得益于他的父亲不断教会了他在大自然中生存的本领。他把大鱼放在红彤彤的火炭上慢慢地烘烤，一股鱼香味四处弥漫。他反复翻动着大鱼，生怕烤焦了。还未等到大鱼全部烤熟，一大半鱼肉已经下到他的肚子中，剩下的一半原打算留作明天的午餐，有备无患已经成为了灾荒年月生存的法则。可是鱼肉的诱惑力实在太大了，他时不时偷一块敷衍一下馋嘴，不知不觉中剩下的大鱼肉都下到肚中。他并没有吃饱的感觉，相反，他依然感觉到饥肠辘辘。

独角娃吃过鱼肉之后，就得考虑晚上的住宿问题。他看着满目疮痍的山神庙的感觉很难受，决定要改观一下眼前的状况。他把山神庙内屋收拾得干干净净，爬上爬下，扫净了佛台。庙中总算有了一些人气，烟雾缭绕让人欣慰。只是曾经听父亲说起他几乎命丧山神庙，不知是苍天有眼，还是命不该绝，也许是山神保佑，他的命就在庙中得以保全。想起这些往事，他就对这里显得更有感情，似有救命之恩的无限感激。内屋背面有一道门通向黑暗之处，深幽不见底。独角娃借着火光，看清了是一个连着暗河的山洞，通向何处他不得而知。如今，他还没有胆量往黑暗和深处再深入进去。

在庙宇大殿的另一侧，是香客储存香烛的房间，早已废弃，只有杂乱的香梗和蜘蛛网。门很结实，里面宽敞而温暖。独角娃把香房打扫干净，到村中找来一些干稻草，就作为他的临时住所。晚上只要关上山神庙大门，再生上火驱寒，就算是不错的待遇了，至少他很满意目前的境遇。

第二天，饥饿如期而来，独角娃依然去抓鱼，他想延续昨天的好运。可是今天就没有昨天那么走运了，他一无所获，还把烂鞋子也弄湿了，心里很不爽。他到村中找来了一把锄头，希望在阴冷的田野中有所斩获。走了一里地一无所获，他已经饿得连锄头都懒得扛。他流着泪，想起了父亲的爱怜来，空旷的田野中飘荡着他无奈的哭泣。饥饿使他再度振作起来，他抡着锄头，一寸地也不放过，结果在一片低洼的田地中，刨开积雪发现有藕。冬天水已经退去，荷叶已经干枯，只是被白雪覆盖，很难发现。他挥动着锄头，运气真好，不一会儿工夫，就挖到了又粗又长的藕，这是上苍赐予他的第二份食物。他抹去眼泪，挖够两天的伙食就停手了。他来回目测了藕塘的面积，估算着剩余的藕能不能顺利度过余下的冬天。他把挖开的泥土回填，抹去一切痕迹，又用积雪覆盖好，恢复如初，防止野猪或者其他动物发现这里的“冬粮”。

独角娃到村中找了一个瓦罐，用三个石头支起来，每天的藕让他对未来充满了一点信心。有了藕，他可以喝上汤了，每天煮上一锅藕，心里感觉很踏实。剩余时间，他就到雪地中捕鸟、逮野兔，到小河沟中抓鱼摸虾，适当增加肉食，日子也还能勉强应付。

独角娃感到极度难受的是一个人活在这样一个偌大的世界，已经演变成与死亡挑战的游戏——野狼、野狗、野猪，甚至是黑熊。每多走远一步，就逼近死亡一步。一个人自由驰骋，心中的寂寞就变成了最大的不可战胜的敌人。当每天要面对苍凉的大地，冰雪覆盖的山坡，还有光秃秃的树木的时候，有一种说不出的悲凉，有一种压抑在心头的话语，甚至他隐

隐感觉到语言在他这里将会有丧失的可能。每天不得不面对着旷野，然后大声地呼号，把心中压抑的不快暂时释放出来，但内心的痛苦反而越聚越多，让他不断寻找宣泄孤独与痛苦的方法。

独角娃有些庆幸，父亲在他开始学说话时就教了他很多文字，讲了很多名人典故和趣事，还有很多做人的质朴道理，至今他还牢记在心。另一件值得他自豪的是父亲每天还教他习武，刀枪剑法样样历练。在这兵荒马乱的岁月，自保已经成为了必不可少的自修课。独角娃跟随父亲还学会了在大自然中生存的技巧，寻找食物、打猎、采药，生产农耕、保存种子，生活才会有序延续，这是父亲在他幼小的心灵中播下的种子，在这一刻使他受益匪浅。他每到这个时候就想起了父亲，想起了在山洞门口树下的生活，理解了父亲的良苦用心。

独角娃还是找到了抹去痛苦和化解痛苦的方法。他现在开始每天早上起来都要习武，揣摩一招一式的要领，偌大的祭祀平台已经成为了他的习武场。接下来要读一遍庙宇和石壁上的对联和文字，然后用庙中留下的笔砚再工工整整抄写一遍。最后打扫庙宇，擦拭佛像上的尘土和蛛网。下午才到野外准备下一天的食物。这种生活方式让他暂时感到充实，内心有几分安慰。可是，对联和石壁上的文字毕竟有限，他除了几个字无法念出外，其余已经滚瓜烂熟于心，并且有了新的理解。父亲留下的书籍不知翻了多少遍，还是百看不厌，揣摩着书中的世界。

有一件事情让独角娃确实高兴了好几天。一天在扫除庙宇墙上蛛网和烟尘的时候，不知触动着什么机关，打开了山神庙中隐秘的宛如佛龛一样大小的藏经洞。里面藏匿了一些书籍，有关于佛教方面的，有农耕方面的，有易经方面的。最让独角娃庆幸的是还有几本兵书，用兵之道深于言理，有些难于理解。还有唐宋的书法碑帖，王羲之、王献之和颜真卿的真迹，还有些拓本。值得一提的是还有各个门派的武林秘籍，真的让独角娃如获至宝。独角娃对兵法和武术比较感兴趣，每天早晚都要花很多时间操练。还有些文字自己看不懂，但毕竟还有一部分看得懂，他每一本来来回回地看，不断从中悟出了一些浅显的道理，经书中的深奥精髓他已经触及到了皮毛。

独角娃到田野中收集了一些零散的种子，学着父亲生前的做法和书中的介绍，按着节令尝试着种植各种可食用的植物。一年下来，他可以储藏一些粮食了，饥饿的问题得到了适当的缓解。

藏经房中还有几本厚厚的中医典籍，里面有很多生僻字，成了独角娃学习的最大障碍，他只好暂时放下，恨自己生不逢时。

时间飞快地流逝。幸运的事情还是有那么一次，九岁那年夏天的一个傍晚，太阳西下，闷热使人透不过气，一个读书人模样打扮的青年投宿到庙中。独角娃欣喜若狂，想不到三四年后语言还是发挥了作用。读书人看到庙中的独角娃，先是吓了一跳，尔后通过交谈打消了疑虑，并且很喜欢独角娃。独角娃向读书人请教了很多文字的读法及意义，还问了很多古迹中不明白的道理，并且听读书人讲了三天三夜外面世界的见闻。读书人谙熟兵法，历朝历代大型战事给独角娃讲了个遍，洞开了独角娃心中的一道道门，把他引领到一个全新的世界。读书人走时想把独角娃带走，可看到独角娃头上的长角，最终还是放弃了这种想法。独角娃也不在乎，倒是学到了很多知识，着实让他万分高兴。藏经洞中的书籍打开了他的未来世界。

就这样年复一年，独角娃已经十岁了。战争尚未结束，只是战火不知道转到何方。独角娃很倒霉，先是高烧不止，整天说着胡话，不吃不喝，有患上瘟疫的征兆，眼看生命将尽，没有任何生还好转的迹象，虽然服用了一些父亲生前教的中草药，但效果甚微，病情一天胜似一天。盛夏之夜的酷热加剧了独角娃死亡的脚步，他无意识地寻找阴凉的地方，在半梦半醒之间就往庙后的山洞中走去，摸索到一个平台时就躺下，感觉到无比舒爽，不知不觉间进入梦乡。就在他翻身时呻吟着突然掉了下去，暗洞边的悬崖不知有多深，独角娃本能地惨叫一声，心想必死无疑，痛苦地闭上眼睛，等待上帝的最后裁决，他想着的时候就昏厥过去……

独角娃苏醒的时候，他不相信眼前的现实，活动了一下筋骨，似乎感到没有什么异样。只是头还有些沉重，时不时会有剧烈的疼痛感。他感觉到很纳闷，很奇怪，明明自己已经坠入人间地狱，死亡是最终结局，为何自己还好端端地躺在香房的稻草上？只是身上的衣服脱得精光，赤条条有些羞涩。

就在独角娃思前想后的那一刻，一个粗浑的声音呼唤道：“独角娃，你是一个好孩子，别怕，恭喜你还活着，这是你的应有造化！说明你命不该绝。”

独角娃抬头向四周张望，没有发现有其他人进入屋内的任何迹象，顿时感到一阵惊诧。

“你是谁？怎么会认识我？还能叫出我的名字。”独角娃忍着头痛反问道，寻找着声音发出的方向。但愿奇迹出现，有个同伴，给自己一个惊喜，以后将不再孤独。

“你不要问我是谁！如果你真的想要知道我的名字，我就告诉你我叫霸下。墙上不是写着你的名字吗？就连以前对联上都留着你的大名，不然我怎么能知道？”粗浑的声音反问道，在山神庙中回荡。

“霸下，姑且允许我这么称呼您，我知道这是多么的不礼貌，但未见你真颜之前也只能如此。”独角娃真诚地说道。“我知道，是你救了我，你能让我看看你的容颜，也好感激你的救命之恩！我父亲曾经教育我，滴水之恩必当涌泉相报，况且这是救命之恩，恩重如山呀！”独角娃情感交融地说道，并坐立了起来，左右环顾。

“孩子，我怕吓着你，你就不要刨根问底了，是你的人性感动了我，我才救你。你在庙里的行为我看得真真切切，明明白白。你把庙宇打扫得干干净净，擦拭佛身。寺庙乃为烧香拜佛、修身养性的地方，你在这里不但修身、立志，还不忘锤炼自己，好孩子，小小年纪，战争毁了你的家庭，可是没毁了你的淳朴人性，你真的让我找到了人类最美好的东西！”浑厚的声音再次答道，显得有几分激动，又有几分虚弱。

“什么？我一直孤独一人在庙里，你怎么会知道我的一切？不可能吧！”独角娃不可思议地说道，左看看右看看，结果什么也没看到，可是他说的这些事情又是真真切切，不可辩驳。“我已经做好了充分的思想准备，我本身就已经很难看了，丑陋的相貌，我看着自己的容颜都没被吓死，你不会比我还难看吧……”独角娃还想说什么，觉得自己说的有些过分，突然停止了语言。不等对方回答，独角娃继续说道：“无论你是什么模样，我愿意把你当做我的挚友，好吗？你现身吧？让我向你磕头致谢。”

“孩子，你最好闭上眼睛，反差太大会让你一时之间迷失自己，当我让你睁开眼睛的时候，你再慢慢睁开，那时你的心理已经有了充足的思想准备，你就会把我的存在视为自然界中有机的一部分，不至于造成你会恐慌和情绪上的波动。”霸下反复叮嘱道，生怕独角娃难于接受自己。

“你就现身吧，我已经等不及了，你的出现会驱除我的孤独，来吧，我已经做好了充分的思想准备。”独角娃说道，并伸出欢迎的手势。

霸下还想说什么，看着独角娃如此坚决，如此真诚，也就不再坚持，一道光芒在山神庙上空逐渐发散开来，照亮了整个庙宇，一条只有在故事或传说中的真龙现身了。龙的传说不再是传说，慢慢就停靠在独角娃身边，慈祥的眼光看着独角娃，仿佛就像一位老人看着自己得意的孙子一样。

独角娃没有恐惧，没有任何心理戒备，只有真诚的感激和童心般的好奇。任何苦难都经历过，虽然第一次目睹这样的场面，他还是临场不乱，看清了救命恩人的容颜，然后快速跪下，恭恭敬敬地磕了三个头，说道：“谢谢你的救命之恩！我将无以为报，未来我将以我的真诚和行动表明我的无限感激。”

霸下急忙扶起独角娃，和蔼可亲地说道：“你无须感激，你能有今日，完全是你的造化。要感激的话就先感激你自己，你的所作所为为你赢得了继续生存的机会和赞誉。”

独角娃没有再说什么。感谢完之后，他还是有些惊诧，一个想要知道这条龙的身世的想法突然冒将出来，说道：“我们已经是朋友了，我很想知道你的身世，怎么会在这里？这么长的时间为什么我都不知道你就是我的邻居?”

霸下痛苦地看了一下天空，舒尔又平静下来，似乎看出了独角娃的好奇，说道：“你是我这生看到的最聪明伶俐的好孩子，要不是我亲眼目睹，我还真的不相信，在逆境中没有丧失自己的人生追求和信仰，并为自己的人生目标不断抗争，我真的很欣赏你，我为你的精神感动。我就把我的身世一字不落地告诉你，真的，你是倾听我过去的第一人”。

“不过，我的人生没有你降生到这个世界上的短短这几年精彩，甚至有些灰暗，连我自己都痛恨自己蹉跎岁月，贻误人生。你千万不要用我的过去影响你的未来人生，那样我会心里极度不安，彻夜难眠。”霸下转头向独角娃补充道，眼光中充满了忏悔。

霸下拉了一下独角娃，示意他坐下。霸下现出了有几分痛苦而又复杂的表情，慢慢讲起了他的身世……

原来，控制着整个华夏大地兴云降雨的东海龙王敖广就一直住在东海龙宫。东海龙王生有九子，霸下是他的第六个儿子。年轻时喜欢争强好胜，力大无穷，结交四方无义之徒，在江河湖海中经常兴风作浪，搅得四海河流不得安宁，灾荒连连，作孽无数。有时他也感到触目惊心，在黑夜中检讨自己的罪行，曾经发誓痛改前非，立志做好人，成就一番辉煌的事业。但这种美好的想法被后来发生的一些事情搅乱了。

即使是这样，天庭已经将霸下列入了痛下杀手和准备剿灭的黑名单。为此搬来无数天兵天将，各路仙侠，试图以武力将他收入大牢。这反而激起他的斗志，叛逆的个性促使他充满斗志，天兵天将都被他打得如鸟兽散，落荒而逃。霸下就真正成为了一个祸害四方的怪兽，名声也就一落千丈，加上天庭的过度反面宣传，他成了一个十恶不赦的罪犯。有几次，天庭直接找到东海龙王敖广，希望他出面管束一下自己的孩子。无奈的敖广多次外出寻找霸下，霸下居无定所，连面都无法一见。霸下尽力规避与自己的父王见面，躲到天涯海角深海龙潭之中，免得喋喋不休的言语让他心烦。我行我素的生活方式使他感到很舒适。

霸下的真正克星是夏禹，就是人们常说治水的大禹。大禹要治水，霸下要发洪水，两种力量对决，就针对滔滔的黄河之水展开。霸下讲述这段历史的时候，异常详尽，并且涉及一些与他息息相关的大禹的家族历史。

原来，生性狂野的霸下，经常邀约一帮狐朋狗友，到处兴风作浪，搅得东海周边几百公里的范围内水害频繁，灾难不断，黎民百姓都逐渐逃离到其他地方。东海龙王毫无办法，一气之下，只好宣布和霸下断绝父子关系。家门不幸，东海龙王伤心至极不愿再提及此事。

霸下沿着黄河逆流而上，水流清澈平静。霸下和父王断绝父子关系后，心里很窝火，凭借他力大到足可移动三山五岳的本领，就一路将大块的黄泥土甩入黄河之中，弄得黄河之水顿时如泥浆一般浑浊。可气的是有时他还将小山头移到黄河中央，堵住黄河之水，看着大水淹没大片地区，看着逃亡的黎民百姓而感到快意。但天庭中各路天神忙于享乐，睁一只眼闭一只眼，无人过问此事，还一个劲地例行布雨，洪水泛滥更为可怕，洪水猛于虎也。霸下得寸进尺，在黄河中游附近移来一座山挡住了河水，黄河之水泛滥更猛。

崇伯鲧乃为大禹之父，原是天宫中壬癸宫的白龙神马，生性善良。一天，主管雨水分配发放的壬癸宫主神黑灵真君骑着白龙神马在天宫中游玩，出于好奇心，他拨开祥云想看一下天上与人间的不同，只见人间洪水滔滔，泥石滚动，万物皆被洪流摧毁，情况十分可怕。黑灵真君看过并没有感到任何惊骇，他对人间灾难习以为常，漠不关心。

只是他的坐骑白龙神马跪下不肯走，掉下同情的眼泪，情真意切地恳求道："我的主人，恳请您救救黎民百姓，把雨水收回天庭，下雨也要适时而下，不可危害一方呀。"

"我的白龙神马，你有所不知，我只管雨种的分配发放，不管降雨问题，降雨问题由四大龙王全权负责，我也无能为力爱莫能助呀！你还是起来吧。"黑灵真君回答道，也希望白龙神马能理解他的苦衷。

"那还不简单呀，你只要克扣他们的雨种，少发放或者不发放就行啦！"白龙神马随口建议道。

黑灵真君瞅了他一眼，说道："你这不是要把我送进监狱吗，这是违抗圣旨，死罪呀！"黑灵真君停了一停，继续道："况且克扣雨种又容易造成干旱，也不妥呀。"说完，黑灵真君又拨开另一方向的祥云，指着让白龙神马往下看，透过祥云看到地面河流干涸，田地开裂，树木枯死，场面惨不忍睹。

白龙神马思索了一下，说道："你先救救洪流中的百姓，不然无辜的百姓只有死路一条。"

"百姓的死活我管不了，我只管按时足量发放雨种。"黑灵真君生气地说道。

白龙神马也生气了，尥了个蹶子将黑灵真君掀翻在地，说道："你心如顽石，毫无情感，我驮你作甚。不如用这份力气亲自下凡治水，搭救黎民百姓，或许还会有所作为。"说完，白龙神马挣断缰绳，离黑灵真君而去，下凡做百姓治水。

此时正是尧在位的时候，霸下作威作福更为猖狂。黄河之水泛滥，经

常发生水灾，庄稼被淹，房子被毁坏，百姓只好搬往地势较高的山地生活。可是，用水又显得很困难，坝区就处于洪水肆虐之中。

白龙神马到人间转世成人，姓姒名鲧。他来到人间之后，尧并没有立即委以他重任。他只是下到民间，和百姓一起抗洪救灾，寻找解决治理洪水的方案，赢得了各个部落首领的信赖，建立了一定的人脉威信。

尧只有召集各个部落首领召开会议，共同决议治水问题，立志要让百姓回归到平地坝区生活。部落首领经过认真权衡，共同推荐鲧前往治水。尧对鲧不大信任，不同意部落首领推荐的鲧前往治水，建议首领们重新慎重推荐。

各个部落首领们说道：“不推荐鲧，如今还有比鲧更有能力的人才否？”尧思前想后，如今的情况也确实如众首领所言，不得不同意委派鲧。

尧当即封鲧为崇伯，人们就尊称他作崇伯鲧，领导治理洪水。

崇伯鲧治水有些心急，毕竟他是下凡之人，失去了天庭中原赋予他的本领。带领百姓并没有把洪水制服，情况并没有多大好转，生怕尧怪罪，立功心切，做下了蠢事。一天，崇伯鲧外出治水，重上天庭，向玉帝讨要治水法宝，不但没有要得半件法宝，反被玉帝奚落一番，心里很不畅快。路经己宫，遇到了孤独的守门神龟。被神龟拉住唠唠叨叨地说道：“听说你专管人间治水，可是你不深谙水道，根本不懂得如何治水！不要谈有功，只要无过就是万幸了！”

崇伯鲧看着神龟，一句话也说不出来，心情更加郁闷，半天才说道：“何出此言？不就水来土掩。”

神龟大笑道：“非也，治水要先治理源头，水从何处而来呀？”

崇伯鲧在天庭待过，被神龟小觑，有些懒得理他，但看他也没有恶意，于是顺嘴说道：“黄河之水天上来，黑灵真君管水种，龙王管下雨。不就是用神土息壤可彻底根治洪水嘛，神土息壤能够自我生长，治水变得轻而易举。”

神龟有些惊叹道：“在天上混过就是不一样呀！说明你知其道而未开窍。”

崇伯鲧想进一步听听神龟的高见，未免先一阵叹息道：“神土息壤乃为天上之物，岂能为凡人所得？”

神龟哼了一下，叫道：“天地一理，有何难呀，况且神土息壤就储存在己宫的地仓中。”

崇伯鲧眼珠一转，觉得有道理，问道：“请神龟兄明示如何得到！”

神龟一看崇伯鲧突然谦虚起来，对自己格外尊敬，神秘地说道：“盗得己宫主人黄元真君的钥匙，不就大功告成了吗？”

崇伯鲧大悦，和神龟约定夜晚下手。趁着黄元真君醉酒不省人事之机，神龟从门下钻入己宫盗得黄元真君贴身保管的钥匙，和崇伯鲧一同进入地仓盗取了神土息壤。崇伯鲧带着神土息壤高高兴兴地忙着治水去了。

黄元真君事后还是知道了神土息壤被盗，查清事情真相之后，大怒。一纸诉状告到玉皇大帝那里，玉帝下旨，命令砍去神龟的一条腿。崇伯鲧已经为凡人，就由人间天子虞舜代为处罚。

崇伯鲧偷得神土息壤之后，采用了堵水而治的策略，逢洪筑坝，遇水建堤，用了九年的时光，有一定的效果，但并不明显。

实际上崇伯鲧治水之法正中霸下的下怀，水满而四溢如此简单的道理，连三岁孩童亦知，笑得霸下直流眼泪。

后来大雨越下越大，堤坝坍塌，淹死黎民百姓无数。两罪并罚，诛杀崇伯鲧在羽山，死在冰天雪地里。

崇伯鲧的治水事业由此中断，尸体三年不腐。玉皇大帝怕有其他于朝廷不利的事情发生，亲自派遣火神祝融下凡查看。祝融是一个无知又高傲的神，想要亲自看看崇伯鲧的胆到底有多大。当他手执宝剑劈开崇伯鲧的不腐死尸之后，便飞跃出一条黄龙来，一头扎进羽山脚下的大河中。祝融吓得魂飞魄散，不敢再提及此事。

玉皇大帝内心有愧，只好命令崇伯鲧的儿子大禹继承父亲未竟的事业。

大禹并不急于治水，先沿途考察黄河两岸的情况。很幸运遇到村中的一个老汉，讲述了黄河水神河伯的故事，说河伯几十年如一日，历尽千辛万苦，制作了黄河河图，这个消息让大禹如获至宝，让老汉带路前往寻访河伯。

河伯已老，就生活在黄河水底，没有精力再治理黄河之水，只有寄希望于后来的有志之人，他天天立在黄河边等待此人的出现。当老汉带着大禹见到河伯之后，两人相见恨晚。河伯当即将毕生精力绘制而成的河图授给了大禹，并告知黄河中东海龙王之子霸下兴风作浪之事。河伯虽为黄河水神，与霸下交手过几次，无奈装备和功力不济，都败给年轻的霸下，一直显得很郁闷。

大禹对霸下的情况略知一二，决定在正式开始治水之前先收复霸下，他知道霸下为他所用是治水之宝，变害为益，乃为上策。

大禹治理黄河水之前已经收集到完整的黄河水系的相关信息，特别是以身作则的精神，赢得了沿途百姓的支持，众多黎民百姓决定追随大禹改变黄河泛滥的局面。

眼看开始治水的时机已经成熟，大禹决定举行开挖仪式。周围百姓听说要开始治理黄河，就从四面八方的山头上下来，围到大禹身边。仪式地点就定在堵住黄河之水的龙门山旁边。

大禹做了精心准备，注定今天是不平凡的日子，他带了四件法宝：河图、开山斧、辟水剑和定海神针。

初秋的早上，风和日丽，太阳刚刚升起，照亮了由于受到龙门山阻拦而四溢的波涛滚滚的洪流，黄河在这里拐弯而变成一片泽国。洪流暂时退却而突出的一大块平地上，黑压压的黎民百姓都聚集在这里，翘首企盼着大禹能够降服泛滥的黄河，这是多少代人的期盼。

大禹爬到龙门山顶，取出开山斧，宣布治理黄河正式开工，顺便来个敲山震虎。说完就对着龙门山三板斧劈将过去，顿时山摇地动，岩崩石落，灰尘翻腾。百姓看到开山斧有如此大的威力，都欢呼雀跃，欢歌同庆。

霸下就潜伏在龙门山下的黄河水底中，正在睡觉，顿然间感到山摇地动，水体簸动，大块的石头眼看就要砸到他的身体上，觉得要出大事了。于是，疾驰盘旋而跃出水面，看到龙门山头上挥动斧子的大禹，气就不往一处来。

“请你不要到龙子头上动土，我暂且原谅你的莽撞！”霸下在空中叫道，眼光如两把利刃。

大禹权当没有听见，还一个劲地舞动着开山斧，滚落的巨石在黄河中掀起巨浪，大禹就要劈开堵住黄河之水下流的龙门山。

霸下哪能容得下如此傲慢的大禹，对自己的宽容和警告全当耳旁风，气就在胸膛中熊熊燃烧起来。

霸下恶狠狠地说道："看来你是吃了豹子胆，给了你一次继续生存的机会你不要，只有让你葬身黄河水底!"霸下准备举剑就砍。

大禹慢慢回过身来，故意激起霸下的愤怒，说道："你是何人？岂敢阻挡治理黄河的正义事业!"

哈哈哈……霸下的笑声响彻云霄。"看来你孤陋寡闻，如雷贯耳的黄河怪兽你也不知道。我现在就告诉你，我是东海龙王的第六子，名叫霸下，黄河之水我可以为所欲为，龙门山乃为我所搬移，不是以'龙'字开头吗，连这点关系也看不出？"

"一个被父亲赶出来不学无术的孩子，危害一方，罪该万死！还敢口出狂言不知羞耻!"大禹挖苦道。"休要废话，你已经作恶太久，害得多少黎民百姓离乡背井，今日是你悔过自新的日子，只是不知道你能不能抓住这个机会!"大禹对着霸下义正词严地警告道。

霸下如何能听得进这样的告诫，狂傲的情绪使他顿时五脏六腑炸裂，决定以武力征服一切。霸下立时现出龙的原形，旋□就向龙门山顶上站立的大禹冲将过去。

大禹并不避让，任凭霸下袭来。当霸下快要冲到大禹身边的时候，张开的大口想要把大禹吞下，但无论如何也吞不下，反被大禹抡起的开山斧击得四肢麻木，一连退出几丈开外，立时现出人形来。

"我不想伤害你，我们之间还是以友好的方式，内在的实力决出胜负吧！打打杀杀那是流氓无赖之行，你我都是有德行之人，岂能落入庸俗之流!"大禹带有劝降的口吻说道。

霸下先是以轻蔑的鼻音嘲笑一阵，然后才说道："你是想和我斗法比内功？小小黄雀刚出窝，谅你身上有几根毛，翅膀还没有长硬就想要和我比试天有多高!"

大禹也不正面抨击霸下，说道："休要贫嘴！我只想和你凭实力打一个历史大赌。"

"怎么个赌法？这种充满挑逗欲望的无硝烟的对决方式我喜欢。别磨磨蹭蹭的，痛快地说出来，我很愿意改变我以前以武力决断一切的做法。"

霸下突然很高兴地赞成道。

“我和你只打两个赌，只要你赢了其中任何一个，结局都算你赢。”大禹看了霸下一眼，观察着他的反应。

焦急的等待使霸下有些如坐针毡，叫道：“能不能一次说完，不要这样折磨人！”

“龙门山乃为你从千里之外移来横在黄河上的祸害百姓的山头，如果你还能把他移回原地，我愿意一辈子追随你，当你的仆人，听从你的安排。”大禹也不管霸下的狂躁，继续表白道。

“找死！不知天高地厚！不知彼只知己，绝对死路一条！”霸下狂叫道。“我愿意接受第一场赌局！”

“第二个大赌在终结你兴风作浪的历史之前，再让你兴风作浪一次，如果你能把黄河之水淹没过龙门山顶，将山头的黄河河图淹没，就算你赢，我一切听候你的处置。”大禹闪动着眼睛，指着影影绰绰的龙门山山顶说道。

“狂妄之徒！玩水不是小菜一碟？别说把水玩到山顶，就是玩到天上，甚至玩到天宫瑶池之中也就是转瞬之间的事情，何足挂齿！”霸下再次狂吼道。

“废话！你愿意接受吗？”大禹大声问道。

“有何难哉，你所选的两个局都是我的挚爱，要让你见识一下我的功力，领略一下世间什么叫霸道，杀杀你的锐气！心悦诚服之死能够了却你心头的狂躁，我都愿意接受。”霸下口出狂言地说道。

大禹不愿意再言语，心事重重地想着可能会产生的种种意外。“如果你失败了又如何处理呢？”大禹向霸下问道。

“这种可能会发生吗？绝对不可能，就如蚂蚁能够撼动大象吗？弱智之人都能看到明显的结果。哈哈……”霸下边说边大笑道，有些肆无忌惮，笑得山川颤抖，江湖波动。

“天下之大，任何事情都可能会发生，有什么不可能？如果你斗败，我只要求你一切听候我的调遣，跟随我治理黄河之水，可有异议？”大禹义正词严地说道。

“你太过于自信了，你的自负会毁了你的前程，这样的赌局只会断送

你的人生梦想。我再说一遍，我看出来了，你是怕我输了变卦，我可以对着山川日月发誓，我若输了，跟随你治理黄河我无怨无悔，只是这样的结局你恐怕一辈子也看不到。”霸下仿佛已经看到自己已经赢得了胜利，说起话来没有一点谦逊。

签过生死文书，双方无异议。大禹摆了一个手势，示意霸下开始。

霸下也不啰唆，转身跳到黄河边较高的地势平台之上，运足功力，使出了搬山移海之法，准备移动龙门山。

大禹也跳上龙门山山顶，对着绝壁之处就抡了两板斧，凿出“正义”二字，然后跳到百姓中间，看着霸下操弄着搬山移海的阵势。

山摇地动，岩崩石裂，尘土飞扬，龙门山有轻微的移动的迹象。百姓看着龙门山头一阵惊呼，生怕事情有个意外的结果。

这时，大禹甩出开山斧，又压在龙门山头，龙门山变得异常沉重，纹丝不动。霸下已经大汗淋漓，眼珠突出，青筋暴起，口里念着含糊不清的咒语。他感到格外纳闷，自己不费吹灰之力就搬来的龙门山，此刻要移出却是万分困难，难道“正义”两字会有如此的重量，就在他疑虑重重的时候，泄气了，体内的气流一下就窜出去，以失败告终，输在了“正义”二字上，心情极度沉重。

周围的群众一阵欢腾，欢叫声、口哨声声声入耳，搅得霸下心中焦躁，只有把希望寄托在第二个大赌之上。

霸下一个筋斗，在黄河之上划出了一道闪亮的弧线，倏尔变成一条巨龙，一头扎进黄河水底，来回翻飞，口吐巨浪，顿时搅得天昏地暗，摇摇晃晃，风声鹤唳，浊浪排空，眼看黄河之水瞬间暴涨，很快就淹过龙门山之顶，河图就要隐没在洪流之下。

大禹看在眼里，不慌不忙，从怀中掏出定海神针抛向空中，在空中旋转一圈之后直挺挺地插入黄河河底，静待效果。顿时天地不再摇晃，只有巨浪还不断往上升腾，龙门山山顶的河图已经危在旦夕。

大禹顿然间感到霸下的实力不容小觑，又一计跃上心头。他急忙拔出辟水剑，对着滔滔的黄河，来回几次挥动，眼看就要淹到河图的大水逐渐退却，慢慢回退到初始的位置。

站在高处周围的百姓看着退却的巨浪，一阵鼓掌，而后倒地便拜起苍天来。

一支烟的工夫，霸下才从滚滚的洪水中慢慢探出头来，看着遥遥不可及的河图一阵阵叹息，异常复杂的脸上不知道是河水还是泪水。待镇定之后，才跪倒在大禹脚下，低首下气地说道：“跪在你面前的乃是一个曾经无比狂妄的魔鬼，现在是一个失败者，我来兑现自己的诺言，决定跟着你治理黄河之水，听从你的调遣。”

大禹扶起霸下，深情地说道：“打败你的不是我大禹，而是广大的黎民百姓，他们为了战胜你，已经付出了多少代人的奋斗，凝聚了几代人的力量。”大禹指指周围站立的黑压压的百姓。“今天你态度上的转变，或许是你浴火重生的开始，但愿你闭上眼睛想想前世今生的作孽，我相信你会选择一种正确的生活方式。”

霸下泪水涟涟，心情异常复杂。百姓一阵阵振臂高呼，将大禹拥在中间，治理黄河之水正式开始。大禹治水一改他父亲的堵水做法，而是改用由上而下、分片疏水的方式。

霸下功力不济，反被大禹收复，就只有信守承诺，死心塌地地跟着大禹治理洪水。想想也为自己的前世年少无知犯下的罪行做些赎罪的事情，霸下推山挖沟、疏通河道，使江河湖海道道相通，条条顺畅，总算做成一件让他感到蓬荜生辉的大事，感到无比的骄傲和荣耀。

霸下原想可以从此获得自由，跟着大禹继续做正义的事业。可没曾想到大禹老儿觉得已经完成了治理黄河之水的使命后，居然给霸下划了一小块地盘，然后搬来三山五岳，压在霸下的背上，还在他的背上放上一块顶天立地的功绩丰碑，刻着他的辉煌功劳，让他背着功劳碑等死，让他动荡不得，一刻不得安心。求好好活着无望，求死不能，真是生不如死。

直到今天，霸下才真正明白，一个名不见经传的大禹，居然把他打败，胜过十万天兵，开始他成天无法理解，现在总算真正明白了——确实输给了正义。正义迟早要战胜邪恶，正义的力量真的不可战胜。

霸下就是正义的失败者，最后当了正义的俘虏，成了信仰和追求正义的信徒的时候，只是背上的三山五岳，还有这块丰碑，已经让他无法动荡，饱尝了人世间的冷暖和无奈。

霸下如诉如泣地讲完了自己的悲惨人生，然后说道："从我的悲惨遭遇中，我认识了正义，我的关于正义的理想根本无法实现了，只有用正义的眼光来窥探正义的世界，衡量一切世事。"霸下感觉到很难过，长长的叹息声响彻庙宇。

"因为你的身上充满了正义的激情，充满了自信和自强，我欣赏你，我崇拜你，我要……我已经是一个废物，身上驮着沉重的大山和丰碑，其实已经被夏禹打上了无义之徒的标签，我的身上加了这把枷锁，无法成就自己的梦想。注定我只能在这个黑暗的山洞中度过余生。更可悲的是我现在还怀有连我自己都不敢相信充满正义与理想的种子，我要把这粒种子培育出来，撒向人间。我以前作孽太多，现在我要赎罪，扎扎实实地做几件事，造福一方黎民，改变一片水土。我要把我的正义的种子播散到天涯海角，长成一片绿荫，庇护天下黎民百姓。只是……我的寿辰将尽，只有在这儿等死，等待人们将我作为石龟基座放到柱子之下，作为镇宅之宝。"霸下已经痛楚到极点，英雄到了垂暮之年而又心怀大志，痛哉，悲哉！

"独角娃，你不知道，我的龙之家族一共有九个兄弟。我大哥叫囚牛，整天沉迷于音乐和美酒，醉生梦死，一事无成；二哥取名睚眦，一生好斗，打打杀杀是他的专长；三哥嘲风，喜好冒险，为人谨慎，具有帝王相；四哥蒲牢，常年住在海边，向往大海，可是胆小，见到鲸鱼会大叫，基本一事无成；五哥狻猊是一个懒虫，喜欢安静，喜欢被人朝拜。我排行老六，取名霸下。七弟叫狴犴，能明辨是非，秉公仗义，是将来接替王位的一把好手；八弟负屃平生喜文，文字艺术让他陶醉；九弟螭吻，口大能吞万物"，霸下继续向独角娃介绍他家族的光辉历史。

"父王曾经当着我们九个儿子的面说，每个儿子出生时已经定下基本的生命年限，每个理论上只能活五千年。无德无能者会折寿，做坏事者会折寿，做好事者会增寿。在水晶龙宫中的巨型水晶石下藏有一颗父王备用的增寿龙珠，具有德行能力者可以拥有，会增寿六百年。几个哥弟不但虎视眈眈窥视增寿龙珠，还盯着王位，未来王宫中还会有一场血刃，这是我的预测。另外，我根据父王的个性推测，也为父王测算过，增寿龙珠一直是他独自使用，是他生命中的挚爱之物，岂能轻易给自己的孩子？有谎言的成分。"霸下边说边分析道，额头已经渗出几滴汗珠。

“我气数已尽，默默算了一下，我的寿辰不会超过五年，我从近来的身体状况可以感觉到这点。”霸下说完已经流下了眼泪。

“我看到这里的黎民百姓处于战争、瘟疫和饥饿的屠杀圈中，死亡的噩耗接踵而至，一个个家庭从地面上逐渐消失，甚至在洪水肆虐的时候，我都无能为力，我的心碎了。我经历了以前疯狂的杀戮，经历了我治水的艰辛，看到了黎民百姓遭受的涂炭，以至于到了最后酿成悲剧式的结局，我的人生壮志才终于在心中诞生。哪怕在我即将死亡来临的时候，我也要把壮志未酬身先死的想法告诉你。我说过，你是我最值得信赖的人。”霸下拍着独角娃的肩头说道，传递着一种默默的信任和无声的力量。

人将死其言也善，独角娃就这么想着的时候，打了一下自己的嘴巴，以示惩罚。可是，面对这样的问题，自己也无能为力。特别就如霸下所言，独角娃想都无法想象，更无法承担起如此巨大的使命。

接下来的日子，每当夜晚来临的时候，独角娃就和霸下待在一起，共同探讨对一些问题的看法，然后霸下教独角娃认识一些古文字，认识历朝历代各种各样的古物，还有社会兴替的规律。甚至还传授独角娃观天相，学法术。

日子不断流逝，几年已经过去，独角娃已经有十四岁了，高大的身躯一点也没有看出战争、瘟疫和饥饿留下的印记。他的力气大得惊人，拉开硬弓不在话下，一剑可以抽刀断水。每天早早起来，舞枪弄棍，遵循武林秘籍研习各路刀枪技法。而后学习古文，端坐山神庙祭祀平台上临摹二王（王羲之、王献之）书法。研习兵法，领悟用兵之道。早上最后朗诵经书，追寻仙人足迹。下午种田，储备粮食，偶尔上山砍柴采药。已经成为名副其实的好孩子。晚上还和霸下交流学习一些天文地理，各抒己见，日子过得很充实。

第三章　雷鸣山作法走火　山神庙备战授计

战事消息不断传来，据说元朝帝国被逼无奈，只好对起义军进行招安，吃紧的战事暂且告一段落，只有局部地区烽火时续时断。华龙村死寂沉沉的局面有所改善，外出逃荒的人们三三两两返回家园，重新扫净房前屋后准备好好生活。

村民回到家园，粮食问题始终困扰着人们，饥饿的折磨让人们一刻也不得安生。俗话说靠山吃山，靠海吃海。人们只有三个一群两个一伙邀约结队到周边山头上打猎，野兔、山鸡、野猪、小蛇，就连老鼠也不放过。江河湖中的鱼虾，一概收入囊中，总算勉勉强强度日子。只是缺医少药，瘟疫依旧蔓延。虽然逃过了战争的劫难，却死于瘟疫的魔爪大有人在。

接下来发生的事情有些蹊跷。大家都在周边的山头狩猎，实际上已经无法捕获到更多的猎物了。一天，四个壮年男子逃兵返回村子，相约到离村较远的九阳山打猎，听说那里水草肥美，猎物较多，准备大干一场，好让家庭度过灾荒年月。当四人下到一个深山沟不久，看到稍远的山坡下，有几头麂子正在吃草，四人准备合围猎杀麂子。不想一窝野猪连跑带嚎向他们猛冲过来，惊走了麂子。看到野猪，四人高兴得手舞足蹈，提起月牙刀，准备将肥美的野猪杀死。心里很惬意，这样的收获不是天天都有。不想野猪后面一群巨蟒尾随而来，来势汹汹，飞一般瞬间将前头两个村民卷住勒死，其余两个村民眼疾手快，掉头逃掉了。两个村民回去后把整件事情大肆渲染了一遍，大蛇出没吞食壮年男子的事件开始逐村传播，掺杂着各种添油加醋的附加内容，听了让人毛骨悚然。恶魔出世，妖孽挡道，天下不太平，似乎又要发生什么难以预料的大事，搅得整片地区不得安宁。村民不再敢进入九阳山地界半步，宁可饿死也视九阳山为神秘的禁区。

两个壮年男子落入巨蟒之口，这是华龙村从未有过的怪事，整个村落沸腾了，人们感觉到进入了世界末日，才刚刚摆脱战争的杀戮，又迎来妖魔的折腾，村民已经被逼到生不如死的境地，必须为生存打出第一拳。

村民不敢再去山头狩猎，坝区能吃的东西都已经搜罗干净，生计问题已经变得越来越困难，生存问题已经被再次提上议事日程。几个被村民公认的德高望重的满腹经纶的老人终于重新聚拢在一起，探讨造成地区如此严峻的形势的深层次根源。经过几个晚上的谈论和深入分析，一致认为造成目前的局面是因为妖魔出世作恶多端，天神发怒，要惩罚村民。老人们每天夜里都要把妖魔出没的事情不厌其烦地讲一遍，最后全村人推举了一个大家认为法道高深的新巫师，接替以前准备斩杀独角娃而被乱箭射死的巫师莫力。

新巫师名叫巫芭拉。他没有想到这样的位置会轮到他，应验了风水轮流转的古语，而且来得太快，他没有充分的心理准备。因为华龙村唯独他一家是外来人，战争前才从外地逃荒到华龙村。来后几个月就发生了战事，还来不及和村民好好沟通，就被战争隔断，各自逃难去了，直到最近才又返回华龙村。

巫芭拉初来乍到华龙村时，只敢靠近华龙村三百米开外的偏僻的地方安家落户，找了最荒凉没人要的一片半山地开垦，日子过得甚为艰难。起初，整个村落的村民不愿意和巫芭拉交往，甚至有要撵走他的想法，排斥外来人的心理很强。巫芭拉一家只好独来独往，不敢半点得罪村子中的任何人，一切行事都要小心翼翼。

一次偶然的机会改变了村民对他的原有看法。村中一男童处于梦魇之中，濒临咽气，原有的巫师莫力又已外出，家中一时无计可施，道听途说新搬来的巫芭拉会一些法道，只好冒昧请他来一试。巫芭拉先给小孩服了些中草药，然后做了一些法事，孩子很快平安无事，最后康复如初，巫芭拉的好口碑就这样传播开来。战争发生之后，巫芭拉一家早早逃命去了。后来发生了村中原有巫师莫力死于乱箭之事他并没有目睹。还有陆陆续续的战争，打破了原有的秩序。战争结束之后，村中没有了巫师，大家才想到了巫芭拉是最合适的人选。

巫芭拉年龄不算大，四十开外，身材瘦削，两眼炯炯有神，精力极其旺盛。神药和法道都比较精通，但为人谨慎，言语不多。他特别喜欢中医古籍、易经天相，还懂得旁门左道的巫术。一旦有空，就手捧古书，钻入过去的时光，吸取前人的精华，深得华龙村村民的信赖，以致后来被村民形象地称之为“上帝的尾巴”，足见其知识渊博，法力强大。

巫芭拉上任不久，就对独角娃投去异样的眼光。山神庙中的独角娃已经引起了神灵发怒，上天不但要降临战争、瘟疫，而且还要降临地震、洪水、饥荒、海啸等各种灾难。巫芭拉开始向每一家传递着这些令人心碎的信息。对神不敬，必然自食其果。眼前如何收拾独角娃一事又提上桌面。独角娃已经逐渐长大，成为顶天立地的男儿，雄浑的声音和蛮牛般的力气，头顶上高高突起的犄角令人生畏。无论独角娃显得多么友好，村民们见到他都要绕道而走，生怕妖魔附身。独角娃只好独来独往，避免冲突，反而更自在一些。

独角娃已经占据了山神庙，他就在山神庙的一角，将捡来的战争遗弃的十八般兵器整齐地排列起来，每天早晚都要反复操练几遍，还发出雄浑而高亢的“哈哈”声，惹得村民心里不是滋味，每一声吼叫都像一把尖刀插入村民的心中。村民要直接对付他，明显感觉到有几分棘手，已经远远不是他的对手。想起上次烈火焚烧独角娃的悲壮场面，很多人还记忆犹新。独角娃的魔力太强大，上次巫师莫力和他的徒弟死于三支不知从何方飞来的毒箭，当场毙命。如今已经十多年过去了，独角娃出落成一个高挑的小伙子，肯定魔力大得惊人，如何才能消灭独角娃，已经成为了村民的心头之患。妖孽已经羽翼丰满，村民将会遭遇横祸，每个村民都在想着两全其美的对策。

更为可恨的是独角娃盘踞在山神庙中，这是全村人朝拜神仙、祭祀和求雨的地方，是最神圣的殿堂，祈求各路神仙庇护全村人安宁的场所，岂能容忍这样的事情发生！两个识得几个字的村民发现，山神庙中原来的对联也已经被变换了，不再是以前祈求神灵庇护全村人人畜兴旺、风调雨顺、五谷丰登、国泰民安的对联，而是变成了独角娃写的对联。两人趁着独角娃外出之机，悄悄撕下之后专门送到巫芭拉家，请巫芭拉作出一个准确的分析和评判，也有意挑起巫芭拉斩杀独角娃的强烈欲望。

巫芭拉刚刚走马上任，正处在高兴的劲头上，手舞足蹈阴阳怪气地唱着歌，手里正赶制着新法衣，决心要为村民做几件有模有样的大事。他的老婆感到噪音的烦躁，一连叱责了他几声，他权当没有听见，反而把声调提得更高一些。当几声狗吠之后，看到两个村民登门拜访，巫芭拉顿时停下歌声，狐疑地看着两个村民。两个村民说明来意，巫芭拉立刻觉得自己的地位开始上升，脸上的肌肉也开始透出微笑的扭动，学有所用，受人尊敬，时间证明了这一点。巫芭拉顺手拿起刚刚赶制快要完工的法衣递给两个村民看。村民翻看着法衣，不住地夸奖巫芭拉法道高深，连法衣都散发出一股浓烈的震撼感。

趁着两个村民欣赏新法衣之际，巫芭拉进入里屋，拿出一小罐白酒来，摸索着从土罐中倒了两小杯酒给两个村民。两个村民受到如此优待，笑得眼睛都变成了弯弯的月牙。已经好几年没有喝到酒了，今天能喝到一杯酒，实属难得，心里高兴得像吃了蜂蜜一般。两个村民边抿一口酒边摸索出撕来的对联递给巫芭拉，还啰啰唆唆地解释了半天。巫芭拉眯着眼睛一本正经地看着对联，闪烁的眼光传递着难以捉摸的心境。

上联：佛光普照普度五湖众生滋养生息

下联：祥瑞遍洒遍布四海黎民播种仁德

横批：佛光照天下

巫芭拉挤了一下眉头，正襟危坐，仿佛被什么惊悸了一下，思绪显得异常诡异，夸耀地说道：“这妖孽还真有才气！不说才高八斗，起码也可以称之为满腹经纶，不像大家说的那样一无是处嘛。我看字写得很好，有深厚的功底，有王羲之和王献之父子俩的风骨呀，不俗，非十年工夫不可，此非一俗物耳！此孽障定有此鸿鹄之志，凭这几个字的骨架就可推断其任何一方面的功力非同一般，吾村休矣！”

两个村民感到一阵奇怪，端着酒杯的手半天也没有往口中送，眼睛死死盯着巫芭拉，不知道巫芭拉对独角娃的情感倾向，一时不敢乱语，毕竟人家是有文化、有法力之人，是全村人的救世主。

一个村民还是忍不住大着胆子说道：“此妖已经吸纳天地之精华，采撷山川之灵气，已经坐大为魔王了！我细细屈指一数，自从他出生之后，已经十余载，华龙村就没有好日子过，煞气太重。”

巫芭拉不语，思索了一下，又看另一副对联：

上联：头上长角顶天立地敢教日月换新天

下联：心怀大志气吞山河誓让山川改旧颜

横批：唯我独尊

巫师看完对联，从椅子上像突然释放的弹簧一下子弹了起来，脸色煞白，甚是吓人。惊叫道："不得了，不得了，此乃一副混世魔王迹象，已经把日月山川都不放在眼中，岂能容得下我们？心高气傲，口气大得很，什么'唯我独尊'。如果果真如对联所言，华龙村休矣，会变为妖魔鬼怪的村落，大家都要变为妖魔的奴隶。妖魔当道，绝无宁日。此妖不即刻除去，养虎为患，后患无穷啊！"

听到巫芭拉的惊叫声，两个村民手中的杯子振颤了一下，几乎把酒洒出来，齐刷刷的眼光看着震怒中的巫芭拉，伺机扇阴风点鬼火插话："是呀，得想想办法，岂能为妖魔左右？活人会被一泡尿憋死，我才不信！"言语中也带着几分愤怒。

"这两副对联贴在山神庙的什么地方？"巫芭拉向其中一个村民问道，飘忽的眼光似乎在进一步探寻和求证着什么。

"第一幅对联贴在山神庙正大门，又宽又长，一直伸到门楣之上，另一幅贴在香房门上，看起来工工整整。两幅都顶天立地，占据了整个门边呢！"其中一个人说道，不断地舔着嘴皮上的酒星子，似乎忘记了什么，回忆了一下说道："我记得在对联下面的门边上还留下'独角娃'三字，我看得真真切切，真是胆大妄为，不知天高地厚。"

"什么？还留下自己的名字！"巫芭拉又一次惊叫道。"与佛争光，死期将近！无救了，天作孽，犹可为，自作孽，不可活。"

听了巫芭拉的话语，两个村民觉得事态越来越严重，勾头看着巫芭拉，生怕巫芭拉怀疑，一次次重复说对联下面的门边上确实有指甲大小的三个字，互相确认印证。两个村民酒杯中的酒只剩下一小口了，干脆引颈一口喝完，看着空杯舔着嘴唇。

巫芭拉心里很不是滋味，庙宇应该是自己的舞台，对联应该是自己的呕心沥血大作，就如美玉一样是要花工夫雕琢而成。况且，山神庙毕竟是朝拜神仙的地方，岂能变成个名不见经传的小孩儿的天地？

"哎，怎么战争期间大家都忙着逃难去了，生怕走晚了丧命，唯独他寄宿在山神庙中，年纪尚小，生活难于自理，居然好端端的，怎么没有事情？奇怪呀！”另一人带有分析性地说道，顺便转移了话题。

大家面面相觑，独角娃能够在战争期间幸存下来，而且学会了十八般武艺，实属罕见，都在猜测着其中的奥秘和异常之处。

过了一会，两个村民都把玩着空酒杯，看着巫芭拉，似乎还要想喝，巫芭拉权当看不见。战争后的灾荒年月白酒已经是稀罕品，剩下的酒是敬神用的，巫芭拉是这么想着的，不再理会。

“我们可以把他从庙中撵走，庙堂乃为佛教圣地，岂能随随便便任人糟蹋？”一人继续把玩着空酒杯说道。

巫芭拉抬起头来，眼光显得悠远而深邃，叹着气说道：“独角娃已经今非昔比，文武双全，乃为一神妖，只能用神道之法才可以镇住他。此事从长计议，不易莽撞，否则会招来杀身之祸，应该多动脑，寻求谋略制胜。”巫芭拉说完后和两个村民耳语了一阵，似乎一切都有了答案。

两人听了巫芭拉的话，一头雾水，也不敢随便言语。突然没有了话题，三人都觉得无趣。

巫芭拉感觉到长时间谈论同一话题有些累，不如变化一下内容，或许轻松一些。他回到内屋，端出一个圆形汉代朱红色镂空雕花漆盒来，看起来格外精致和古朴。他打开盖子，从中小心翼翼地取出几件宝贝来，放在桌子上，然后逐渐展开包裹着的丝绸，宝贝一点点露了出来。

两个村民懵懵懂懂地看着巫芭拉的宝贝，满心狐疑地等待着下文。

巫芭拉逐一介绍，第一件宝贝是一面通灵铜宝镜，这是黄石公所用之物。黄石公原为秦始皇父亲庄襄王的重臣，名叫魏辙。到了秦始皇当政，秦始皇一意孤行，推行暴政，黄石公离他而去，隐居在邳州，潜心撰写了一部旷世奇书——《黄石公天书》，后邂逅汉初张良，与之投缘，并赠与之，帮助刘邦夺取天下。黄石公后来修炼成仙，成了太上老君身边的童子。这件宝贝就是黄石公后来修炼成的通灵宝物，能够分辨忠奸善恶与妖孽鬼怪，能够预知未来，降妖除怪，安定天下。宝镜不大，仅有盘口大小，但做工极尽精制奢华，一面布满各种万能神兽，飞翔于天宇祥云之间，另一面洁净明亮，能够容纳整个天空，窥透人间万事万物。

巫芭拉讲完通灵宝镜的传说，显得很自信，很有成就感，仿佛就如得到黄石公的另一件宝物的就是他自己，至少可以与张良一比，或许未来前途远大，说不定有朝一日飞黄腾达，成了皇亲国戚或者皇帝的左臂右膀也难说，只恨乱世耽误了人生精华，蹉跎了岁月。如今，就如龙搁浅水虎落平阳之感，有了几分悲凉。

巫芭拉介绍完通灵宝镜之后，两个村民想要捧到眼前看个明白，刚伸出手就被巫芭拉拍了一下，义正词严地说道：“此为灵性之物，没斋戒，没沐浴，岂能随便接触?”两个村民缩回弹簧手，一时不知所措。

另一件宝物为五方鼓，并没有想象的与通常的鼓那么大，极尽精致的做工反而成了夺人眼球的亮点。鼓有三个侧面，还有上下两面。侧面中的一面绘有天庭美姬无数，在天庭中翩翩起舞，彩绸翻飞灵动异常；另一个侧面绘有怪兽，亦有人称之为天兽，凶相毕露，似有扑出鼓面的感觉；最后一个侧面绘有一些组合的武器，每件武器造型别致。每个侧面下方都有一行文字，只是难以看懂。除了天地之外，常人一致认为东南西北有四方，加上天地共有六方。五方鼓将东南西北归为三方，加上天地乃为五方，与中国传统五行一一对应。上为阳（火），下为土，其余三面为金木水。三方器物最为稳重，魔力会剧增。第一通击鼓为驱除鬼神病魔，第二通击鼓辨别小人、坏人，第三通击鼓斩杀妖魔与奸佞，第四通击鼓乃为拜天，与苍天对话，求雨亦可，第五通击鼓为祭地，免除洪水、海啸、地震等。鼓的五个面上都有不同的金文图案文字，或者祈福与咒语，使用时只要方位准确，能挟天地之能量，金木水之威力，定能达成所愿。

巫芭拉介绍完五方鼓之后，感觉口干舌燥，拿起木桶中的葫芦瓢一口气喝了半瓢水，擦了擦嘴又准备取出另一件宝贝来。

巫芭拉喝水之机，刚好进来一个小孩，看到桌子上的五方鼓感到十分好奇，就用桌子上的一只筷子敲了两下鼓面，发出叮咚之声。巫芭拉听见鼓声，转过身来，就给小孩的头上一巴掌，小孩躲到墙角暗自垂泪。

巫芭拉也不理会小孩，接着介绍玉琮。这是一件东汉的大玉琮，用于祭天时与苍天对话。中间为一个两头对钻的通孔，直立时与天庭浑然一体，外壁为方形，其上雕琢了很多精美的纹饰。玉琮拥有晶莹剔透的玉质，精雕细刻的雕工，皮色浸透了历朝历代的痕迹，蜜蜡般的颜色通透无比。真正体现了天圆地方的理念，这是与上天对话的灵验宝物，能够接通天地之间的通道，可以借天庭的力量实现人类的梦想。

巫芭拉的宝贝众多，有求雨用的，有拜天用的，有祭祀用的。有礼器玉璧、风火乾坤圈、阴阳宝盒等，一字排开。看得两个村民眼睛都不眨一下，顿觉神奇无比，一个劲地啧啧称奇。

巫芭拉在兴头上，一溜烟转到后院中拎出一个鸟笼来。鸟笼上罩着黑纱，不露一点缝隙，看起来神秘莫测。两个村民看着万分奇怪，猜测着这鸟笼与他的法力关系，感觉好像没有任何关联。只见巫芭拉拉开黑纱，打开鸟笼的小门，呼唤了一声，从中跳出一只黑乌鸦来，停落在巫芭拉的手掌之上，顺着手臂跳到巫芭拉的肩头，点头不断鸣叫着，拉屎在巫芭拉的肩膀上，被巫芭拉大声呵斥着。

“这是我在洪灾中救起的一只神鸟，是一个充满灵性的活体，是我的得力助手，它的名字叫巫迪。”巫芭拉介绍道，边说边摸着巫迪头上的羽毛，一副怜爱的样子。

“怎么和你一是个姓，难道它也是你生的不成？不过，我怎么看还是一只乌鸦呀！”一个村民说道，有几分玩笑，又有几分认真。

“你千万不要说它是乌鸦！它是巫迪。它的智力超越你们两人，你们不信吧？这点我看得出，准确无误。”巫芭拉委屈地叫道，对两个村民投去了轻蔑的一瞥。

小孩儿不知什么时候回到了巫芭拉的身边，目不转睛地盯着巫迪看得出奇。两个村民似信不信地看着巫芭拉，希望见证一下奇迹。

“不要怀疑，怀疑就等于断送了你们对我的信赖，断送了你们的希望，断送了华龙村的未来。不信可以进一步见证事实，就连我身边的一只鸟足可以让你们惊骇得掉出你们的眼球。就提两个问题考考它吧，这样你们对我会感觉更踏实一些。”巫芭拉说完示意村民提个复杂一点的问题验证一下巫迪的智力和魔力。

“问问你的乌鸦今天我吃些什么饭？”其中一个村民发问道，希冀的眼神盼着巫芭拉和他的神鸟。

“求求你，叫它巫迪。”巫芭拉提醒道，并向巫迪作了一个回答的手势。

“你就没吃饭，你家早断炊了，你吃的是野菜！”巫迪用沙哑的声音答道，摇头晃脑地在巫芭拉肩上转动。

村民先是惊奇得不知不觉站起来，而后又悄悄坐下，掩饰内心的不安，巫迪说到他的痛处，使他感到有些无地自容。

另一个村民眨巴了一下眼睛，刚才的问题不具有代表性，与当前华龙村面临的矛盾背离，有些怀疑地抬头继续问道："独角娃是一个什么人?"

"妖怪，妖怪!"不等巫芭拉示意它回答，巫迪就用尖锐的声音狂叫道。

两个村民不敢再问，面对巫迪的回答，一下又把他们的思绪引导到一个共同的道路上来，显得万分沉重。连一只乌鸦都知道独角娃是妖怪，何况是人呢。

两个村民缓过神之后，看过巫芭拉的宝贝，还听了介绍，只是一阵赞叹之余，狐疑的眼光格外明显，不知道这些宝贝管不管用，恐怕巫芭拉只会是吹吹牛而已，怎会有如此强大的魔力。可眼前的这只乌鸦倒是神奇，感觉比巫芭拉要厉害一些，至少刚才见证了这点。

巫芭拉还是看出了两个村民的疑惑，特别是他承担起华龙村的巫师职责之初，有责任保护每个村民的精神和肉体免受外来伤害的双重职责，才能奠定未来的神圣地位不受到挑战。巫芭拉当即作出重大决定——两天后到雷鸣山一试宝贝威力，以及展示他的威猛法力，对独角娃展开第一次远距离攻击。

雷鸣山坐落在华龙村东南五十里开外的地方，乃为当地一座灵山，上通天庭，下达四海。雷鸣山地势较高，有一览众山小的感觉，特别是悬空突兀的如刀削的山峰常年穿透白云，白云像腰带一样缠绕着山腰，顶峰则全部裸露出来，带着亮晃晃的几块雪峰光芒四射，还可以窥见局部的黛青色的山峰矗立在蔚蓝色的天空之中。雷鸣山山下天气多变，彩虹常年横贯，经常电闪雷鸣，晴时白云袅袅，阴时乌云滚滚。可是在山顶听到的雷声异常，宛如仙乐一般悦耳动听，雷声回荡，悠远绵长，曲调清幽。听雷声心旷神怡，病魔渐去，故得此名，亦有人称为雷鸣仙山。山下有一湖，水域广阔，水色清脆，犹如碧玉一般，人称翠玉湖。翠玉湖水深，偶有渔船无缘无故毫无踪影地消失，人们都认为船上的人们已经成仙，登上雷鸣山到天庭去了。雷鸣山就高高矗立在翠玉湖中央，投下一条晃动的影带。

巫芭拉精心挑选了几个德高望重的村民，让他们亲眼见证自己的隔山发功的威力，也好让他们心服口服，把这种影响潜移默化地传播到村民中去。巫芭拉把攻击的地点选在雷鸣山的原因只有他一人知晓，这里可以借助天地之精气，日月之能量，一举制胜。五天之后，巫芭拉的队伍费尽了周折，先是骑着骡马到了翠玉湖湖边，一马马失前蹄，摔跛了脚，好在人没事，为登顶雷鸣山蒙上一层阴影。而后好不容易弄到了一条小船，经历了大风大浪之后到达雷鸣山山峰下。最后依靠绳索，耗尽力气终于登上了雷鸣山。

高高耸立的雷鸣山山顶上有一块一亩见方的平地，许多文人雅士想在这里修建一幢仙屋，已经为仙屋取好了雅名，就叫窥仙阁。巫师之流则想修建庙宇，但都因为运送材料困难而搁浅，徒留一块宝地让登临人士痛惜半天。

巫芭拉心情极好，这里以前曾经来过几次，每次都有所斩获，感受都不一样，只是运气不太好，每次来时都烟雨蒙蒙，难以看清雷鸣仙山的真颜。今天天气极佳，除了山腰飘荡的几朵白云之外，山色清新，总算领略到了仙山的姿容，了却了以前的遗憾。特别是山下的翠玉湖，在山顶上看起来更加雅致，真如宝光内敛的碧玉，比文人笔下的夸张要美丽了许多倍。

巫芭拉来不及欣赏湖光山色，就急不可待地换上了多姿多彩的新法衣，把带来的宝贝依次摆开，静静伫立念经，等待吉利时辰到来，展开作法。用篾子作骨架做就的独角娃纸人模型就放在离巫芭拉两步开外的地方。有些山风，独角娃纸人几次被风吹倒，巫芭拉一次次稳住，嘴里不断地嘟哝着，骂着粗话，最后干脆让一个村民紧紧护住，生怕刮到悬崖之下。村民点燃了火，一股烟雾直冲云霄，向上苍焚香跪拜之后，一切已经具备。

巫芭拉一阵激动过后，举起通灵宝镜，托过头顶，举向苍天，口里念念有词，来来回回舞动镜子，对着独角娃纸人卖力地跳着，唱着。一支烟工夫后，突然停下，对着镜面一点一指，一阵青烟冒过之后，镜面中呈现出清晰的独角娃影像。

此时正值正午，独角娃正在山神庙中读书习字，描摹兵书上的文字，

口里还不断读着，认真的样子感动了巫芭拉。村民见此情景，不觉为之一振，顿时觉得有几分恐怖和不可理解。瞬间对巫芭拉肃然起敬，投去赞许的一瞥。

待村民看清了镜子中的画面之后，巫芭拉突然手捏花针，咬牙切齿地刺向镜面中的独角娃的胸口，死死攥住花针不松手，直到汗流浃背手脚麻木才松开。此时镜面中突然冒出了一阵寒光，镜面瞬间碎裂，击中了巫芭拉的双眼。巫芭拉疼痛难耐，瘫软在地，半天起不来。村民见状，无不惊骇异常，急忙前来扶起巫芭拉，抓雪覆面，不断呼唤，一会儿巫芭拉才恢复神智，眼睛逐渐看清眼前景物，口里不住地叹息道：“此妖已经做大为魔了，魔力坚不可摧，还骗取了佛光护身，难以撼动他呀！奈何他不得。”

巫芭拉忍着眼痛，小心翼翼地捡起通灵宝镜的碎片，生怕有所遗漏。他边捡边流泪，仿佛心也跟着一齐碎了一般，半天没有调整过来。

独角娃这天一直在钻研武功，少林秘籍有几个招式一直没有寻得要领。眼看将近正午，也没有感到饥饿，不去生火煮饭，索性借着休息之际，浏览起兵书来，情至深处拧起毛笔龙飞凤舞，操练起书法来。顿时觉得万箭穿心，胸口难受，一时没了练字心思。只好起身来到佛台前，焚香之后开始扫除落尘，擦拭佛台。不经意间瞥见灯烛火光一闪之后，光亮瞬间减小了很多，一会之后才逐渐复原。他的心里也才恢复如初，没有任何异样的感觉，倍觉神清气爽。

话说巫芭拉休整了一会之后，逐渐缓过气来，心有不甘，对刚才通灵宝镜发出的寒光感到诧异，无法理解，气得老鼠胡须发抖，一计不成，又心生一计，决定远距离拿下独角娃。他拿起五方鼓，把挂绳挎在脖子上，向四周转了一圈，摆正鼓面，认准方向，对着独角娃纸人，如暴风骤雨般响起了三通鼓，嘴里念起了咒语，声调越来越高亢，言语越来越恶毒。宛如气球充气将近极限之时，只听见砰的一声，就如点燃爆竹一般，鼓面破了碗口大小的一个洞，气流伤得他浑身无力，一时动弹不得，万念俱灰，无心再作法下去，只好匆匆忙忙趁着日光拜别了雷鸣仙山。

独角娃正在擦拭佛台，刚才心窝的疼痛并没有引起他的太大怀疑，不久之后恢复如初。他唱着歌，只顾手里的活，突然又感觉到耳底像有虫子钻一样难受，头有要爆裂的感觉。他只有用佛台上的香油灯芯，向耳朵中滴了一滴香油，似乎听到急促的声响，还以为是油滴入耳中擦碰发出的声响，但感觉又不像。耳朵顿时舒展开来，继续手中的活计，也就忘却了进一步探究原因。

巫芭拉伤得不轻，回到家中一病不起，滴水不入，眼看将不久于人世，每天不断说梦话、呓语，仿佛与人对话一般，一来一往，甚是怪异。加上大家都知道他上到雷鸣山作法，反被魔法所伤，流言添油加醋，说什么的都有。十天之后，巫芭拉气息渐弱，家人开始筹备后事。全村人看到独角娃还好端端的，第二个巫师巫芭拉又将要气绝，人人都感到自危，不敢再提独角娃之事。直到半月之后，巫芭拉又奇迹般地活了回来，居然安然无恙，气色绝佳。这个转机实在摄人魂魄，全村人感到万分蹊跷，都前往问询，一看究竟。

巫芭拉把他睡在床上的半个月的梦境向村民诉说，说他已经向上苍讨教斩杀妖魔的魔法，这种魔法绝不会失手，定能一举两得，只是不肯轻易说出这种魔法的奥秘所在，说是天机。村民感到心如猫抓一般，想知而又无果。村民看着巫芭拉红润的脸色，已经把他当做神人看待，不敢有半点冒犯。

独角娃在庙中生活，每天的良好生活习惯不会轻易改变。村民陆续返回家中后，对他而言不是好事，他的田地可遭殃了，只要能充饥的统统被一扫而空。他去种地的时候，看到村民把他的田地糟蹋得不成样子，心里在默默地流泪。好在香房中储备了一些粮食，否则未来的日子将会过得很艰难，他不禁一阵伤心起来。

巫芭拉不甘心失败，损失了两件心仪的宝贝武器，决定要继续未竟的伟大的事业——剿除独角娃。经过密谋，还是想出了一条万全妙计。知己知彼百战百胜，巫芭拉乔装改扮，邀约了两个德高望重的村民，决定前往山神庙中佯装烧香拜佛，一会独角娃，看个究竟。三人进入山神庙，恭恭敬敬地拜过神仙之后，大着胆子径直来到独角娃跟前。独角娃身材高大，加上头顶的长角，更显得顶天立地。三人胆战心惊的样子油然而生，看起来有些畏畏缩缩。

独角娃刚刚从庙后边的山林中砍柴回来，穿着羊皮褂子，满头大汗，手里提着一把长长的柴刀，在磨刀石上来回磨拭，不断往磨刀石上洒上冷

后，我再慢慢告诉你。”霸下喘息着说道，现出几分无奈。

“前段时间有天中午，我突然感觉到心痛，而后是耳底痛，不知为何?”独角娃向霸下请教道，希望得到霸下的指点。

“那是华龙村巫师巫芭拉在雷鸣山施法伤害你，一则你佛光加身，二则有我抵挡，反伤了巫芭拉，对你没有任何影响。当然，我原本就虚弱的身体变得雪上加霜，不过，不用担心，会逐渐有所好转，我自有办法。”霸下轻描淡写地说道。“你可要对这人多加防范，此人心术不正，野心勃勃，他已经吸纳了古籍中的旁门左道，历朝历代的巫术，一旦修炼成功，恐怕危害四方。”

独角娃眼睛睁得大大的，张开的嘴半天没有合下来，说道：“明天我不去九阳山了！我就直接去杀了巫芭拉，割下他的头颅，免得将来危害一方!”

霸下反复规劝和鼓励，独角娃总算放弃了斩杀巫芭拉的念头，恢复了前往九阳山的决心。

霸下又教了独角娃一些法道，反复交代了明天与塔拉决战的要领和注意事项，才肯作罢。

第四章　九阳山智斗塔拉　华龙村设宴庆贺

前往九阳山的心事搅得独角娃一夜难眠，心绪异常复杂，这是他长这么大的第一次远征，也是一次生死攸关的大事。明知是巫芭拉设下的圈套，为了村民还只有往里钻。

第二天启明星刚刚升起的时候，独角娃就一副戎装上路了。独角娃胆大，夜间独来独往惯了。他顺着河边小路逆流而上，哗啦啦的河水响彻云霄。几只恶狼就悄悄跟在独角娃的身后，只是独角娃的寒光闪闪的长剑刺痛了狼的眼睛，几次想发起进攻号角的欲望有些不寒而栗，只好悄悄地跟着，伺机寻找机会。独角娃想起父亲惨死于狼口之下就激起愤怒的波涛，想猛跳起杀死恶狼，小不忍则乱大谋，想想还是忍了。只是猫头鹰凄厉的叫声让人毛骨悚然，在空旷的山野大地上一阵阵回荡。没有一点月光，满天的星斗悬挂在天幕，迷茫的一切让人焦躁不安。

黎明的曙光逐渐冲淡了一切阴霾的恐惧，当几束微微的亮光穿透山头的时候，狼已经不知隐匿到哪儿去了，猫头鹰的呼号也没有了。勉强看清了路面，独角娃走得更快了，恨不得一步冲到塔拉的身旁，和他展开一场恶战。

当太阳露出第一抹阳光的时候，独角娃已经翻过了几个山头，上到了最高峰，沿着山涧盘旋而下，而后地势突然下降，温度逐渐升高，抵达了山中的平地。这里豁然开朗，美景如画，云蒸霞蔚。四周森林茂盛，遮天蔽日，中间水域交错。山水交叉边缘有逐渐下倾的缓冲沼泽地，长满水草。纵横交错的河道隔断了所有陆路，稀稀松松长着野橘子树。百兽食草，万鸟齐鸣。缓缓流动着清冽的泉水从上游流下，成群嬉戏的鱼儿时不时跃出水面，亲吻着苍天的气息。白天鹅伸展着优雅的脖颈，在水面上跳起欢快的旋转舞蹈。在朝阳的照射下波光粼粼，碧波万顷。这就是传说中的美丽的九阳仙池。

独角娃来不及欣赏九阳仙池的美景，喝了几口甘甜的泉水，神清气爽，心旷神怡的热流使他有几分陶醉。吃了几口干粮之后，独角娃展开霸下的羊皮地图，确认了自己和塔拉的位置，然后掰着指头算了一下距离。此地就是九阳山的下游，距离塔拉的巢穴仅有几公里之遥，只是距离虽近，但险阻重重，难于通达。想起即将有一场恶战，独角娃就有几分兴奋和迷茫，疲劳顿时烟消云散。很快将可以检验自己多年来操练武功的结果，可是心头对这场战斗取胜的不确定性，还是有些忧心忡忡，难以把握。

经过短暂的休息，就在独角娃准备转身继续前行的时候，一堆堆白骨挡在了独角娃的眼前，好像除了头颅骨之外还是完整的人体骨架。白骨旁边有长满铜锈的长矛、弓箭、羊皮水囊和一些破碎的衣物碎片，在风雨和阳光的侵蚀下有些斑驳。独角娃吓得倒退了两步，吸了一口凉气之后才镇定下来。为什么在蟒王塔拉的地盘上还会有如此完整的白骨？蟒蛇进食都是生吞活剥，不留任何残渣，独角娃一时之间找不到答案。

独角娃可以隐隐看得到九阳山塔拉所在的山峰，迷茫的朝阳水汽挡住了几分视线，可轮廓依然若隐若现。密密麻麻的原始森林阻碍了直通塔拉洞口的陆路，要想从陆路披荆斩棘抵达塔拉所在之地，短时间之内不大可能。只有缓缓的溪流引起了独角娃的注意力。他解下身上的袋子，利剑斩断木头，削下韧性较好的树皮作为绳子，瞬间就制作好了一只筏子，可以逆流而上，直通塔拉的老巢，这是最快的捷径。

九阳仙池水域比较宽广，肥美的水草吸引了成千上万的水鸟，在天空中不断盘旋。独角娃的筏子靠近的时候，水鸟鸣叫着飞向远方。独角娃无心观看水鸟，只是一心想着见到塔拉，斩断祸害村民的根源。当筏子靠近九阳山主峰的时候，水汽逐渐散尽，独角娃也被山峰的美景所吸引。苍翠的主峰高耸入云，几朵轻佻的白云斜挂在峰顶。峰脚下是一块开阔的平地，一直延伸到九阳仙池边。低矮的灌木丛零星分布其间，偶尔有几棵苍松高耸入云，透出无尽的苍翠。地面空隙之处芳草萋萋，擎着露水的小草一动不动。一股淙淙的清泉就从九阳山主峰下喷将出来，顺着洁净的岩石，形成道道造型各异的瀑布，哗哗啦啦地冲到低凹的水边，汇集成美丽

的九阳仙池。几只麋鹿静静地吃着嫩草，时不时抬起头来，紧张地朝着仙鹤鸣叫的方向张望。

独角娃就在靠近九阳山主峰下的九阳仙池边上岸。上岸不久，独角娃就看见百兽奔跑，万鸟哀鸣。不知道发生了什么，狼奔豕突的场景使他高度警觉起来。他匍匐在草丛中，手握长剑两眼注视着前方。原来，蟒王塔拉似乎得到入侵者的消息，瞬间就从洞中宛若洪峰奔泻出来的蟒蛇让独角娃看得目瞪口呆，成千上万条蟒蛇扬起高高的头来，排列有序，立刻把独角娃围在群蟒中间，等待塔拉的命令。

独角娃立刻从草丛中跳将出来，手握长剑，虎视眈眈地注视着群蟒的一举一动。

塔拉不愧为千年蟒王的称号，精神抖擞地飞到离独角娃几十米的身旁。但见塔拉人身蛇尾，身体粗大巨长；全身花斑交错密布，晶莹透亮；人头蛇眼，人口蛇舌，信子伸得老长。塔拉扬起巨大的身体，俯视着独角娃声如洪钟地发话道：“何方怪物？人不像人，兽不像兽，鬼不似鬼，竟敢私闯圣地！找死也不看看这块圣洁的地方能不能容得下你的躯体！”

独角娃手握长剑，两眼注视着塔拉，一副剑拔弩张的架势直逼塔拉，咬牙切齿地回敬道：“这么圣洁美丽的地方，本是仙人居住和人类栖息繁衍的地方，想不到被你这帮龌龊之物强占，搅得这里乌烟瘴气，还大胆妄为，伤我人类。我乃替天行道，来剿灭你这帮妖孽，还世界一个清静和本来面目！”

“哈哈……”塔拉笑得前仰后合，笑声空旷而悠长。扬得高高的蛇头在空中颤动，身旁的蟒群虽然不能言语，信子在口中发出“嘶嘶”的响声，不断摆动的蛇头形成了强大的阵势。塔拉看着周围的阵势，又得意地狂笑了一阵之后，转而狞笑道：“看你毫毛还没有长齐，翅膀远未长硬，就想来挑战我的千年功力，简直就是鸡蛋碰石头，飞蛾扑火，自取灭亡。你在我面前简直就是行尸走肉，没有一点自知之明！识相点，我可以为你选择一种没有痛苦的死亡，这是我可以给你的最大恩慈，也是最大的让步。”

独角娃看着高高扬起的蟒群的头，长剑在半空中扬起，在阳光下发出阵阵寒光，没有半点怯懦，大声说道：“妖魔挡道，我乃代表正义之剑，斩除孽障，休要废话，鹿死谁手，还不得而知呢。”

“好吧，既然你如此顽固，在你闭上眼睛去见上帝之前，把我的身世告诉你，让你死得明明白白，舒舒坦坦。我声明，我没有欺负弱小的企图，我讲完了我的故事，我们将展开一对一的对决，你将会感受到我对你的死亡所作出的判决是多么的公正。”塔拉边说边做了一个动作，示意蟒群退开到百米之外。

蟒群退开站定之后，塔拉眨动了几下眼睛，娓娓动听地讲起了所谓的关于他的故事。

他叫塔拉，原本生活在吴越国国都钱塘江湖畔，昼伏夜出，经常出来伤害百姓，搅得整个钱塘江畔不得安宁。后来百姓联合起来共同对抗塔拉，塔拉勃然大怒，卷起千堆钱塘潮水，淹没都城杭州，死伤黎民百姓无数，毁坏家园万顷。国王一看形势危急，急派智元禅师前往收拾塔拉。

智元禅师来到钱塘江畔的月轮山上，一味地只是睡觉，并没有把降服塔拉的事放在心上，带来的一个布袋就放在离他三尺开外。塔拉其实早就打听到了智元禅师到来的消息，悄悄跟踪智元禅师，看到智元禅师整日睡大觉，笑他一蠢驴。但早闻智元禅师的避风丹何等厉害，乘智元禅师熟睡之机想要盗取他的避风丹。当他盗取避风丹之机，天空中突然飞来一座六和塔，将塔拉罩在六和塔下。智元禅师疯疯癫癫提着布袋走了，塔拉懵懵懂懂地被压在塔下。

时光流逝，塔拉在塔下一压就是一百多年，钱塘潮不再泛滥了，可是塔拉在塔中的哭泣就没有断过，以泪掩面，蒙骗众人，其实他在不断修炼内功，并且学会了人类的语言。他每天站在唯一可以照射到日光的小窗口，将阳光储存起来，吸收太阳之阳气，这样处心积虑地练就了一百多年，借助风力，练成了初级的太阳神功。太阳神功最大的特点是一旦发功，热流在瞬间迸发，可以摧毁一切。

宣和五年，机会终于来临，塔拉趁着朝廷乱局疏于管理之机，初试太阳神功，瞬间热浪四溢，天旋地转，六和塔分崩离析，烧得一干二净，他终于得以逃脱。塔拉借助太阳神功来到了九阳山的山洞中，占山为王，拉拢各地的蟒族，划地为界，盘踞在九阳山上，享受着优哉游哉的自由生活。他唯一没有忘却的就是太阳神功给他带来的欢愉，也就是凭借太阳神功不费多少周折就征服了四方的蟒族。直至今日，太阳神功是他每天必须修炼的课程，据说已经达到炉火纯青的地步，大有熔化山川大地之势。虽然有各种外来骚扰，都被他的太阳神功的辉煌历史和强大的杀伤力的恫吓，不费一兵一卒就将敌人吓到九霄云外。当年霸下和他在九阳山上进行了三天三夜的决战，虽然双方都没有占到便宜，可是霸下元气大伤，至今没有复原的迹象。

说完了自己的故事，塔拉顿感万分悲怆，已经泣不成声，蛇头乱撞，凄惨的往事和一百多年被埋葬的时光使他痛苦万分。他已经粉碎了六和塔，几乎终结了霸下的生命。今天，将要用他又练就了多年的太阳神功在独角娃身上尽情地尝试一把，看看多年练就的独门功夫的杀伤力究竟如何，或许这是一次最好的尝试检验机会。况且，据说太阳神功有了新的内涵，不断赋予了其他元素，可以实现短时之内二次发功，所到之处，化为焦土。

塔拉昂起头颅，进入了亢奋的战斗状态，等待着最后的决战。突然，他好像欲言未尽，说道："我们九阳山蟒蛇一族，从不吃人类的死尸，只会用来祭祀祖先和神灵，用头盖骨来点天灯。我建议你，在我们决斗之前，你最好作出明智的选择。我突发奇想，一生辈子杀戮太多，很快又要到我的寿辰吉日，可以破例放你一条生路，让你回到生你养你的父母身边，免得让你的脑袋变成点亮我的洞穴的油灯，让你的亡灵在我的祖先的灵堂中哭泣。"

塔拉用手指了一下独角娃进入九阳仙池的方向，继续说道："在你进入我的领地的路口，那就是我最初的落脚点，警告来犯者，可以看到入侵者的可悲下场，生命的代价，白骨累累，看到头顶上盘旋的秃鹫，你就可以预测你此行的下场！我在江湖混了这么多年，凭的就是江湖义气，就当你是迷途的孩子，未成熟的大脑导致的愚蠢结果我不在乎，决定给你一次迷途知返的机会。"塔拉闭上双眼，尽量不看到独角娃高高耸立的长角，等待独角娃的回应。

"别那么多废话！我就是要你为你过去的罪过付出代价，你兴风作浪，淹没杭城，伤及千万无辜性命，焚烧了六和塔，打伤了霸下，罪恶之行，罄竹难书，躲到遥远的九阳山，以为一走了之就万事大吉，我今天就要替天行道，铲平你的老巢，终结你的为非作歹的历史！”独角娃说道，显得义愤填膺，手中的长剑已经飞一般地舞动起来。塔拉看到独角娃剑舞九阳山，不敢有半点疏忽，也跟着移动着身体，迎接独角娃的挑战，只是独角娃的长角使他有些发憷，行动有些缓慢。

“别忙，不要这样着急，远方的客人我决定要把你留下来，把你葬在这高高的土堆上。只是你还未留下尊姓大名，随着一捧黄土洒落没有人会知道你，请报上大名！”塔拉边摆手边说道，侧耳倾听。

“独角娃，让你永不瞑目的独角娃！”独角娃大声回答道。

“哈哈……”塔拉故意笑得前仰后合，带着嘲笑的成分。“如此难听的名字，一看就是山野中长大的娃儿，缺乏想象的内涵！”

塔拉终于坐不住了，凶光毕露。铆足力气，腾飞着身体，龇牙咧嘴，张开血盆大口，从天而降，直取独角娃。独角娃转身一跃，跳上了一块巨石。塔拉扑了个空，有些气急败坏，这是他生平第一次出手就失手。塔拉又从地下卷起尾巴，向独角娃横扫过来。独角娃有些措手不及，一个鹞鹰翻身从岩石上跳将下来，塔拉的尾巴从岩石上呼啸滑过，第二招又失灵了。塔拉双眼发红，高高扬起了头，冷静地看着独角娃，等待着独角娃的下一招。

独角娃并不急于进攻塔拉，剑指着塔拉的头部。塔拉恼羞成怒，这么多年来没有谁敢对他这么嚣张。一招不灵，另一招又至。他振动尾巴，鼓起嘴巴，冲向独角娃。独角娃知道塔拉又有新花样，急中生智，眼疾手快，像离弦的箭躲在树后。塔拉喷出的毒液高速点射在树上，飘落在草上，绿草顿时枯萎了一片。塔拉又失算了，气得他乱窜，不断地喷着毒液，直到毒液消耗殆尽，这招才算罢休。

塔拉用了几招恶毒的杀手锏，均以失败告终，没有占到任何便宜，已经气得咬牙切齿，目露凶光，开始在盘算着如何收拾独角娃。塔拉口一张一合，头微微颤动，突然血盆大口吸将过来，直取独角娃。独角娃看在眼里，塔拉原来在念符咒，想要通过魔法取胜独角娃。独角娃早有防备，取出事先做好的刻着咒语的标枪，趁着塔拉张口疏于防范之机，将标枪投掷过去，呼呼带着烈焰的标枪直冲塔拉的大口。塔拉对烈焰比较敏感，缩头躲避标枪的威力，头虽然躲过去了，可是标枪却扎在尾部，把塔拉的尾部钉在土里，火球就靠着塔拉身体燃烧。塔拉痛得龇牙咧嘴，顿时身体乱窜。塔拉转首旋身，大口咬住标枪，拔将出来，摔得老远，殷红的血汩汩地冒将出来，染红了大地。

群蟒看到塔拉受伤，哪里还坐视不理，都密密麻麻飞将出来，直取独角娃。独角娃早有防备，迈着独步功在空中旋转，手中飞转的长剑如削泥一般，群蟒尚未碰到独角娃，早已变成剑下鬼了。蟒群只好团团围住独角娃，逐渐缩小包围圈，准备对独角娃发起新一轮的攻击，用蟒蛇独有的缠与勒的优势解决独角娃。独角娃晃动着手中的长剑，寒光闪闪地斩落了前来袭击的蟒蛇的头，其余蟒蛇胆战心惊，慢慢往后退却了几米，怒目圆睁地看着独角娃，一种胶着的状态考验着双方的忍耐力。

塔拉休整了一会，向蟒群示意了一下，蟒群缓缓向一个方向散去，逐渐退到了塔拉背后一百米开外的地方。塔拉采用迅雷不及掩耳之势再次扑向独角娃，试图将独角娃卷入口中，气流吸得呼呼作响，仿佛要吞掉整个世界。独角娃一个突然转身，取出刺球，用力投进塔拉的巨口之中。塔拉用力合下嘴唇，被扎得嗷嗷直叫，满口是血，不得不积聚内功，想方设法吐出刺球。但刺球扎在塔拉的喉咙，如何能轻易吐出，几次伸头缩尾效果不佳，翻腾打滚毫无用处，不得不旋口大张，以喉咙中的血水喷薄而出，带出了刺球，方觉痛快一些。塔拉屡次受挫，心有不甘，又再次张口袭来。独角娃一个匍匐倒地，忽然跳将起来，举剑劈将过去，把塔拉的一块蛇皮削落。塔拉已经气急败坏，鼓起的下颌已经预示着更毒的下一招即将来临。他口对着独角娃，瞬时蓝色的火焰就从头部窜了出来。他突然张开巨口，火焰就如扇形状翻江倒海一般冲向独角娃。独角娃一直高度关注着塔拉的每一次停顿，一次短暂的平静之后都会孕育着烈焰的重生。

独角娃快速跑到水边，等待烈焰的来临。他纵身一跃，潜入水底，哗啦啦炸裂的烈焰就从水面掠过，顿时铺天盖地的水汽笼盖四野。独角娃从水底伸出头的时候，水面已经被烈焰烧下三尺，水面飘着各种水鸟的死尸。地面焦土冒着白烟，只听见塔拉撕心裂肺的狂笑。独角娃快速冲上岸，毕竟水里不宜久留，不是自己战斗的最佳场所。

塔拉再次看到独角娃，笑声戛然而止，眼前又再次出现湿漉漉的独角娃使他的内心受到极大的伤害，仇恨的火焰使他忘却了尾巴和皮肉受伤的痛楚，狂躁的冲动使他的身体再次颤抖。想要再次发功，来回运气，似乎看到了他的口腔中淡蓝色的点点火焰，但喷出的火焰仅仅就在他的面前燃烧，反而烧得他体无完肤，嗷嗷直叫。施展了太阳神功之后，塔拉终于出现了几分疲惫，积蓄多年的能量在顷刻之间倾泻一空，顿时就像害了疟疾一般，雄赳赳气昂昂的逼人气魄已经不再。

看着独角娃潜下水底的时候，塔拉感到一阵失望，这是自己潜心研究的套路，瞬间被独角娃识破，意味着今天将会凶多吉少，生死难料。但开弓没有回头箭，太阳神功已经发出，没有收回的余地。想当年在钱塘江卷起千堆狂潮，摧毁堤坝，搅得整个杭州城人仰马翻，掀翻房屋，毁坏庄稼。洪水过后，寸草不生，尸横遍野。想起这些，塔拉一阵得意，自己当年的水上功夫，杭州百姓想起就毛骨悚然谈虎色变。可是，这么好的功夫居然毁在智元禅师手里，让塔拉遗憾万千。可惜的是就在智元禅师照看塔拉的时光，细心的塔拉又观察智元禅师练功，把太阳之光和智元禅师的武林秘籍偷偷糅合在一起，独创了太阳神功。今日已经被独角娃轻松破解，让塔拉大为神伤。

塔拉想起了这些，神情痛苦万分，忘记了还有独角娃将要取下自己的头颅，可能要安放到重建的六和塔中。他已经用尽了所有招式，精疲力竭，遍体鳞伤。他准备快速逃回洞中，来日方长，养足元气之后再和独角娃决一雌雄。俗话说“打蛇打七寸”，独角娃早已看出塔拉的端倪，大叫一声，抛出绳索，绳子就像长眼睛一般紧紧套住塔拉的七寸，塔拉使劲往空中一窜，把独角娃拉出了好几步。独角娃顺势把绳子缠在突出的石头上，来回尽力拉了几下，塔拉疼痛难忍，从空中跌落到地上，无奈地缠绕在绳子上，想要将绳子崩断。

蟒蛇家族看到塔拉遭到如此下场，犹如燕子翻飞一般冲过来，希望能帮上塔拉一把，把塔拉从独角娃的绳索下救回。可是，独角娃又举起了剑来，直指塔拉的头部，围拢过来的蟒群不得不退到百米开外，生怕塔拉遭到独角娃的杀戮。塔拉已经奄奄一息，释放过太阳神功后的身体犹如泄气的皮囊一般，卷曲的身体一动不动，任凭独角娃的摆布。蟒群看到不可一世的塔拉遭到如此的惨败，也不敢轻易前来招惹独角娃，眼睁睁地看着被驯服的塔拉低垂着头，任人宰割。

独角娃举起长剑，环绕着塔拉转了一圈。蟒群发出了一阵惊叫，他们赖以崇拜的塔拉可能将要和他们告别，结束在独角娃的剑锋之下，都不敢睁开眼睛看到杀戮的场景。

独角娃双手高高举起长剑，在空中舞动了一圈，然后使劲地砍下，套在塔拉七寸处的绳索被瞬间斩断，说道："塔拉，你自由了，今天是你的重生之日。"

群蟒听到独角娃的话语，一齐看着独角娃，不敢相信眼前的事实。半昏迷的塔拉的绳子被斩断之后，逐渐恢复了神智，听到了独角娃的话语，才逐渐睁开了疑惑的眼睛，沙哑而低沉地说道："我罪孽深重，又是一个失败者，还是由你处置，我在天国中的灵魂也不会感到亏欠你一份沉重的怜悯债！"

"够感人的，似乎放了你是我的错误?"独角娃向塔拉说道，语气中带着严肃。

"你是真心实意放了我吗?除非如此，否则我是一个失败者，就应该接受你的处置！"塔拉认真地说道，没有任何低声下气的哀求。

"我都把羁绊你的绳索斩断了，还你自由，难道我还骗你不成?我真的还你自由。你有你的生存权利，我要尊重你的生存权利，要告诫你不要伤害人类，互相尊重，才算是和谐！"独角娃进一步解释道。

"我罪孽深重，发大水，烧毁六和塔，杀死人类，无论哪一项，都够死罪，我没有什么祈求，更不敢有一种想要从你的剑下获得重生的奢望！"塔拉垂头丧气地说道，低头任凭独角娃的发落。

"你从我这里获得新生，我只有一个条件，改过是非，面对未来，多行善，广积德，愿你戴罪立功！否则，我还会回来，到时我将会铲平你的洞穴，一把火让你永远进入十八层地狱。"独角娃看着塔拉说道，严肃又带着几分希冀。

塔拉想要离开，突然回过头来，说道："你终结了我作恶多端的历史，我将要去寻求一种新的生活模式，严格要求自己，放纵自己就等于慢性自杀，我将会谨记今日的惨败，回归到对人类有益的道路上来。"塔拉说完有些伤感。"今日看到你头顶的独角，我就仿佛看到了昔日镇住我的六和塔，耳畔响起了我在六和塔中的哭泣，我的功力就大打折扣，屡屡受阻，刚发功就崩溃。告诉你，太阳神功我已经练到二段，可是一段功发完之后，力量就已经枯竭，这是从未发生过的事情。就连新近练成的海市蜃楼虚幻功在你面前全部失效，海市蜃楼功将会让人迷失方向，在梦幻与极度兴奋中走向死亡。我不知道为什么会是这样？是不是你身上还有秘密的武器？”

“我，我……有什么秘密武器？笑话！”独角娃指指自己，“如果说我有秘密武器，那就是正义和道德，正义总要战胜邪恶，正义的力量是无限的，这就是正义的力量，力量的源泉！”独角娃大声说道。

塔拉无言以对，看着独角娃站立的身影，准备不声不响地退去。瞬时之间突然想起了什么，说道：“我还有一件宝物要献给你，将来你可能用得着。”

“不是‘献’，是‘赠送’，换一种方式我更乐意接受！”独角娃纠正道，看着塔拉。

塔拉向群蟒示意了一下，一条蟒蛇从洞中取出一只龙纹青花小瓶，塔拉从中取出一个布包，倒出豆粒那么大的一颗玩意，递给独角娃，然后说道：“这是我被囚禁在六和塔内的时候，看着智元禅师苦心练就的功力卓绝的避风丹，也就是用这颗避风丹控制住我在钱塘江的兴风作浪。在智元禅师仙逝的那天，我趁着人来人往无暇顾及的机会，悄悄盗取了这颗避风丹——我原本想将其毁掉，当我看着这颗避风丹的时候，我就会想起以前的苦难日子，甚至有一朝被蛇咬，十年怕井绳的恐怖心理。现在于我毫无用处，以后你也许用得到，表明我对你的实力和人品的崇拜。”

“你试用过吗？”独角娃试探性地问道。

“没有，我不敢随便用，我对它的杀伤力无法准确评估，就怕毁灭了别人的同时也再次毁了自己，只有自己练就的玩意才敢放心使用。”塔拉很真诚地说道。

独角娃接过避风丹，问道：“怎么用呢？总得给个要领。”

塔拉摇摇头说道：“我也不得而知，偷来的玩意，岂能顾及所有？”

一切收拾完毕，看看时间不早了，独角娃第一次出行就旗开得胜，准备回家。塔拉命令千蛇拉着木筏，一直把独角娃送到九阳仙池的对岸。独角娃回头看了一眼九阳山，有些偏西的阳光射在山顶上，洒在九阳仙池的

水面上，波光粼粼像锦缎一样逐渐展开。独角娃想了一下，塔拉诡计多端，故技重演，引发战事，也许还要再次登上九阳山也未可。

华龙村战争之后生活的热闹气氛又渐渐恢复。村民们一大早就在巫芭拉的组织下忙碌开来，山神庙又呈现出以前的喧嚣，香火燃起的烟雾笼罩着整个庙宇，锣鼓喧天，人声鼎沸，预示着又要有一场盛典即将展开。几个壮年男子千辛万苦逮来野猪，抓了一只山羊，只是缺少了牛，不然“三牲”就齐备了，这是战争创伤所造成的无言的结局。猪羊的头被清理干净后恭恭敬敬地贡在桌上。肉香在空气中弥漫着，嘴馋的小孩已经偷偷地啃着骨头，整个村子将要与神仙一道，庆祝驱除妖孽的彻底胜利而举行一场盛宴。香房内独角娃的一切生活用品已经在山神庙前的空地上焚烧干净，就连焚烧后的灰烬也已经深深埋葬，念了咒语，钉上钉子，永远无法复活。特别是独角娃精心撰写的对联，已经被村民用刀刮净，没有半丝痕迹。

最高兴的要算巫芭拉，今天是他出任华龙村巫师以来在全村人面前的第一次真正露面，盛装古朴而有个性。他布置完所有的工作之后，被村民们安排在佛的侧面的上位，喝着茶，滴溜溜的眼珠不停地转动，观察着村民的一举一动，时不时起身指点一下不妥之处。万事俱妥之后，开始讲着古籍中记载的重大的战争往事，还有华龙村历朝历代的知名人士，里三层外三层的男人听得目瞪口呆，特别是战事刚停歇不久，战争题材显得格外吸引耳目。女人们也没有闲着，除了张罗着晚餐之外，忙里偷闲坐在一起，东家长西家短地聊着。只是大家都暂时忘却了独角娃，好像今天是华龙村战争后的一次大聚会。

太阳西下，巫芭拉正忙于操办祭品，忙于祭神。村民准备晚餐，战争后的打牙祭盛典就要开始了，就等待巫芭拉作晚饭前的演讲。

独角娃大步流星来到山神庙前，人来人往的景象让他感到很纳闷，但他很快就猜到其中的原委——巫芭拉实施了调虎离山之计夺取了他的老巢，找个借口把他葬送在九阳山塔拉的腹中。他也顾不得多想，怒目圆睁地把装着两颗蟒蛇头的口袋丢在供桌上的时候，被村民包围的巫芭拉看得目瞪口呆，惊悸得大汗淋漓，待在原地无法动弹，不知如何是好。村民如鸟兽散，就像见到妖魔鬼怪一般，纷纷逃回家去，关上了大门。

独角娃一把拧起巫芭拉，拿起供桌上的菜刀，想要用巫芭拉的头颅来祭山神庙。举起的菜刀悬在半空中，准备痛下杀手。转念一想，只好把怒火尘封起来，愤怒地把巫芭拉推翻在地，踢了他屁股一脚，虎视眈眈地盯着穿红戴绿连爬带滚忙于逃跑的巫芭拉，心里涌起莫名的悲凉来。

第五章　宗祠设计除妖孽　受重托认父东行

巫芭拉逃走了，村民躲起来了，山神庙恢复了平静。香油发出浓郁的香味，燃烧着的香火还在庙宇中弥漫着。锅中翻滚的熟肉透出几分诱人的醇香。临时的桌子上摆满硕大的土碗，刚刚端上的野菜还冒着热气。

独角娃已经一天没有吃饭了，饿得有些发慌。村民烹制的盛宴正中下怀，他管不了那么多，狼吞虎咽，痛痛快快地打了一回牙祭，好长时间没有吃肉了，今天这顿肉吃得万分痛快。饱餐之后的孤独和无奈使他相当痛苦，村民对他的目光使他暂时迷失了人性的方向。他蹲在香房的一角，不停地在思考着，蜡烛和油灯无法照亮他的整个脸庞，只有高高耸立的长角分外分明，投下了一条晃动的影子。一天的激战已经疲惫不堪，靠着靠着就进入了梦乡。

不知睡了多久，独角娃梦见自己被村民扣在一个巨大的铜鼎中，鼎中装满沸腾的香油，使他无法喘息，鼎下的火越烧越旺，他已经奄奄一息。他不停地喊着“爸爸，救救我！”可是没有回音，他又喊着“霸下，救我一命！”依然没有回音。他使劲地摇晃着头，脚不由自主地蹬着，就是无法撞开铜鼎，然后村民将他连鼎一起推下悬崖。悬崖深万丈，急速跌落的铜鼎就是落不到地上，在山沟中飘呀飘……梦境中的心就这么一直悬着。

霸下的行动已经越来越困难，他已经来过香房几回了，看到独角娃在睡觉，不便打扰，就自觉地退出去。直到半夜三更的时候，突然听到独角娃的叫声，以为独角娃遭遇不测，才匆匆忙忙来到独角娃的身边，看到独角娃身陷梦魇，使劲地把独角娃从睡梦中摇醒。

当独角娃醒来的时候，满身的汗水，就如水缸里捞出一般，疲惫地耷拉着头，看样子还未从梦境中完全走出来。

天上的半个月亮已经当顶，静幽幽的银光洒在大地上。微微的清风吹拂着大地，一切显得安详而自然。

霸下有些喘息，看着独角娃的眼神显得有几分憔悴和迷茫，也不敢多问，生怕触到独角娃的痛楚。只是看到独角娃从九阳山平安归来，他的脸上还是荡漾着几分欣喜。待独角娃平静之后才简短地问道：“今日战况如何?”

独角娃支撑着手坐立起来，不断抹着头上淋漓的大汗，酸痛的身躯像散架一般难受。独角娃将当天的情况向霸下详述了一遍，然后取出塔拉赠与的避风丹。霸下接过避风丹，对着蜡烛端详了一会，抬头看着门外的夜空，似乎在痛苦中回忆了一下，悠缓地说道：“这让我想起大禹老儿降服我的法宝——辟水剑和定海神针。功能与此类似，威力极大。正因为这小小一把辟水剑，改变了我对世界的看法，打开了我美好人生的开端。你好好留着，将来必有大用场。”独角娃把避风丹珍藏起来，慢慢地端详着霸下，等待他继续探询。

霸下似乎抬头在追忆往事，一时半会没有转过神来。

“经过和塔拉的简单接触，我看塔拉是一个绝顶聪明的怪物，其心思之缜密，其志向之远大，用心之良苦，绝对还会东山再起。他最大的优点是勤勉和善用心思，不断揣摩一招一式。我细细捉摸他的个性，狂妄之心犹存，绝对不会屈服于别人之下。在未来的日子里，我敢肯定，九阳山还会烽火再起。”独角娃忧心忡忡地说道，而后是一脸叹息，还在想着白天没有杀塔拉是否值得。

“好孩子，你做得对，我并非袒护塔拉，你给他一次自新的机会，或许他会彻底改变，至于他重新兴风作浪，那又另当别论。我也是悬崖勒马的典范，经历世事就是一本很好的教科书，发自内心的蜕变才是新生的起点。他以后的变化我们再另作他图。”霸下发表了自己的观点，希望独角娃能够苟同，不要再在塔拉一事上过度纠结。

霸下又是一阵咳嗽，两眼冒出了痛苦的泪花，自言自语地说道：“我知道，我也许将不久于人世间，我的寿命极限将至。都怪我虚度青春，作恶世间，折寿太多，悔恨万千，这就是疯狂的代价。看来老天是公平的，没有任何例外。我无怨无悔，将含笑而死。”

独角娃听到霸下的言语，心里如虫钻心一样的痛，并没有言语。

霸下静静地凝神了一会，转移话题继续说道："今日聚集了很多村民，我好像隐隐约约听到对你不利的一些事情，你不要在意，总有一天，他们会理解你的，你今天的所作所为就是为村民立了大功。"

独角娃默默地掰着手指，沉浸在淡淡的痛苦之中，并没有把霸下的话放在心上，痛楚的忧思让他一时半会高兴不起来。

"我不需要他们的感谢和赞美，更不需要他们的怜悯，仅仅需要他们给予我一个生存空间，足矣。可是，他们不愿意给予，把我划到了妖魔鬼怪的行列，我很痛苦。我无法改变他们，所以我只有改变自己，逃避他们。即使这样，也逃脱不了被他们猎杀，或借刀杀人的漩涡中，唉……"独角娃一声叹息地说道，迷茫的眼神看着遥远的夜空。

"需要时间，时间可以逐渐改变一切，冲淡一切，没有无缘无故的爱，也没有无缘无故的恨。你与他们之间没有深不可测的鸿沟，你的所作所为只要符合道德标准，符合人们的利益，岁月会给你公正的评判！"霸下意味深长地劝说道，希望独角娃明白看事情要看本质。

独角娃听了霸下的一席话，陷入长长的思考之中，看似千真万确而又简单的道理，为何经历了如此坎坷的历程而又无果而终，甚至没有半点改变。

庙中的盛宴被独角娃的突然返回搅乱了，村民绝望地躲回家中闭门不出。巫芭拉并没有绝望，他还有更恶毒的计谋。巫芭拉并不甘心自己的权威被独角娃挑战，借刀杀人的伎俩没有除掉独角娃，他感到万分的愤懑和不解。晚饭后，他挨家挨户敲门，每家出一名代表，在华氏宗祠连夜召开紧急会议，为全村人的安全再次出谋划策。

华氏宗祠修建得还算豪华，外部已经有几处破损。由于战乱的缘故，已经多年失修，居于以前修建得牢实，除了烟熏火燎的痕迹之外，内部几乎没有破损。平常没有人打扫，显得脏乱不堪，屋顶上的蛛网密密麻麻，看起来有几分神秘，又有几分肃穆，有一种充满恐怖的神秘感。白天小孩都要绕着躲过，更别说进去看个究竟，夜晚披上夜色之后，恐怖的气氛更加浓重。平时，只有家族中的几个老人进去烧烧香，点点油灯。今天，将决定整个家族命运的会议安排在这里，务必做出一个重大的决定。

独角娃的胜利返回打乱了大家的方寸，村民靠墙两排无精打采地坐在长凳上，有的打着呵欠，有的打着鼾，有的抹着鼻子。墙角的香油灯发出微弱的亮光，一闪一闪地照着每个村民瘦黑的脸庞，轮廓模糊。巫芭拉虽然是外族人，可是共同利益的需要将他和华龙村村民紧紧捆绑在一起。他黝黑的肌肤犹如抹了油一般，干枯而皱褶的手臂就像蛇皮一样油亮。他德高望重，自然坐在中间的位置，闪动着灵光的眼睛，盯着每一个村民代表，像在训话，又像勇士出征前充满激情的总动员。

巫芭拉很生气，干枯的面庞青筋暴起，他声情并茂地发表了很长的演说，说上天已经托梦给他：独角娃就是一个长角的大恶魔，是犀牛变的妖怪，力大无穷，凶悍无比，是整个华龙村的祸害。村民们没有见过犀牛，也不知道犀牛是什么样子，瞬间就将犀牛和妖魔等同起来。独角娃就是妖魔，就是犀牛，杀无赦，大家一致同意。

独角娃必须尽快除掉，才能换得整个村落的平安。巫芭拉在总结以前所有的行动都以失败而告终时，都归结到独角娃的魔力不断吸收天地之精华，山川之灵气，与日俱增，逐渐可以与日月同辉，江河同在。此时不除，更待何时。到时全村人赖以生存的故土将变成独角娃的天地，变成全村人的坟场。在独角娃尚未达到极限魔力时，是铲除的绝佳时机。可是除去独角娃，将会变成一项艰巨的任务。巫芭拉提议采用上天的旨意，采用传统的杀戮方式，成立敢死队，围捕独角娃，血祭山神庙，才可以保全华龙村，子孙才会兴旺发达。说到子孙万代，村民们又一次热血沸腾，自己这一代可以承受任何痛苦，但孩子不能有任何闪失，为了孩子，连性命都可以豁出去。

深夜，村民一一发言，务必出钱、出力和出谋划策，确保计划得以顺利实施。经过一整夜的合议，再次捕杀独角娃的秘密计划已经形成，不会再节外生枝，关键就在最后的实施环节。

散会回到家中，巫芭拉还不忘作法，又对独角娃进行了一次攻击。可是收效甚微，不得不死了这条心，心里相当难受，无法入眠。一阵伤心之后，才想起没有吃晚饭，摸索着在家中寻找半天连一点可吃的东西都没有找到，嘴里叽里呱啦地骂着他老婆。

捕杀独角娃的计划还是被突发事件搁置了一段时间。

进入夏天，正是青黄不接的季节，元朝政府催粮的队伍一阵紧过一阵，登记种田面积，核计上缴粮食数量。这个特殊时期，村民一提交粮就情绪激昂，几乎达到失控的状态，几次酝酿暴动都被巫芭拉劝回。整个村子已经断粮很长时间了，山间、田野挖野菜、挖草根的队伍逐渐壮大起来，还要挨过最艰难的一个月。田间的稻谷正在抽穗，眼看着丰收的希望正在逼近，预示着将是一个好年景，眼前的危机只是暂时的，没有过不去的坎，忍一忍也许就过去了。

希望有多大，失望就有多深。饥饿后的水肿病和瘟疫逐渐蔓延，村民死亡的人数逐渐增多，饿殍充塞村头，村民经常来不及处理。村民的精神已经崩溃，只好把希望的赌注全部压在巫芭拉的身上，巫芭拉才是拯救全村人的救星。好不容易刚刚埋葬了一批患瘟疫而死的尸体，夏天的暴雷频频出现，罕见的电闪雷鸣的呼啸声，把村民吓得魂飞魄散，整个村落都要散架了。

村子中间的千年神树被雷活生生地劈倒，成千的村民就在滂沱大雨中跪在神树树桩下，祈求苍天开眼，饶过华龙村。大雷过后，大批的青蛙神秘死亡，引起了村民的很多热议和猜测。涨水了，洪水泛滥，淹过屋檐，整个村子所在的区域变成汪洋大海，几艘平时在河道中运送货物的龙头大船，现在可以自由划行，把村民连夜转移到山下高地。整个村子乱套了，哭天抢地，祸不单行的日子要把村民赶尽杀绝，一种愤怒的冲动就要爆发。

巫芭拉的地位已经越来越重要了，大家都无法离开他，是一个大家信赖的大忙人。早晚要向上天祈祷，祈求给予村民平安；白天要对埋葬的死尸诵经念佛、超度，还要给处在病痛中的村民发放神药，驱除病魔。晚间一旦有空余时间还要和村中的长者议事，决定华龙村下一步的计划。

独角娃的日子也并不好过，先前储存的粮食和种子已经在他孤身前往九阳山决战塔拉的当天被村民打劫一空。他被迫只有在后半夜前往山中捕猎，黎明时分又悄无声息返回山神庙。霸下已经难以动身，生命的气息已经越来越微弱，晚上到独角娃香房的机会越来越少。独角娃感觉到有些孤单，每天晚上夜深人静的时候，一旦有空就到野外寻找死尸，挖深坑将其掩埋，避免瘟疫进一步传播，为村民做些力所能及的事情。这些理论是独角娃从中医古籍中读到的，一直默记于心。独角娃夜晚的行动被村民看到了，流言迅速传开，说他偷食尸体，大逆不道。村民的愤怒如潮水般地涌动起来，被巫芭拉暂时制止了。巫芭拉说小不忍则乱大谋，还有更大的猎杀在后头。

半个月之后，洪水逐渐退去，山下的村民逐渐返回家园，开始修葺倒塌的房屋，抢收洪水肆虐后留下的参差不齐的半成熟的稻谷。巫芭拉逐家走访，独角娃偷食死尸的事情又被大势渲染，被暂且搁置的捕杀计划又重新提上议事日程。战争，瘟疫，遭遇炸雷，千年神树劈倒，青蛙神秘死亡，百年不遇的洪灾泛滥……所有一切灾难的根源已经明明白白：妖孽作祟，魔鬼横行。当断不断反受其害，到了该出手的时候了，重剑斩妖，义不容辞。全村人秘密合议的结果：三天后的傍晚，将是血祭山神庙的日子，巫芭拉发出了最后的呼喊。

夜已经很深了，霸下鼓足全身力气来到了独角娃的香房，缓缓说道：“独角娃，不瞒你，近来我有一种隐约的感觉，似乎村民对你不怀好意，凶多吉少，我原想他们会逐渐改变对你的看法，也许我的看法有比较大的偏差，你应该多留意一些，避让为主，免得发生不必要的冲突。”说完，霸下狂咳不停，泪水也顺着鼻翼流下。

独角娃走过去扶住霸下。“我早就感觉到了，想要改变村民对我的看法，短期内可能有些痴心妄想，即使我付出再多，他们还是只看到灰暗的一面，都是因为我头上的角，要想消除村民心目中对我的看法，短期内几乎不可能，这里将无我的立锥之地。”独角娃伤心地说道，不停地摇着头不知如何是好。

霸下颤抖着身体，断断续续地说道：“既然你已经意识到对你极度不利……你还是尽快逃走吧，留在这是非之地，恐怕对你不利。如今华龙村发生了这么多的变故，谁都会把责任归咎到你的头上，总要有一个人来承担责任，这样心里才会找到平衡，平息事态。”

“天下之大，我往何处？此处我是妖孽，其他地方难道我就不是妖精？”独角娃反问道，更多的是表达泄愤，一种无奈的伤感使他捶胸顿足。

“我想要帮助你，可是我……”霸下显出一种无奈，悠长的惆怅在空气中盘旋。“都怪我当年作恶太多，把自己的寿命都折失了。父王也太狠了一些，爱莫能助啊。”霸下继续说道。

独角娃并没有把霸下的话放在心上，转移话题回想了一下说道：“昨天我听到一个到庙中烧香的老头说了一件关于你的事情，反正不是什么好事，不说也罢。”

“什么？关于我的事情？”霸下指着自己的头说道，感觉到万分惊奇。

“千真万确，我难道还会骗你这个忘年交的朋友！”独角娃对着霸下说道。

于是，独角娃讲起了这件事情——整个神州大地灾难不断，坏消息又从四面八方传来，黄河决堤，淹没大片地区，洪水肆虐，死于洪流人数不计其数，灾民流离失所。流言四起，说霸下又逃出来到黄河兴风作浪，横行千里。由于接连战乱，朝廷粮库早已空虚，没有任何拯救黎民百姓的存粮，百姓举家饿死，甚至发展到易子而食。一场危机将要再一次扼杀战争中勉强幸存下来的生命。

霸下听到这些消息，义愤填膺，扼腕叹息，顿时不知从何方来了力气，在香房内狂躁起来，跳跃着想要杀死兴风作浪转嫁坏事的妖怪。霸下愤怒地说道：“抓到栽赃与我的坏家伙，我一定要抽了他的筋，扒了他的皮！”说完，霸下面对着东方，噗通一声跪倒在地痛苦地说道：“父王，我知道你对我有前嫌、有成见，可是我还是要叫你一声父王，但愿在千里之外你能听见我的呼唤，请你再给我几百年的时光，我将用这几百年的时间为黎民百姓做一些好事。”霸下面带泪珠，虔诚地磕了三个响头，然后是呜呜的低泣。

此时东海龙宫中灯火阑珊，龙王正在饮酒，醉眼迷离，看着仙女扭着腰肢，抬头挺胸，风情万种，抛着白绸缎，移着碎步，跳着轻柔的舞蹈。龙王似乎听到有人呼唤他，可是正在酒兴头上，极度纯正的酒使他有些难以左右自己，一时之间以为自己饮酒过量耳目昏花，也就不在乎霸下在远方的呼唤。

独角娃看着霸下，心里雪亮，也跟着一阵伤心起来，扶起痛苦的霸下，然后表白道：“我要为你到东海讨回增寿龙珠，然后我们联手为人们做些好事。让人们明白，我们长得丑，可是我们的心是好的，我们要向畸形的道德标准发起进攻。同时，也让那些兴风作浪嫁祸于人的坏家伙得到应有的下场，我们要挽救好人得不到好报的局面。”

霸下使劲地摇摇头，叹息了半天说道：“孩子，你还小，你岂是东海龙王的对手？他历经千年磨炼，一则收集天下奇珍异宝，采集世间灵草根茎，拥有不衰的体魄；二则用心钻研，借鉴历朝魔法专家，制造极强的武器。我父王极度凶残，谁要对他的王位或者心爱之物构成威胁，会聚集全部人力物力对敌人杀无赦，包括我也不例外。增寿龙珠数量有限，五百年才能练成一粒，一粒只能增寿六百年，理论上只够我的父王用。况且还有我的几个哥哥弟弟都虎视眈眈。我以前总是跟父王顶着干，父王对我也没有多少感情，哪还有我的份呢！”霸下又逐渐恢复了平静，看着外面的天空显得心事重重，有一种欲言又止万分无奈的感觉。

“我不能让你葬送性命，到东海路途遥远，山重水复，阻碍重重，九死一生，不死也要蜕三层皮。东海恶浪滔天，深不可测，重兵把守，你一个凡人又怎么能够得到增寿龙珠？”霸下摇摇头，无奈地说道。“好孩子，算了吧，你还年轻，人生中的十万八千里仅仅才走了一步，不能因为我的事情，葬送了你的前程，甚至是性命，不能把你拉到这个争端永无停息的世界里。”

“不全是为了你，说句私心的话，也是为了我，现在，世间之大，我已经没有立足之地，实际上是为我的生存作斗争。我们是忘年交的朋友，在你有难的时候，我又怎能袖手旁观呢？只有你我联合起来，正本清源，才能实现泾渭分明，这个世界才会尊重我们，我们也才能有所作为，否则，死神就会随时向我们袭来，死亡就不可避免。”独角娃向霸下表白道，力图传递一种力量和决心。

霸下没有反对独角娃的观点，眨着眼睛微微地表示赞许。“既然你有这么大的决心，我还有反对你的理由，那我就是十足的糊涂虫。”

霸下冥思苦想了一下，继续说道：“只是你的身份不适合为我到东海龙宫中讨要增寿龙珠，又有谁能相信你？我的父王会把你当异姓入侵者而对你痛下毒手，绝对不会手软。”

独角娃突发奇想地说道：“那我就拜你为干爹，我不就成为义子，你不就成了我的义父，东海龙王不就成为了龙王爷爷了，孙子为老子向爷爷讨要一颗救命的增寿龙珠有什么违背道义？”

“哎，对呀，这也是一个看似相对有理由的借口，就这么办，只是委屈你了，此行凶多吉少，恐怕难以达成所愿，你要有十足的心理准备。”霸下笑呵呵地说道，既乞求又有些失望。“我这一辈子不曾有过孩子，你就是我的孩子了，还犹豫什么?”

独角娃听到霸下的提醒，急忙跪倒在地，恭恭敬敬地向霸下磕了三个头，亲切地叫唤道：“义父。”

“就叫干爹可能更妥帖一些”，霸下进一步纠正道。

“不，你对我有救命之恩，恩重如山，我叫你为义父更妥”，独角娃解释道，抬眼打量着霸下。

霸下顿时眉开眼笑，一直阴郁的心情有些晴朗起来。他急忙到屋外看了一下天空，返回话锋一转说道：“近来华龙村天相不好，杀伐之气严重，你不宜久留，尽快出发，离开这个是非之地。”霸下说完，急忙返回山神庙后山的洞穴。过了一会，取来一个包，打开包取出笔和黄绢，写下了认养独角娃的事实经过，还有一封声情并茂的家信，然后押上印鉴，折叠后装到了竹筒中，封上了防水蜡，递给了独角娃。

“你此次远征，艰难险阻不说，要想潜入滔滔东海，凭你一个凡夫俗子岂能做到?这些问题我已经为你考虑好了，你只有拿着我的宝贝，才会有几分胜算，才能完成使命。”说完，霸下转身拿过包袱。“我知道，我的父王脾气虽然暴戾，但他也有优点，他的不平凡之处就在于不断学习，不断揣摩，观察天上与人间的万事万物的规律，融汇万物之精华，不断熔炼出很多新宝贝来，有些玩意连我都不曾看过，你要多加留意和防范，明箭易躲，暗箭难防，法道无边，不然反被其所伤，就会得不偿失。”

霸下取出黄娟包袱，展开重重包裹着的宝贝：一张羊皮地图、一把剑、一张弓和羊脂白玉章，然后慎重地递给独角娃，语重心长地说道：“好孩子，我把一生都舍不得用的几件宝贝交给你，留着也没啥用，这些玩意在关键时刻能够助你一臂之力。如果你归来的时候，或许我的灵魂已经进入天堂，这时候你就应该义无反顾地为人类的正义和公平事业奋斗，依我看来，你不是一个普通的孩子，你的血液中充满着灵性、正义与公平，还有一种不屈不挠的精神气质，聪明的秉性，理应成就一番伟业，我相信你，你能行；那时只要我还有一口气，还有生存的希望，假如你已经得到增寿龙珠，我们俩理应并肩为人类的美好未来奋斗，建设一个和谐的家园。”

霸下慢悠悠逐件展示宝贝，讲述着每件宝贝的来历……

第一件宝贝是一张炎黄大地的全景羊皮地图，发白的颜色中带着几条折痕，这张地图最大的特点是能够呈现出自己所在的位置，并且在漆黑的夜晚能够发光，看清地图上的文字和线条，遇水不褪色。地图能够识别声音，只要你从事的是正义事业，地图总能将你引导到目的地，让你经历磨难而变得更加成熟。

关于这幅地图，还有一个遥远的传说。相传，周文王巧遇白发苍苍的姜子牙独自垂钓，直钩无饵钓得很多鱼，引起了周文王的极度好奇，和姜太公的一席交谈让周文王如获圣人，后来封姜太公为国师。姜子牙年轻时，家道衰败，主要以杀猪宰牛为生存之业，空隙时四处漂泊，但时时不忘学习，天文地理样样精通，治国安邦之道烂熟于心，闲暇时用牛皮绘制了炎黄地图。他没有辜负周文王的希望，献出自己的聪明才智，绘制的羊皮地图在打败殷商的战争中发挥了重要作用，用自己的谋略帮助周文王灭商建立周朝。而后不知道这张地图怎么落到父王手里，我年轻外出游历天下时，父王怕我迷途，就将此图赐予我，我一直当宝贝爱惜，是我的心爱之物。

第二件宝贝是一把碧水晴空剑，这是越王勾践曾经使用过的宝剑，剑身较长，布满菱形暗格花纹，寒光闪闪，削铁如泥，可以值一个城池。越王勾践在铸造宝剑时，同时铸造了两把，一雌一雄龙凤宝剑。碧水晴空剑是雄剑，也就是龙剑；齐天明月剑是雌剑，剑身稍短，秀气一些，是凤剑。人们很少知道这两把剑，据说如果两剑合一，一齐亮剑，天空为之抖，大地为之颤。大禹治水完工后，我背着三山五岳不得动荡，无比痛恨大禹，就要想报复夏禹的后代，在会稽山悄悄找到了大禹的后裔越王勾践，当时越王勾践正是兵败之时，满腹忧愁地喝着闷酒，在我想要举剑杀死越王勾践的时刻，看到了博学多才的名仕范蠡，我的心软了，不能再犯错，杀死不该杀的好人，只好顺手偷了勾践的碧水晴空剑，算是心理上的一个安慰而已。起初，我并不知道碧水晴空剑的妙用，一天我无意举剑向苍天，口念剑鞘上的密语，天空顿时云开雾散，风平浪静。我才注意到剑鞘上用篆体写着“宝剑出鞘，风平海静，日光普照，剑锋指向水分开，通路一条赛神仙。”剑上落款：越王勾践，自作用剑。

第三件宝物是一张弓。家父平时喜欢云游打猎，消磨时光于山水间。元光六年，家父云游到雁门关，飞将军李广和匈奴正在交兵。李广兵败，受伤被俘，生命悬于匈奴人股掌之间。家父想要搭救飞将军李广，给李广创造了一个逃脱的机会。这张宝弓，就是李广为报答父王的救命之恩而赠送的宝物，叫灵宝弓。这张弓最大的特点是张弓射箭，木石必穿，威猛无比。鉴于飞将军的美誉和充满灵性之弓，父亲格外喜欢，每逢外出狩猎，必须带在身边。一次，我陪家父打猎，主动帮助父王提箭背弓，被我悄悄占为己有，父王宝贝众多，即使少一件有时也很难发现。父亲也不根究，就这样跟随我留存到现在。

第四件宝物是一枚羊脂白玉印章。听父王说他在游历西域时，路经一河边，口渴难耐，就俯身舀水喝，河水清冽，发现河中石头圆润，隐约露出油脂一样的光泽，父王顿觉是块灵石，捡了一块，回家后发现此石头充满灵光，莹润细腻，硬度极高。父王把石头分成九块，制成神兽印章，隐藏着父王的秘咒，分发给各个儿子。这是父王给每个孩子最后的礼物，然后我们兄弟九人被赶出家门，独自到外面生活。我生性狂野，桀骜不驯，结交各路狐朋狗友，就到各地兴风作浪，才有被大禹收复的往事。羊脂白玉印章就是我是东海龙王儿子的主要信物。

东海来去遥远，山重水复，障碍环生。地图供你在路上识途，弓箭用来防身，玉章作为我的印记，碧水晴空剑只能使用一次，即可以连续使用十天，超越十天之后，其功力自动消失，如果十天后接着使用时会飓风大作，巨浪滔天，没有生命生还迹象，物极必反。龙宫险恶，机关重重，你要灵活应对，才会化险为夷。我已经没有多少时光和力量了，无法远距离帮助你，只有采用冬眠疗法保住最后一段时光，尽量等到你的胜利凯旋。孩子，自信、聪明和淳朴之心会让你聚集无限的正义力量，我相信你，你一定会成功!

霸下回忆着痛苦的往事，眼睛在不知不觉中湿润了。

独角娃看着霸下的眼睛，信誓旦旦地说道：“义父，我一定谨记你的教诲，为你讨回增寿龙珠。”

“仅仅为我讨回增寿龙珠还没完成任务，你应该向我的父王讨要一件看似普通的拐杖——降魔杖，其功力强大，这是我小时候发现的秘密，有些功能连父王也不知道。只要将降魔杖放在华龙村后高处的山崖之上，全村人将会平安无事，也算我托你的一项重任。我是不是爱屋及乌？我生活在这里，就把这里当做我的故土，我要睁开眼睛看着这里繁荣昌盛，正义永存。”霸下说道。“我要提醒你一点，我的父王有两根外形类似的降魔杖，只有那根用仙桃木制作并刻有雄鸡图案的才是我们所需要的。”

霸下对华龙村的深情感动了独角娃，他越来越感觉到霸下和他已经心灵相通了，他使劲地向霸下点头，保证完成任务。

“你好好准备，出行之前务必要做到有备无患，路途遥远，劫难重重，后天傍晚之前必须要离开华龙村。”霸下关爱地说道，拍着独角娃的肩膀。

霸下回到了他的洞穴，独角娃开始为远行作准备。

夜晚的月光很美好，静静地照亮了夜空和山河大地。

华龙村村民并没有放松对独角娃的监视，年轻力壮的小伙子偷偷地跟在独角娃的身后，窥探着独角娃的行踪和所作所为，然后把信息反馈给巫芭拉。独角娃比较忙碌，他要到山头上取回以前藏匿的一包蚕豆，做成炒豆留作路上的干粮，还做了一些炒面，以及一些备用的箭；还把一包菜种也一齐带走，不知道有没有用。

巫芭拉听到这些消息之后，急忙在华氏宗祠中摆起了法坛，旌旗飘动，香火缭绕，准备用神的力量控制住独角娃。全村人都擦亮了眼睛，注视着巫芭拉的一举一动，期待着巫芭拉魔力之下的奇迹再次显灵。

三天后的傍晚即将来临，村民们已经在华氏宗祠早早吃过晚饭，饮过巫芭拉特意准备的壮行酒。巫芭拉还为每个出行男子身上洒上符水，怀中揣着咒语，万事俱备只欠巫芭拉一声令下。眼看天色渐渐暗下来，巫芭拉的长剑突然举起，在空中发出了几道撕裂的光亮，直指长空。替天行道，捉拿独角娃的行动开始，队伍直扑山神庙。

今天傍晚是独角娃要远行的日子，太阳刚刚下山，霸下就支撑着提早来到了香房，准备和独角娃告别。独角娃已经全副武装，等待着天色暗淡下来。夜色逐渐逼近，独角娃最后擦拭了一遍佛身，向各路佛像一一朝拜，向霸下磕了三个头，准备出发。

突然，一种异常的响声惊动了独角娃。他透过窗棂，模模糊糊地看到上百个村民全身铠甲，肩背弓箭，一手执大刀、一手提着装狗血的木桶，向山神庙的正前方包围过来，形成合围之势。这些村民都是华龙村从战场返回的壮年士兵，训练精到，武功卓著，头脑敏锐。战事突然停歇，没想到这些行头还派上用场。打前阵的士兵举着火把，低声耳语说着什么，一场无声的杀妖战斗开始了。

村民似乎看到了独角娃，几支利箭嗖嗖地飞过来钉在香房的门板上，甚至还有两支箭从窗棂孔中飞入香房，几乎射中独角娃。独角娃拈弓搭箭，准备还击。霸下一把将独角娃的弓箭挡开，说道："不要用一时的愤怒，错杀了一生的信念。误解是暂时的，理解是最终的。你一路前行，一定要记住这条原则，德行乃为人一生的正气，忍让逐渐会让你在漫漫的岁月中找到心理上的平衡点。"

独角娃收上弓箭，然后悄悄背起准备好的行囊，慢慢撤退到山洞中。箭如飞燕一般，向香房门口射来，霸下朝前，独角娃断后，手中的长剑在空中旋舞着，呼啸飞来的带狗血的利箭落了一地。

霸下对山洞很熟悉，顺着暗河边沿着悬崖而上，一个通往山顶的通道和夜幕连为一体，看到了天上刚刚升起的星星闪动着眼睛。霸下轻轻抚了一下独角娃，算是告别。

霸下拉了一下独角娃，沙哑地说道："行囊底部的夹层中有一个油纸包裹和蜡封的锦囊，到东海在你最无助的时候可以打开，或许能够助你一臂之力！谨记，不可提前。"

独角娃向霸下点了一下头，向着山下一路跑着离开。霸下也返回山洞深处进入漫长的冬眠。

村民地毯式地搜索了整个山神庙和后山，没有找到独角娃，活不见人，死不见尸，一种绝望的呼号飘荡在山神庙上空。巫芭拉痛苦地对着苍天，像在赎罪，又像在自责，一脚将盛满狗血的木桶踢翻。

唯一值得庆幸的是村民们夺回了山神庙，赶走了独角娃，山神庙变成了村民的天地。巫芭拉虔诚地作法三天三夜，滴水未进。在村口所有出路洒上符水，用生石灰粉撒了阻挡鬼怪进入村子的白线，钉上辟邪木桩，算是敷衍过去，向村民有了一个心理上的交代，暂且平息了华龙村村民心头的恐惧。

第六章　初上路复仇群狼　刚出道搭救弱女

独角娃一路小跑，头也不回，怕村民发觉追将过来，引起不必要的杀戮，顺着山道朝东方挺进。只是他心中牵挂着霸下，生怕寿辰将至的霸下，手无缚鸡之力，遭遇不测，或者即将枯竭的生命等不及自己的归来就悄然离去，这将是一场痛苦的悲剧。但转念一下，霸下对山洞熟悉，黑暗中村民又有何能耐？开弓没有回头箭，村民正在四处搜寻自己，不能因此让计划搁浅，东海龙宫才是自己的终极目标。独角娃来不及取出羊皮地图，就看着天上刚刚升起的月亮，大踏步向东方前行。

临近初冬，天气有些寒意，独角娃戴上特意做的高帽子，将高高的角儿隐藏起来，以避免引起偶尔遇到生人的恐慌。战争过后的大地，人烟稀少，死寂沉沉，难以看到一点灯火。初次在夜间远行，独角娃感到有几分孤独和迷茫，好在还有朦胧的月色，走起路来也不是十分吃力。开始时顺着大路行走，到了后来为了抄近路，只好从山中的羊肠小道蜿蜒行走，极度困难。寒气逼人，每行走一步都要小心翼翼，生怕有个闪失。

第二天太阳升起，天空格外晴朗。从半山腰远远地看到飘着点点炊烟的小村庄，独角娃都要远远地绕过，生怕引起误解而遭遇生命不测。随着向东方的不断迈进，天气开始逐渐变化，白天不时还有灿烂的阳光伴随着，一种温暖的舒适让人万分高兴。可是临近傍晚的时候，一旦让人着迷的玫瑰色的夕阳消失，天空中就飞来滚滚的黑云，让人心情沉重起来。就连人字形迁徙大雁的几声鸣叫，也会让人无比兴奋，生命的动感让人万分激动。随后就是乌云低沉的寒冷的长夜，天气骤然变冷，伴随着白花花的雾气擦面飞来，如刀割一般，冷得独角娃一阵哆嗦。

独角娃已经很累了，口袋中的炒豆也不知不觉快吃光了，只剩下碗口那么大的一袋，他感觉到一阵恐惧和无奈，只好打消夜晚继续前行的念

头。无论如何，一定要趁着天黑之前找到栖身之所，生一堆火，找一些吃的，才能保持体力，继续以后的征程。

独角娃急忙在森林边缘，花了一些心思，才找到了一些干松针和一块干的地方，还找到了一些粗大的干树枝，储备了一夜的柴禾，夜晚才有温暖的保障。

在荒山野岭中寻找食物显得极度困难。在山脚下的小路边有一条小沟，水很清很浅，一眼可以看到水底，蜿蜒的溪水流向远方。独角娃发现了水中的鱼儿，着实让他热血沸腾。他抱起一捆杂草，堵住了细流的下游，堵住了鱼儿下逃的路线，几条巴掌大的鱼儿在泥面上翻着肚皮，眼看束手就擒，仿佛就在火堆中发出阵阵香味。

独角娃已经等待不得，从高处一步跳将下去，准备踩在认为干燥的泥土之上，恨不得一把抓住泥巴上勉强游动的小鱼。这一跳几乎葬送了独角娃的性命，没想到泥巴很软，软得几乎就如糨糊一般。他的半截身子直挺挺地插在泥巴中，不敢轻易动荡，越动下沉得越厉害，眼看已经没到腹部，他只有尽量使上身匍匐在泥面上，阻止进一步下陷。他抬头看着雾蒙蒙的山头，冷飕飕的空气袭来，泡在冰冷的淤泥里，眼看就要逐渐沉入下去。独角娃一动不动，凝神静气，不禁想起了霸下，几滴伤心的泪水滚落在泥面上。想不到刚刚踏上征程的第二天就遭遇到如此的下场。

独角娃不敢再轻易挣扎，只敢用手在泥面上本能地乱抓。运气不错。突然，似乎抓到了什么，原来是一米见方的长树枝，独角娃一阵欣喜，急忙把树枝横在泥面上，铆足力气，想一下挣扎出泥面。咔嚓一声，树枝折成两截，眼看好不容易从泥潭中爬出来一点，随着树枝的断裂又下陷到原位，希望破灭了。他只好左右开弓，左右手各抓住一截树枝，就用肚皮贴着泥面，像划船一样，一点一点移到沟边，抓住沟边的水草，慢慢爬出稀泥巴。上到岸上，方觉安全，独角娃趴在岸边，长长地喘了一口气，庆幸逃过生命中的一劫。身上的泥巴经冷风一吹，他如筛糠一般不住地哆嗦，生火已经变得万分急切。

独角娃抬起头来，准备找一个合适的地方洗一下身上的泥巴。当眼光准备向远处扫视的时候，几只狼已经蹲在了他的眼前，迷离着眼睛，舔着舌头，时不时张大嘴，像似在打哈欠，又像假寐，等待着独角娃的倒下。

独角娃突然一跃而起，一声愤怒地咆哮，顺手捡起几块石头砸向头狼，几只狼被独角娃的突然咆哮吓得四处逃窜，夹着尾巴消失在苍茫的夜色中。

独角娃已经感觉到四肢僵硬，无论如何也要洗净身上的泥巴，摸索着在沟边的溪水中勉强洗去污垢，拖着冻僵的四肢，十指也无法握在一起。他急忙奔到行李跟前，眼前似乎有一个影子跑过，待他到行李旁边，肺都要气炸，剩余的炒豆已经被野猪享用，一粒不剩。看来只有寄希望于炒面了，独角娃不敢随便享用，留作最关键时候的救命口粮，可是当他提起炒面口袋的时候，几乎要哭出声来，口袋已经被咬得千疮百孔，哪里还有炒面的影子，就连放炒面的地皮早被野猪拱得坑坑洼洼，泥土疏松。

独角娃的四肢已经几乎不能动荡，上牙磕着下牙，瑟瑟发抖。他还是挣扎着找到了打火石，在宝龙长剑刃口上来回刮擦了几次，看着火星飞溅，可是不听使唤的手始终无法把火星刮到干地衣中。独角娃绝望了，这一刻，他想到了早已死去的父亲，在朦胧的记忆中，父亲生火很在行，总是打火石一响，火烟就冒将起来，火苗四起。独角娃一头瘫在地上，痛苦地闭上眼睛，准备等待即将来临的死亡。寒气逼人，一阵阵冷风吹来，独角娃有几分麻木。他似乎想到了什么，直挺挺地站立起来，一边叫，一边来回跳，足足有将近十分钟。他累了，也平静了。他俯下身来，手似乎听使唤了一些，打火石噗嗤一声，随着他大口地吹了一下，熊熊的烈火终于燃起来。独角娃贪婪地烘烤着，恨不得骑在火堆上。噼噼啪啪的干柴不断发出声响，照亮了周围。独角娃的身上冒着水汽，不断转动着身子烤着，羊皮才逐渐恢复了柔软，慢慢地找回温暖的感觉。

独角娃想起刚才见到的狼，不禁有些不安起来。借着火光，扎起一个火把，开始寻找晚上的栖身之所，否则夜间入睡后会被野兽撕吃了。好在山边有陡峭的岩壁，岩壁上似乎有一个石洞，离地面不算很高。独角娃挣扎着借着绳索爬到石洞中，这真是一个洞天福地，洞不大，但可以足够一个人宽宽绰绰睡一夜，还可在旁边生一堆火，放置一些柴禾，甚至还可以把洞口堵住。

独角娃把地面上的火堆连同柴禾一起移到山洞中，整个山洞中顿时温暖起来。在洞口的下面，独角娃把口袋中野猪吃不到的一点点炒面倒成一小堆，运气好或许还可用石头击中一头野猪，或许这只是一种奢望罢了。

独角娃在洞口的边缘设置了一排石头，一方面可以堵住洞口，保暖，防止野猫入侵，还可以留作防身之用。他在山洞中烤着火，把羊皮褂脱下翻来覆去地烤干。天气虽然格外寒冷，可是有山洞挡住寒流，有火堆可以使山洞中充满温暖，独角娃就准备在山洞中饥肠辘辘地过一夜，也算心里有了一丝安慰。

独角娃难以抵抗一天一夜的长途劳累，虽然很警觉，但还是朦朦胧胧地睡去。突然有野猪的喘息和打斗声，独角娃睁开眼睛，借着火光看清山洞之下有一群野猪正在抢食地面残留的点滴炒面。独角娃悄悄搬起事先准备好的大石头，狠狠地砸下去，正中一头又大又肥的野猪脑袋，野猪倒下了。独角娃一刻也不敢耽误，生怕到手的野食被饿狼叼走。他急忙提起宝龙长剑，眨眼就从绳索的上端滑到地面，用绳索的一端拴住野猪的后腿，拼命往山洞中拖。一群野狼在夜光中用发亮的眼睛看着独角娃的一举一动，焦躁地在地面来回转圈。

突然到手的食物诱惑力太大了，独角娃迫不及待地斩下野猪的一条后腿，就着洞中的炭火烤得吱吱冒油，一阵狼吞虎咽总算填饱了饥饿的肚皮。狼群就在洞底下舔着野猪流下的血水和独角娃丢弃的骨头，一阵阵嚎叫，多次准备发起冲锋，都被独角娃事先准备好的石头击退。

独角娃一夜没有睡好，直到黎明时分才昏昏睡去。早上起来的时候，才发现整个世界已经银装素裹，下大雪了，白茫茫的一片，掩盖了前行的毛毛小路。整个世界静穆，只有山边矗立的树木像雪人一样屹立。独角娃一分钟也不敢停留，将剩余的野猪肉在火堆上烤熟了之后，包在口袋中，作为接下来的艰难日子的口粮。到独角娃准备出发的时候，才发现自己右脚的牛皮鞋在昨天夜里的泥潭中垂死挣扎的时候永远地留在泥巴里。面对茫茫的大雪，独角娃一筹莫展，左右寻思之后，从羊皮褂上撕下一只袖子，借着火塘边燃烧的树枝，烙了几个小洞，用细绳绑扎之后，制作成一只简易鞋子，算是可以勉强应付未来的旅途。

大雪很深，行走极度困难，好在独角娃有羊皮地图的精确导航，不会迷失方向，随时知道自己所处的位置，对着迷迷蒙蒙的太阳，径直往东方行走。独角娃身上挂满了烤熟的野猪肉，踯躅在茫茫的雪野中，可能会引来狼群的追逐，还有野黑熊的袭击，甚至老虎也在虎视眈眈。独角娃一刻也不敢粗心大意，父亲死于饿狼之口也有疏忽的成分，高度防范是必要的。弥漫的雪花越下越大，前方眼睛可及的视野越来越近，洞穿迷蒙的雪花实在困难。独角娃攥紧长剑，两眼盯着前方，还要时不时回头窥视后方，防止狼群的突袭。

一阵粗重的喘息声震耳欲聋，两头黑熊已经向独角娃追过来。独角娃尝试着丢下一块烤肉，力图诱骗黑熊暂时停下追逐的脚步，可是好景不长，黑熊追逐的步伐更快了，眼看就要向独角娃扑将过来。独角娃以前见过黑熊，知道黑熊的厉害。独角娃只好卸下身上的包裹，手握长剑转身迎接黑熊的追逐。独角娃这一转身，黑熊犹豫了一下，倏尔向独角娃发起进攻，张着血盆大口，扑向独角娃，利爪拍向独角娃的脸部，独角娃顺势一躲，黑熊扑了个空，咆哮着再次扑过来。独角娃本能侧身躲开，但这一次就没有这么幸运了，臂膀上被熊掌抓了一下，鲜血就顺着手臂流了下来。另一头黑熊趁着独角娃躲避的瞬间，已经撕开包裹，大口狂嚼着烤肉，独角娃容不得多想，举起利剑，刺向向他扑面而来的黑熊，被刺中心脏的黑熊倒下了，在雪地里扑腾了几下就没有声息。另一头黑熊见状，叼起一块烤肉就逃入森林中。独角娃捂住臂膀，从破了一个口的口袋中找出止血草，用口咀嚼了一下，敷在伤口之上，暂时止住了外涌的血。独角娃重新装好被黑熊刨出的烤肉，背起行囊继续前行。

天气异常寒冷，鹅毛大雪没有停止的迹象。眼看白天的时光将近，独角娃边走边观察山头，还是要寻找合适的岩洞，才能安全熬过大雪之夜。可是，今晚的运气恐怕就没有昨晚那么幸运了，一路上只有屹立的松树和饥饿的野兽，很难见到岩洞。独角娃的心惊悸起来，如果找不到安全的栖身之所，恐怕凶多吉少。厚实的大雪之下，唯一可以瞥见的就只有松树。独角娃在一棵几人合围的大树前停下脚步，或许这里就是今夜相对最安全的地方了，这已经不容多想。

大树有一半已经空心，实际上早已经变为动物的巢穴，如今已经是一个空穴，里面有一些毛发和干草，还有一些树枝，算是不错的收获。独角娃抖落树上的雪花，砍下一些枝条，在树下扫出一块空地。再用树枝搭建了临时的小屋，可以避免寒风的吹拂。再砍下一些一人高的木桩，两头削尖，里三层外三层地钉在雪地里，把自己围在中间。最后用带来的绳子吊起一块大石头，做好机关，以备不时之需。然后再在周围砍来一些枯枝，足够一夜取暖之用。万事俱备，迎接黑夜的来临。

独角娃清空树洞，半个身子可以藏在树洞中，双腿露在树洞外，冷得他难受，好在火堆的温暖暂时使他忘却了一些痛苦。他取出早上烤好的野猪肉，用木棍穿着再次复烤，算是不错的享受。只是被黑熊抓伤的手臂疼痛难忍，心里不得安宁。他喝着用小铜锅烧开的热水，吃着烤肉，心里好暖和。临时的小屋外北风呼啸，时不时刮进几片雪花。

雪地里的黑夜并不算黑，朦朦胧胧还可以看清一点。独角娃把羊皮褂披在脚上，借着闪闪的火光不再感到寒冷。夜已经逐渐深了，吸取昨夜的深刻教训，独角娃设置了多重报警机关，心想即使大雪飘飘，依然可以美美地睡上一夜。今夜心里的踏实程度让他很快进入梦乡。

北风呼啸着，夜间的一阵寒冷把独角娃冷醒，树枝有些潮湿，容易熄灭。独角娃向火堆中添加了一些木柴，把较为潮湿的树枝围在火堆旁烘烤，准备再好好睡一觉。突然听到一些异常的响动，透过窝棚缝隙让独角娃感到一阵窒息。成千上万的狼已经把他的窝棚围得水泄不通，虎视眈眈地看着独角娃，也许今晚他就是狼群的唯一活体野餐。狼群有些恐惧，也许是不断闪动的火光使狼群瞻前顾后。狼群呼号着，咆哮着，越聚越多，只等待头狼的一声令下。这是入冬后的第一场大雪，狼群实际上很难寻找到食物，饥饿已经把它们的希望寄托在独角娃的身上。

独角娃彻底清醒了，他要为他的生命安全保障做好下一步的准备，雪地中的饿狼是出了名的，在很小的时候，模糊地记得听过父亲讲起马队经过森林雪地被狼袭击生命不保的故事，就不寒而栗。独角娃急中生智，准备好了长距离进攻的弓箭，还有短程工具长剑，还有可以投射的木桩，只要狼群一来，一切都可以派上用场。独角娃想起自己父亲的惨死，义愤填膺，意识到今夜一定不寻常。他拈弓搭箭，拉满宝灵弓，利箭嗖的一声，头狼还来不及反应，被箭射到山坡下，来不及叫一声，就气绝身亡。狼群显然有些慌乱，失去头狼就等于失去了方向，慌乱中往后退了几步，然后又镇定下来，把目光聚焦到独角娃身上来。独角娃心中的压力有所缓解，只要头狼一死，狼群的力量将会土崩瓦解。实际上独角娃的看法出现严重偏差，饥饿中的狼群不在乎有没有头狼，只要有填饱肚皮的机会，即使付

出生命的代价也是次要的。

狼群一阵骚动之后，又开始向独角娃靠拢，几只胆子大的狼开始扑向独角娃，只是外围尖尖的木桩让朝前冲锋的野狼付出了代价，被木桩刮得嗷嗷直叫。独角娃顺势举起宝剑，手起剑落，狼头滚落一边。狼群愤怒了，开始像潮水一般涌向独角娃。独角娃看到这阵势，连连叫苦。急忙放下了拴在树上的机关，悬挂的石头从空中落下，砸得狼群连连后退。独角娃开始投掷点燃的木桩，带着燃烧的火苗飞到群狼中，狼群发出一阵惨叫，退到几米开外。独角娃准备的木桩已经用完，情况十分危急，狼群没有退却的意思，相反还有得寸进尺的企图。一切尽显危急，狼群近距离的攻击就要开始了。

独角娃在狼群大规模进攻之前，尽量发挥宝灵弓的威力，专射胆子大而壮实的狼。随着几只狼的倒下，独角娃也一阵痛楚，没有箭了，这种危机将会带来心理上的崩溃。独角娃开始了最坏的打算，和狼群决一雌雄。他双手握住长剑柄，凝神定气，背靠大树。狼群中还似乎混杂着一只熊，站立看着独角娃。几只狼已经发起攻击，独角娃忍着白天被熊抓伤的手臂的疼痛，对飞一般冲来的狼猛砍，狼被砍得身首异处。狼群愤怒了，全都一齐冲向独角娃，独角娃被逼得走投无路，只好一步跳上树，飞快地爬上去，就像一块冻肉一样挂在树上。愤怒而饥饿的狼群狂抢着独角娃临时放在雪地上吃不完的烤肉，然后对着树梢上挂着的牛皮包哼哼唧唧，恨不得长出手来夺下皮包，把里面的肉吃个精光。狼群不愿离去，静静地坐在树下的火塘边，等待着独角娃回归到地面。独角娃感到异常寒冷，头发似乎都要冻直了，每一分钟宛若经历了半个世纪。

苍天有眼，并没有赶尽杀绝，天边已经翻起鱼肚白，当一束亮光穿透雪地的时候，狼群才慢慢散去。独角娃终于从树上滑下，全身几乎冻僵了，重新燃起大火，逐渐恢复了生命的原色。周围的雪地上已经零零星星留下了好多狼的尸体，隐隐约约已经被大雪覆盖。独角娃砍下被砸死的狼的两条后腿，烤熟了，草草收拾了一下行装，准备出发。让人欣慰的是独角娃把牛皮口袋挂在树梢上，得以保全，就连昨晚吃剩的烤野猪肉也还有几块。独角娃不敢再过多停留，及早离开雪山。迎着朝阳，向东方疾进。

已经离开华龙村几天了，山神庙中的温暖令独角娃不断回忆。翻过雪山的半山腰之后，天气逐渐炙热起来，满身的汗水预示着进入了酷热地带。绿茵茵的草地越来越平坦，零星的细沙让人行走更困难。傍晚时分，独角娃在一个山沟的谷底度过了美好的一夜。天气宜人，没有任何外界的干扰。这里河水叮咚，缓缓地向下流淌。独角娃做了一个简易的木叉，在清澈的河水中叉了几条大鱼，美美地吃了一顿，这是他离开华龙村之后吃得最爽口的一顿，使他对这里充满了好感。

当太阳升起一竹竿高的时候，狂风时不时疯狂一下，刮得沙土飞扬。独角娃来到了沙沟村，这里三面环抱着小山坡，中间是开阔的几平方公里的土地，风沙已经被小山坡挡住，算是安静而肥沃的土地。只是树木稀少，黄沙裸露，酷热难受。

独角娃来到沙沟村，石牌坊横亘在空中，大大的“沙沟村，元狩四年，张骞手书”，汉字清晰可辨。沙沟村村口有一棵大树，遮天蔽日，围绕大树是一个宽敞的自由集市。似乎战争远离这里，没有给这里留下任何创伤。

这里人来人往，人声鼎沸，骡马就在集市的背街吃着草料，不断驱赶着苍蝇，弄得马铃铛响个不停。独角娃看到这样的场景，还是有几分犹豫。华龙村长久的战争，使他对这样的集市感到几分生疏。虽然以前听父亲描述过这样的场景，毕竟只是故事中的传说。他忐忑了一下，还是带着几分犹豫不决的心情步入市场中。

市场中的货物很丰富，很多稀奇古怪的货物他闻所未闻，第一次见到这样的场景使他流连忘返，决定多停留一会满足好奇的欲望。各类小吃沿街布置，看着让人眼馋。独角娃有些难以抵挡住食欲的诱惑，不断偷偷地把涌出的口水咽下。看着别人付了一些圆形“铜片”之后，就将货物带走了，他感到很纳闷。怎么弄到这样的铜片是他现在不断思考的问题。

集市虽小，可是历史悠久，已经沿袭了多长时间谁也不知道，只知道一代一代皆如此。各种叫卖声此起彼伏，旁边有一个戴花冠、穿半臂襦裙的姑娘站在街边，遮住半边脸，顾盼左右，心里看起来极度不安，口里不断叫道：“玉镂雕龙穿花佩便宜卖了，这是家里传下的宝物，母亲急需钱治病，需要者前来看看”。独角娃反复听了几遍之后，才听清楚是需要钱，也才对钱有了进一步的认识。他无法看清楚姑娘的整个脸庞，但看着姑娘

窈窕婀娜的身材，高高的个子，一双灵动的眼睛几乎使独角娃不能左右，萌动的青春激素使他对姑娘有了几分好感。只是看着自己的打扮，身上的羊皮褂肮脏不堪，还少了一只袖子；脚上穿的是一只牛皮鞋，另外一只脚裹着羊皮。不禁有些自卑起来，偷偷地看了姑娘几眼，知趣地走开了。

姑娘名叫阿盖娜，沙沟村人氏。人长得漂亮标致，楚楚动人，那股机灵劲人见人爱。她的父亲曾经是当地有名的武节将军，正五品，颇受当地人拥戴。在阿盖娜十岁那年，父亲不幸卷入一桩案子中，被朝廷收监，生死未卜，巨大的家业被查抄。阿盖娜和母亲相依为命，生活在父亲生前一个结拜兄弟的一个院落里。只是母亲焦虑过度，体弱多病，只有靠阿盖娜支撑着整个家庭。阿盖娜如今已经十六岁，出落得如仙女一般摄人魂魄，惹得左邻右舍有小伙子的父母坐卧不安，都想极力结亲。只是恐于当地赤老温家族的势力，都不敢有所行动。

赤老温是当地非常有名的富户，强霸一方，仗势欺人，已经打死过好几个人，当地人都唯恐避让不及，不敢有半点冒犯。他主要靠贩卖战马起家，而后又贩卖铁、铜、锡等战争物质，不断的战争造就了他的家业进一步壮大，如今拥有良田万亩，家奴有几百人，家产万贯，权倾一方。已经成为当地最大的富户，当地人见他都要避让三舍。

赤老温虽然已经进入知天命的年龄，可是体力极好，掌管着整个家族，孙子们也一天天长大，整个家族人多势众。如今贩马的买卖已经交给儿子，自己就在附近村落负责带着几个孙子先物色好马匹，再交给儿子到远处贩卖。一旦看中谁家的马，都得要便宜卖给他家。一天，阿盖娜到邻村为母亲买药，恰巧被在那里买马的赤老温看到，呆呆地看着阿盖娜，口水也几乎要流出来。孙子拖雷明白了一切，夜晚就强行将阿盖娜掳掠到赤老温的老巢。阿盖娜表示很愿意当赤老温的小老婆，迷惑住拖雷。就在孙子们去告知自己爷爷的时候，阿盖娜悄悄趁着夜色逃走了。阿盖娜回家后用黑纱蒙住脸，准备把家中值钱的宝贝换成钱，然后带着母亲逃走。

阿盖娜逃走之后，赤老温的孙子拖雷如坐针毡，心里万分不痛快，派出几十人的队伍活跃在不同的要塞，防止阿盖娜外逃。集市开市不久，拖雷就得到了阿盖娜的消息，吃过中饭之后，派出大批爪牙浩浩荡荡直奔市场而来。

独角娃就驻足在市场里，来来回回远距离看着各种东西，好奇心使他不自然地摸着羊皮褂口袋，可是失望还是使他有几分痛心。心想如果有一匹马，也许赶路的速度就会快一些，可是这种想法简直就是奢望，在心头一掠而过的想法使他痛苦了一下就淡忘了。

独角娃在市场里如叫花子一般，这里没有他可以交换的物件，至多是弓或者剑可以用于交换，但这些都是他的心爱宝物，这种想法不太现实。太阳逐渐当顶，独角娃准备赶路，只是心里惦记着陌生的阿盖娜，想多停留几分钟，看看她手里的玉佩是怎么出手的，这也是他多停留一会的十足理由。

好奇心让独角娃多停留一刻，却邂逅了意想不到的事件。突然，街边远处尘土飞扬，人声鼎沸，嗒嗒的马蹄声由远而近。人们知道，又是附近赤老温家的孙子拖雷出来为非作歹，这样的场面已经发生过多次。街道上的百姓急忙自动让出一条通道，快速藏匿稍微值钱一点的东西，希望厄运不要降临到自己头上。

十多个身着长袍、长靴、髡发打扮的人飞奔到市场中来，口里不断大声呵斥，对着挡路的男男女女就挥鞭打将过去，打得路人鬼哭狼嚎，抱头鼠窜。急忙躲避到偏僻的角落里，斜睨着眼睛，看着眼前的场景，生怕遭到毒打。

独角娃毕竟是外来人，不知道这些规矩，还愣愣地站着，背着弓、空箭筒和行装，看着飞奔而来的男子好生奇怪，结果在猜忌之中肩头被抽了重重一鞭，正好打在被黑熊抓伤的位置，使他疼痛万分，裂开的伤口渗出几滴殷红的血来，顺着手臂慢慢流下。

拖雷的堂弟忽尔来怒目圆睁，愤怒地瞪了独角娃一眼，看着他没有任何反应，接着又是一鞭子劈头盖脸打将过来。独角娃已经有所准备，右手顺势一接，拉住了鞭子的另一端，使劲一拉一放，马背上的忽尔来连人带马摔出去老远，重重地砸在弹石街面上，一时动弹不得。过了一会才拍着身上的尘土，捂着肚子爬起来。龇牙咧嘴，痛苦不堪，口里骂骂咧咧地咒骂着，指着独角娃准备作还击状。

独角娃也听不清楚他说什么，拍拍手上的尘土，愤怒地说他罪有应得。街上的百姓看着独角娃吓得目瞪口呆，猜测接下来的好戏将要上演，人人替独角娃的性命担忧，不知能不能逃过这一劫。

拖雷带头直奔正在卖玉的阿盖娜，阿盖娜看到拖雷的时候，想逃走已经来不及，索性就壮着胆子看事态的发展，一把扯下脸上遮蔽的黑纱来，怒目圆睁地看着奔来的拖雷。

拖雷延续着祖上霸道的德性，生性残忍。他把一根长长的绳套甩将过去，将阿盖娜头顶上的花冠打落。阿盖娜发髻瞬间散开来，遮住了半边脸，绳子套在了阿盖娜的脖子上，越拉越紧，阿盖娜几乎喘不出气来。

拖雷哪管那么多，在马上拉着绳子就走，口里不住地说道：“我们家的老爷看上你，你不但没有感激之情，报答之心，还想要逃走，这是你罪有应得，家法处置。”几匹马掉头准备返回，挣扎中的阿盖娜使劲往后退，显得弱小无助。

拖雷不想一转身，看到自己的堂弟忽尔来被独角娃连人带马掀翻在地，顿时怒从心上起，恶向胆边生，把套住姑娘的绳子甩给另外一个同伴，转身驱马挥刀刺向独角娃。

独角娃急忙丢下行装，一个顽童打滚顺势躲过大刀，跳到大树之下，摆出了决一死战的架势。拖雷见刀子刺空，有些生气，在方圆几十公里的地盘上，杀个人宛如杀只小鸡一般，有何畏惧？拖雷曾经拜过师学过艺，但杀伐之气太重，没有武德，没学多长时间就被师傅撵出山门，但他还算肯学，还真学会了各门派的不同刀法，只是没有学到位，外行看起来有几分畏惧，内行一看便知是花拳绣腿的角色。

拖雷一招玄虚刀法，举刀又再次向独角娃头顶上劈来。独角娃来了一个侧向翻滚，摇摇晃晃让过飞来的刀锋，只听见呼呼的风声从耳边掠过，心里暗自庆幸能躲过玄虚刀法实在不易。独角娃观察到拖雷的空当，用宝龙长剑插入马的前腿之间，然后用力一掀，急冲的马旋转着摔在地上。拖雷完全没有防范，被抛在地上，月牙刀被甩在一边，气得眼睛发红，几乎要滴出血来。

拖雷一看玄虚刀法不管用，又捡起刀使出八卦刀，朝着独角娃的胸口砍来。独角娃看得真切，一个鹞鹰翻身避开，躲过刀子的大力砍削。拖雷平时练就的各门派的花式刀法，折服了不少江湖滥人，身后跟着不少三教九流的帮凶，亲临不少杀人场面。今日出了几招都落空，心里感觉到很窝火，颜面尽失。

拖雷心生一计，他需要观察独角娃的弱处，好在接下来的对决中取胜。另外，用手下众人的力量来拖垮独角娃可能是最好的方式。他手一挥，十多个手下向独角娃四面扑来，举刀便砍。独角娃不想剑出鞘，只是用剑鞘来回挡了几下，凭借敏捷的动作在这些江湖滥人的屁股上狠狠踢了几脚，将一群坏人打了个遍。

街边响起了猛烈的叫好声，甚至有的男子握住了扁担，准备参与复仇。这些骄横跋扈惯了的乌合之众，哪里容得下独角娃到他们的地盘上撒野，一齐举刀向独角娃恶狠狠砍来。周围的百姓都蒙住眼睛，不敢看即将发生的结果。独角娃不得不抽出宝龙长剑向长空，呐喊了一声，对砍来的大刀削将过去，顿时火星四溅，大刀立即断为几截，顿时失去了战斗力。

拖雷看着手下众人刀子被震断，知道遇到了真正的对手，平时他被捧为“武林高手”，今日也要再露两下杀手锏，惩治一下眼前的独角娃。他举起月牙宝刀，使出了一个火焰刀法，这种刀法最大的特点是摧枯拉朽，无坚不摧，向独角娃的脖颈斜刺过来。独角娃向后一仰，大刀就从鼻翼上横飞过去，众人掌声如潮，不知是为独角娃的精彩躲避叫好还是为拖雷凶狠的刀法拍掌。

独角娃已经忍无可忍，如此犀利的刀法都已经使出，实际上就是直夺他的性命而来，被逼到不得不出手的边缘，一招仙人指路，使出达摩剑法，把拖雷的桃形头发削掉了一绺。掌声更是雷动，众人大叫道：“杀了他，杀了他！杀了这个畜生，杀了这个强盗！”

独角娃犹豫了一下，该不该杀了眼前这畜生，但想不到的是拖雷更毒的招数又来了，使出了金刚伏虎刀法，闪电式的从天劈下的月牙刀直取独角娃的脑袋，眼看独角娃的头颅将不保，众人一阵惊呼，吓出一身冷汗，目瞪口呆。独角娃眼疾手快，侧身翻转了一圈，反手一招狂风快剑，将拖雷的右耳齐齐地砍了下来。拖雷捂住耳朵，血流如注，右脸颊顿时殷红一片。气急败坏的拖雷哪里肯罢休，顾不得疼痛，一个筋斗又翻到独角娃跟前，做出犀牛望月的架势，号叫着直取独角娃的下三路，一招奇门三才刀。独角娃已经甩动着长角，这个刀法他熟悉，看准拖雷的空当，使出狠狠的迅雷剑剑法斜劈过去，拖雷还来不及做出任何反应，就已经被独角娃的宝龙长剑剁为两段，当了剑下鬼魂。其余男子见势不妙，如鸟兽散。

独角娃左右看了一下，寻找被他拉下马来的忽尔来，准备一起了断，哪里还有忽尔来的身影，只好擦拭了一下剑柄，把宝龙长剑插入剑鞘，扶起惊魂未定的阿盖娜，解去她脖子上的绳套。阿盖娜在惊恐中望着独角娃，不知道是感激还是欣赏，看着独角娃手臂上又被震开的被黑熊抓开未愈的伤口，血流不止，经历了一场生死劫之后定定地看着眼前的独角娃不知所措。

众人意识到死人了，知道必定还有大戏要上演，提醒独角娃赶紧逃命，于是一齐四散开来，生怕惹上不必要的麻烦。整个市场顿时空无一人，只有拖雷的尸首横在那里，很快就爬满了密密麻麻的苍蝇。

阿盖娜好像逐渐清醒过来，拉起正在收拾行装的独角娃，专拣小巷把独角娃带到隐秘的土窑中，说道：“此处不宜久留，杀戮即将开始，你最好尽快逃到沙漠中心地带，只有那里才是你的安生之所。”说完，阿盖娜一把抓起了一个大袋，装了几个馕，找到一个羊皮水囊，灌满水递给独角娃。看着独角娃半裸露的脚，到床下找到一双牛皮长靴递给独角娃急切说道：“穿上靴子，从这小路穿过锁阳关，就直通沙漠，能走多远就走多远，记住千万别回来。”阿盖娜说完，牵起骆驼，把缰绳递给独角娃，说道：“走吧，骆驼将会把你带到安全的地方！他乡将会是你的安全之所。”

独角娃回过头来，探寻式地问道：“姑娘，你叫什么名字？合适的时候我会将骆驼还给你！”

阿盖娜生气地回答道：“我叫阿盖娜，就生活在这片土地上，不需要你还我骆驼，就让它伴随你逃命吧，算是对你搭救之恩的感激。”

独角娃不知道说什么好，准备牵起骆驼，但又觉得不妥，在犹犹豫豫之间，被阿盖娜呵斥道：“快走呀，不然就没有机会了！”

独角娃这才反应过来，拉起骆驼准备出发，转头瞥见阿盖娜，说道：“你怎么办呢？那帮人还会反扑回来。”

“我已经安置好了一切，我也准备要外逃，卖玉只是筹集一点路上的钱而已，你就放心吧。”阿盖娜解释道，显得急不可耐。

独角娃不好再问什么，张开的口又合了回去，深情地看了阿盖娜一眼。

阿盖娜使劲地打了骆驼一巴掌，骆驼飞一般地跑开。阿盖娜来不及说什么，独角娃就向锁阳关冲去。

锁阳关是一个黄土山谷，很窄小，只有一条蜿蜒小路通向沙漠边缘。锁阳关山谷风很大，带着滚滚的热浪和飞舞的风沙。独角娃准备得不是很充分，风沙就打得脸生疼。他很庆幸，锁阳关很安静，一路连一个人影也见不到。寂寞使他想起阿盖娜的境遇，这一别不知道她会落个什么下场。他得出种种答案，但没有一种是令他满意的，一种牵挂的感觉让他自责起来。

骄阳似火，独角娃已经感受到沙漠边缘阳光的毒辣，黄土山丘上仿佛有烈焰在熊熊燃烧，燥热的空气使他焦躁不安。好在已经进入沙漠边缘，锁阳关的出口豁然开朗，在白光下一直延伸到沙漠的中心地带。独角娃一声呐喊，虽然面对热浪滚滚的沙漠，但自由的空气使他兴奋异常，已经离开喧嚣的纷争使他倍觉轻松。

独角娃使劲地打了一下骆驼的屁股，一脚踏进浩瀚的沙漠使他感到异常新鲜。突然，从前面的山谷中冲出一队人马，足有两百人之多，把独角娃围在中间，都拈弓搭箭，准备对独角娃进行沙漠射杀。嗖嗖的两支箭已经射向独角娃。独角娃在骆驼身上一个翻飞，躲过袭击。

独角娃暗暗叫苦，心想霸下的嘱托将会终结，自己将会在今天终止前行，死在沙漠边缘。马队并没有给独角娃更多的思考和准备，空中的飞箭如雨点一般向独角娃飞来。独角娃迅速跳下骆驼，宝龙长剑在空中狂舞，挡落的利箭遍地都是。可是骆驼就没有那么幸运了，从四面八方射来的利箭已经把骆驼扎得像刺猬一般，血流如注，来回狂跳，挣扎了几下就毫无声息地倒下了。

独角娃一阵伤心，包围圈愈来愈小，准备决一死战，手中的宝龙长剑已经在阳光下寒光闪闪，拉开架势等待着来犯者的到来。包围圈已经越来越小，飞箭越来越猛，独角娃已经难以招架。他开始东奔西突，都无法冲出重围，身上阿盖娜给的装馕口袋和羊皮水囊荡来荡去。

独角娃已经没有退路，准备突围是唯一的选择。突然，沙漠中滚滚的沙暴骤起，遮天蔽日，来势汹汹。独角娃就屹立在风沙之中，一副不容侵犯的风姿宛若雕像一般。就在风沙弥漫狂风大作之机，一双小手神不知鬼不觉地将独角娃拉走了。等到独角娃看清眼前一切的时候，他感到一阵纳闷和欣喜。眼前站着的竟然是阿盖娜，只是阿盖娜的头上罩了一层黑纱，女扮男装而已。独角娃不知道说什么，看着阿盖娜的打扮有些想笑，但又不敢笑出来。

阿盖娜已经把独角娃带到另外一个隐没的安全的沙漠出口，她并没有理会独角娃的疑惑，说道："我就猜想你会遭遇如此毒手，只好偷偷地远距离跟踪你，趁着沙暴之机将你从虎口夺回，可惜我送给你的骆驼，就死在那帮王八的乱箭之下，我深感痛心。"阿盖娜强装笑笑无奈地继续说道："你只有徒步穿越沙漠寻找你的归宿，这里已经充满杀伐之气，不宜久留，走吧，走吧，另一片天空将会给你带来好运，带来自由生活的气息，穿越沙漠之后就是另外一个天空。只是沙漠一路凶险，你的命运就由你做主，祝你好运。"

沙暴急匆匆过后，天空又恢复了晴朗，明亮的光线射得人睁不开眼睛。阿盖娜似乎想起了什么，从衣兜里掏出一个瓶子递给独角娃，说道："沙漠里毒蛇、蝎子和蜈蚣较多，这是我家世代祖传的灵丹妙药，叫百毒散，专门用来解毒，可能在路上能帮上你的忙。"说完，阿盖娜指了指广阔的沙漠，为独角娃指明了前进的方向。

独角娃还想要说什么，到口的话又咽了回去，深情地看了阿盖娜一眼，不情愿而又送迷茫茫地向前迈开步子。独角娃走出百米开外，当回头再看看阿盖娜的时候，阿盖娜已经消失在黄土沟壑之中，再也找不到一点影子。

第七章　大漠漫漫路难寻　幻觉奇异破迷阵

阿盖娜突然出现而后又各自逃命，各奔东西，几乎没有重逢的机会。独角娃已经没有任何念想，头也不回大步向前进发。沙子越来越软，走起路来开始时还有几分好玩，有几分新奇，可是到了后来感到越来越难受，燥热的天气一会儿就让人筋疲力尽，口渴难耐，喉咙冒烟，再也没有一丝快乐。翻越每一座沙丘有好几次都从上面滑下，弄得满身是沙。羊皮水囊好在一直背在身上，但水还是在不知不觉中消耗了一半。何时才能走出沙漠无法预知，一种恐惧使独角娃忧心忡忡。

独角娃从怀里取出羊皮地图，辨了辨方向，加快了行进的步伐。走了几个时辰的沙漠之路后，太阳已经偏西，阳光不再刺眼，突兀的沙丘在阳光下留下了一个个阴暗面，影子悠长而柔美，看起来更加错落有致。此时天气稍微凉爽一些，是最好的赶路时间，明天天热时可以多休息一下。

沙漠中的太阳落得太快，还未等独角娃反应过来，太阳已经坠坠而下。独角娃开始为夜晚的生存考虑了，看着茫茫的大漠，惆怅的心情飘满心怀。趁着还有亮光，独角娃爬到沙丘之顶，看到有个地方有一些零星的石头。他很快走到那里，挖了一个大沙坑，底部填入了温热的沙子，四周堆起了坚固的岩石，岩石缝隙用垒起的沙子挡住，不透一丝风。通过顶部的开口可以看到天上的星星和苍穹。一切准备让他很满意，今夜将可以看着满天星斗而眠，多少有一些满足。

天气开始莫名其妙变得异常寒冷，和白天完全两样，超出了他的意料之外。独角娃想弄些柴禾，在灌木丛中来回寻找，功夫不负有心人，还是找到了一些细枝条，但远远不够一夜之用。独角娃想要返回，看到还有一枝直立的干灌木，想要连根拔起。当他手一伸下去的时候，他惊叫了一声，一种撕心裂骨的疼痛遍布全身。独角娃借着微弱的亮光，看到一只举着钳子的虫子爬着跑了。独角娃想起了还很小的时候父亲被蛇咬时用口吮吸，可以减轻毒性。独角娃来不及细想，也试着用口吮吸指头，直到吸出血水为止。他很快回到石头圈里，急忙生了一堆火，顿时感觉到温暖了许多。

烤过火之后，独角娃感觉到身体有些难受，急忙躺下，将预先准备的温热的沙子埋在身上，只露出头和角。独角娃回忆了刚才被虫子咬的情景来，突然意识到可能被蝎子蜇了，急忙取出阿盖娜赠送的灵丹妙药百毒散来，就着口水涂在伤口上，心里的紧张终于缓和了一些。原本想喝口水吃点馕，但不知什么缘故，难受的感觉让他很快昏昏欲睡，没有一点食欲。

第二天太阳再次炙烤着大地的时候，独角娃睁开眼睛，挣扎着从沙子里爬起来，抖落了身上的沙子，看了看玫瑰色的朝阳。他感觉到浑身无力，像散了架一样，似乎是生病了，有一种想呕吐的感觉，是不是与昨天被蝎子蜇了有关，他觉得很有可能。他什么都不想吃，疲惫的身体一阵阵发软。他不敢久留，昨天在沙漠中的痛苦使他有了前车之鉴，急忙带上行装，一步深一步浅地向太阳初升的方向迈进。

天气还不算太热，几只鸵鸟在灌木丛中觅食。独角娃好几次想倒下，飘忽的身子骨没有力气，神志恍惚的感觉使他对未来的征程多了几分担忧。临近中午，整个沙漠中没有一丝儿风，像个干燥的大蒸笼。独角娃几乎喘不过气来，满头虚汗。刺槐很密集，可以遮住骄阳。经过几株刺槐的时候，他几乎没有一点力气了，靠着刺槐的树干，很快就进入了梦乡。他梦见了很多往事，像纪录片一样，将他的人生往事盘点了一遍。而后是阿盖娜，带有几分神秘，又让他不断追忆……

当他再次醒来的时候，已经是第二天的早晨，再次看到冉冉升起的朝阳，他震惊得不断敲打自己的脑袋，他还清晰地记得自己刚刚躺下休息，正好是正午时分，怎么转眼就看到朝阳升起，是不是自己的脑袋出问题了？他思前想后，终于彻底明白过来，自己已经昏送了将近一天一夜，至于晚上怎么度过的，缺失的记忆已经无法串联，不成为野兽的口中食就感到万分庆幸了。他糊涂了，迷茫了，满脑袋中只留下对梦境的追忆和寻找缺失的记忆。

他感觉到好多了，身体的沉重感似乎消失了，一种轻松的感觉使他再次对未来充满了希望。饥饿使他寻找馕，哪里还有馕，在他进入昏迷时已经被其他动物分享，连点影子也找不到，只有一个空空的口袋。独角娃绝望了，好在羊皮水囊中剩余的水挂在树梢上，才保住了。他喝了一大口水，也就宣布水正式完毕，心想在还没有饿死之前必须走出沙漠。

独角娃已经不考虑东海龙宫的方向了，找水是当前的第一要务。凭着自己的经验，水应该是往低处流，有水的地方就应该有吃的。独角娃坚定了自己的看法，开始看了四周，判断出大致的凹地所处的方向。独角娃背着行装，大步流星地往前行。到了下午的时候，他发现了一条干涸的河流，这是一个重大的发现。独角娃就顺着河流一直往下走。虽然是一条干涸的河流，可是有很大的落差和起伏，需要不断攀越很多岩石和河床急剧下降的台阶。独角娃已经筋疲力尽，羊皮水囊早已空空如也。他痛苦得想哭，可是身体里连眼泪都无法流出。他痛苦地坐在河床中央的大岩石上，低垂着头颅，准备等待死亡的来临。突然，听见了几声清脆的鸣叫声，他艰难地地抬起头来，发现一只小鸟正看着他。他一阵惊喜，发现生命的迹象已经在这里出现，说明水源就在附近。独角娃仿佛看到了拯救生命的希望，他挣扎起来，挪动着步子往更低的河谷蜿蜒前行。越往地势低洼的河谷前行，气候越热。独角娃的身体似乎要晒干了，没有了一丝气力，动荡一下都显得万分困难。

寻找水源并没有想象的那么快，独角娃翻越了岩石和河滩中起伏的地段之后，疲惫得发软的身体使他神志模糊，绝望和死亡的影子已经向他袭来，还能走多远无法预知，迷茫的意识提醒他不能停下，停下也许就意味着永远醒不来，不知道他能不能逃得过这一劫。他用尽了力气，爬上了高高的岩石，看清了低洼的地方，谷底已经离他不远了，可是他虚弱的身体被风都吹得倒，要下到谷底将要发生什么悲剧很难预料，踉踉跄跄地行走可能随时倒下，就会惨死荒野。他用尽了最后一点力气，连滚带爬滚落下山沟，死亡已经来临，他已经清醒地意识到。独角娃心想可能命丧黄泉，绝对死路一条。当他使劲伸手向四周乱抓，还抓住了几根藤蔓，心里一阵窃喜。可是高兴还没有退去，手中的藤蔓咔嚓一声突然断了，独角娃一阵痛楚，当他重重地摔在地上的时候，他痛苦地闭上眼睛，不敢去想象粉骨碎身的结果。可是当他睁开眼睛的时候，好运还是伴随着他，背下是松软的细沙，他高兴得挣扎起来，勉强活动了一下筋骨，完好无损，算是逃过一劫，保全了性命。

独角娃顺着低洼的方向慢慢继续前进，当下到谷底的时候，他的心都凉了，谷底除了岩石之外，还是岩石。独角娃坚信谷底肯定有水，慢悠悠地四处搜索，决定在谷底寻找水源。结果生命之源出现了，他还真在岩壁上找到渗下的水滴。只是水滴太小，收集水滴是一项艰巨的任务。独角娃从绳子上撕下一段细丝线，将绳子填埋在岩面沟槽中。过了一会，细线另一端的水滴顺着丝线进入羊皮水囊。独角娃终于看到了生命的延续的希望。他迫不及待地把细线的一端含在口里，时不时顺着细线滴下的水珠就流到独角娃的嘴唇上，只能暂时湿润一下嘴皮，但也算不错的收获，至少生命继续延续增加了走出沙漠的信心。

独角娃找到了细微的水源，心里很高兴。现在，他开始寻找食物，解决生命中的另外一项生存所需。他搜索了整个山谷，没有发现可食用的东西，更不用说打猎，使独角娃倍感痛苦。当他慢慢再次静下心来寻找目标时，沟壑边上的仙人掌使他心花怒放。仙人掌顶上成熟的果实透出几分黄色，虽然上面毛刺满布，但至少可以用剑砍下。独角娃不顾一切，使劲爬上倾斜的山坡，采摘着仙人掌果实，不一会就摘了满满一袋。独角娃准备将果实送到寻找好滴水的岩壁之下，然后再去摘一袋，绝对不能放过这样的好机会。

就在独角娃准备下到山沟中的时候，他听到一种奇异的嗤嗤响声，寻着响声处一看，一条肥大的响尾蛇蜷成一团，竖立的尾巴使劲地摇着，抬头注视着独角娃，不断向独角娃喷着毒液。独角娃不断避开毒液，用宝龙长剑戏弄着响尾蛇，响尾蛇昂起头颅，跟着独角娃转动着。独角娃顺手用剑鞘一扫，按住了响尾蛇的脖子，用剑锋将响尾蛇的头即刻切去。独角娃剥去响尾蛇的皮，去除内脏，肥硕的响尾蛇的细白嫩肉足够独角娃吃上一顿。

独角娃准备转身离开的时候，他突然惊喜地发现他身后的岩石下居然有个一米见方的水潭。水清幽幽的，让独角娃激动不已。独角娃急忙取来羊皮水囊，满满地灌了一壶，一口气灌了个半饱。身体逐渐恢复了元气。独角娃看着天空逐渐恢复了原色，对未来又充满了希望，至少继续前行解决了水和食物问题。

夕阳西下，独角娃点起了一堆火，小心翼翼地烧熟了响尾蛇的肉，美美地享用了一顿蛇肉美味大餐；再用火燎去仙人掌果实上的毛刺，吃完了仙人掌的果实，算是勉强吃饱了肚子。沙漠中山沟的夜晚出奇地安静，独角娃靠着岩壁睡觉，身边烧着的火使他一点也不觉寒冷，美美地睡了一觉。

第二天醒来的时候，身体恢复如初。独角娃又开始迷茫起来，生存的威胁使他痛不欲生。他又去搜索了一遍山沟两边，摘了很多仙人掌的果实，很多看起来尚未完全成熟的仙人掌果实被独角娃一并摘来，处理过毛刺之后装了一大袋，留作路上所需，在大漠之中已经算是不错的收获了。

迎着朝阳的光芒，独角娃背着仙人掌果实和装满水的羊皮水囊上路了。虽然累一些，可是心里比较充实，至少可以应付一天，在这不毛之地，得到这样的食物着实不易。

独角娃继续走了一天之后，才发现迷路了，就连羊皮地图也已经做出了错误的指示，这种情况是他万万没有意料到，就意味着在错误或者失效的指导方向之下行走，结局可想而知。独角娃付出了巨大的努力，却发现自己来回在同一地段转圈。每一段路和前面走过的路段何等相似，就像在一个无形的蜘蛛网上围绕圆心来回奔跑，永远没有出口，密密麻麻都是看似道路交叉的结点，很难辨清哪个出口才是生命通道。

更让人揪心的是独角娃不断发现路上留下的堆堆白骨和干尸，让人毛骨悚然，仿佛就看到自己的死亡，看到自己的结局。每次发现自己又回到原点的时候，他痛苦万分，千叮咛万叮嘱提醒自己一定要谨慎，可是同样的结果再次出现的时候，才不断反问自己是不是脑袋出问题了，白骨和干尸吓得他不敢想象结果。

仙人掌果子已经消耗了一大半，羊皮水囊中的水也已经所剩无几。独角娃决定边走边作标记，捡起眼光触及到的每一块石头，不断地用石头标记方向，甚至白骨中的股骨也用来作标记用，同时观察太阳照射下的物体的影子和时辰判断方向。直到第二天太阳偏西的时候，功夫不负有心人，独角娃终于走出了怪圈。他转身回头看了一下来时的路，迷迷茫茫的，除了头顶的太阳不断变化外，四周几乎都是一模一样的景色，只要能捕捉到太阳的变化就不会失去方向。

走出了迷茫的沙漠怪阵，独角娃一阵高兴，只是痛心消耗了过多的仙人掌果子和水。前面的路开阔起来，也好走一些。独角娃依稀看到了树林、山川、河流和房子，还有河流的出海口处的大海。海中的大船在海浪中摇曳着，水手在忙碌地升起船帆，甚至还看到翻飞的海鸥。独角娃不顾一切，缺水的感觉使他奋力地向河流方向跑去，满头大汗。他把羊皮水囊中特意留下的最后一口水喝下，很快就可以到河边灌满羊皮水囊。如果没有意外，还可以捕到几条鱼，晚餐将会很丰富，猜想应该是走出沙漠后的一个值得庆贺的夜晚。

这一切并没有给独角娃带来好运。独角娃越走越远，就是无法到达河边，更无法取到水。细沙流动，越来越难走，仿佛就走在面粉中一般，有几次几乎把他埋没，好在手里的宝龙长剑和碧水晴空剑还可以垫在沙面上，一步一移，勉强爬出流沙。一阵风沙过后，独角娃惊奇地发现，他眼前的河流、山川、大海和大船消失了，找不到半点影子，只有看不到尽头的突兀的柔软的沙丘横亘在眼前。独角娃无计，痛苦万分，只好再次取出羊皮地图，比对着太阳运行的方向，才发现已经严重偏离目标方向，只好沿着原线路退回，深一脚浅一脚地修正着前进的方向，总算回到了偏离方向的地段。

慢慢地向前走着，独角娃早就吃完了所有的仙人掌果实，羊皮水囊也早就空了。好在独角娃发现了很多蝎子，一路上把蝎子的头切下之后都逐一吃掉，总算补充了一点体力和营养成分。独角娃迷茫地像踩着海绵一样向前迈进，看着晴朗的天空，不知道何时才能走出沙漠？漫漫大漠无边际，烈日当空夺人命。

第八章　桃花湖水深千尺　西域女王助东行

只要方向正确，坚持就一定会成功，这是独角娃一直坚持的信念，正是这种信念的支撑，他又一次躲过劫难，又一次成功了。突然，他发现前面地平线上远远的有一个黑点，就如魔力一样地召唤着他。随着往前渐渐迈进，待目标慢慢靠近，才发现那是一幢造型奇特的小屋，让人觉得怪异。四周的墙体和屋顶分别用青砖和青瓦砌成，高挑的屋角甚是好看，像凌空高飞的海东青。

独角娃没有兴趣欣赏精制的小屋，冒烟的喉咙使他的心都要跳了出来，想要说一句话都显得很困难，目前的任务是尽快找到救命之水。他跌跌撞撞地来到屋前，拍了拍屋上的门环，不见里面有任何动静，他感到有些失望。他又呼唤了一声，仍然不见任何反应，只好试着推了一下小门，门吱呀一声开了，他难以掩饰内心的激动。

独角娃怀着惴惴不安的心情，小心翼翼地走进小屋。屋内的一切顿时展现出来：整个小屋装饰雅致，朴实无华；门后的墙下放着足有一米高的大石缸，缸壁上镂空雕刻着几只爬行状的立体螭龙，里面清冽的水足可照见人影；对着门的墙下铺着一张柔软的木板床，床上用品一应俱全；床上部的墙上挂着金光闪闪的金扣饰，充满文化特质的图案再现了一幅生产生活的美景，看起来美丽而古朴；在床头上的墙洞中，摆设着一对晶莹剔透的和田白玉的汉代玉马，圆雕工艺极其精细和考究，还长有一对翅膀，仿佛就要飞腾起来一般；墙的另一边是一个灶台和一些柴禾，灶台上摆放着各种调料；门后的钉子上挂着腌肉，还有一袋干粮；墙角有几罐粮食和炊具。独角娃咽了一下口水，眼光停留在水缸上，多想美美地喝上几口水，可是寻不见主人的身影，把抬起的手放下，只好轻轻地关上小门，顺着屋后的小路慢腾腾地向前走，一段看起来不长的小路竟然花了好长时间，但毕竟已经看到了生命的希冀。

小屋后是一片骤然下降的开阔地，当顺着土坡下到平整的土地上时，独角娃的眼睛被清澈的河水刺痛了，突然找到的生命之源让他暂时忘却了死亡的威胁，阳光下波光粼粼的水面让他一刻也无法停留，碧玉般的湖水清澈见底，微微涌动的水流映照出婆娑的椰子树的影子。他岂能不狂躁，不顾一切一个筋斗就跳到湖里，畅快地喝足了水，洗去了黄沙和尘土，驱除了燥热，感觉到无比舒畅，就如六月天喝下酸杨梅汤一样。

独角娃在湖里享受够了，看看时间不早了，当他正准备上岸，还未等他反应过来的时候，一张巨大的网毫无声息就将他罩住了，顿时一块黑布蒙住眼睛，然后快速收紧大网，五花大绑地抬到一间高大的黑屋子中的梁上吊着，顿时与外界彻底隔绝，没有任何声响。独角娃连眼前的境况都没有看清，没有做出任何反抗，就已经成为阶下囚。

独角娃连声叫苦，在网里不断地挣扎着，无可奈何，越挣扎绳子越紧，悬空的感觉使他极度难受。顶着饥饿在网里熬过了一夜，瘫软的感觉似乎在等待着死亡，漆黑而万分安静的夜晚使他无法入眠。他悔恨自己不多长一个心眼，稀里糊涂就走向死亡的边缘。

第二天黎明时分，独角娃在饥饿中昏昏睡去。当他睁开眼睛的时候，已经被几个矮人男子从梁上放了下来，手朝后捆着，推赶着他朝屋外走去。独角娃被吊了一夜，有些站立不稳。走起路来，有些踉踉跄跄。经过了一段平路，上了几级台阶之后，独角娃的腿猛然被打了一木闷棍，一下就跪了下去。当揭去头上的黑布套之后，独角娃慢慢看清了眼前的一切：密密麻麻五六十公分高的穿着兽皮的矮人就布阵站在台前。女的秀丽无比，纤秀的身材，典雅的脸庞，小嘴小脸，金黄色的头发，清澈的大眼睛，长长的睫毛，纤细的手指，宛若传说中的袖珍王女，水灵灵的无比可爱。头上插着各种花饰，艳丽异常，在微风中微微摆动。手里举着青铜牛角形刀，不停地振臂呼叫。男子站在台子的两侧，全身盔甲，一手执青铜剑，一手执盾牌，虎视眈眈地盯着台上的一举一动，口里不断咆哮着，似乎喊着口号。

独角娃又被拉起绑在粗大的木桩上，由于很长时间没有进食了，又被吊了一夜，虚脱的身子低垂着，临近死亡的脚步已经不远了。他将以闯入异族禁区者的罪名被处决，只等待最后的死亡命令。

此起彼伏的声音突然消失，安静得有些可怕。独角娃挣扎着抬起头来，一位穿着金黄色绣花华丽盛装的被称为西域女王的矮人女子缓缓向他走来，然后再向旁边的一位男子耳语了几句。男子急忙将独角娃松开了绳子，从木桩上分离开来。独角娃一下子倒在地上，一起一伏的胸部看起来还有一口气息。台下的千百双眼睛奇怪地看着台上的一切，感觉到有些莫名其妙，无法理解。

西域女王蹲下在独角娃手腕上把了一下脉，示意男子们将他抬下去。一顿饭工夫，独角娃慢慢苏醒过来，感觉到好生奇怪。在一张大桌子面前，西域女王为独角娃准备了很多美食。独角娃慢慢地喝了几口温水，吃了一些食物，神志逐渐恢复了几分。刚才还在台上准备受死，现在却在西域女王面前享受美食。带着几分不解的目光看着西域女王说道：“多有打扰，感谢不杀之恩，不知如何报答!”

西域女王扬了一下头，高傲的神态不可侵犯，用响脆的声音说道：“不是不杀你，只是按照我们本族习惯，一是不杀饿死鬼，二是绝对不能错杀好人，不论是本族人还是外族人。不知道你是不是好人？还需要对你做出进一步的甄别，出于人道主义精神，也先要让你吃饱肚子，享受上帝赐予你的美食。”

西域女王犀利的言语和她漂亮的外貌一样咄咄逼人。独角娃默默地看了一眼女子，一言不发。西域女王尖刻的言语也没有抵消独角娃对她的好感，反而增加了几分对她的敬仰。

独角娃还在揣摩着西域女王心境的时候，西域女王继续说道：“不过，从我掌握的直观的信息看，你还是一个好人，所以把你从我们的刑场上暂且救下来，但愿我的直观判断不要被你的行为所蒙蔽。”西域女王来回在独角娃身边徘徊，边说边比划。“我这样说是有依据的，我们在沙漠通向本族领地的路口设有小屋，小屋内有水有粮食，还有肉，好不容易从沙漠深处走出来的人们，几乎都是无一例外贪婪地享用着屋内的一切，这就当做我们迎接从大漠深处来的客人的盛宴。可是能经得住金光闪闪的金扣饰和莹润的白玉雕件诱惑的人就少了，你是第一个让我感到可敬的族外人，连一口水都不喝，秋毫无犯，更不用说黄金和精工雕琢的美玉。我可以毫不保留地告诉你，以前曾经有过从沙漠深处来的客人，在小屋内吃饱喝足之后，卷走屋内的金扣饰和玉马，更可恨的是还举起屠刀砍向我的族人，是可忍孰不可忍，这样的人，必将遭到杀戮。”

“你这样的人，如果第一时间就将你处决，我冷会受到良心的谴责，所以，我有十足的理由暂且保全你的生命，在余下的时间里证明你存在的价值，但愿你的言行不要让我失望，辜负了我的族人。你的罪责在于你玷污了圣洁的桃花湖湖水，喝其中的水本没有任何罪过，上帝赋予你这样的权利，可是你还跳到水中游泳，污染了清澈的圣水！你知道吗，我的族人对这汪湖水的情感胜过对眼睛的珍爱，沙漠出平湖，对我的民族有多么重大的意义，她孕育了我们的子孙万代，是我们的母亲湖，她的圣洁程度超越了一切，是本族有灵魂的神湖，你凭什么要玷污她？理应受到重刑，甚至处死也不为过，但鉴于你是外族人有所不知本族法典，暂且饶了你这一次，如再有侵犯本族的其他行为，一并处置，绝不姑息！”西域女王一口气将心中的话语如竹筒倒豆子一般倾泻出来。

独角娃一再道歉，表明绝无恶意。西域女王态度上有了几分转变，对独角娃表现出一丝好感来。

西域女王环绕着房子四周，犹豫了一下，似有思考地说道：“当然，有一个本族的秘密一般不告诉外人，我的先祖在进入本族地界四周的沙漠中修建了浩大的迷幻阵，一共花了上百年的时间，在那里很容易产生幻觉，迷失方向，螺旋状的通道总是把人引领到蛛网状的死亡中心，中心地带是沙漠中最恶劣的区域，那里蝎子成群，毒蛇出没，狂风大作，流沙肆虐……充满无声的猎杀。你可以看到堆堆白骨和干尸，这是我的子民为了保护自己，免受外来侵袭的百年工程。只有聪明和有意志力的人才可以摆脱迷幻阵的束缚，进入到我们的生活区域。你不是第一个走出迷幻阵的人，但你是第一个走出迷幻阵并视财富如粪土的外来人，小屋中的财富没有勾起你的兴趣，值得我及我的族人敬重的客人。我可以毫无保留地告诉你，你还离小屋很远的距离我们就知道你的一举一动，你在我们设置的迷幻阵中来回走了一天一夜，不屈不挠，居然走了出来，而且不私自动用小屋内的任何物品，说明你是一个聪明、有意志、有德行的大好人，至少满足了不及时杀你的条件，你是我们本族人真正来自遥远故土的尊贵客人。”

独角娃并未对西域女王的话语感到多少诧异，所说的无非都是人类必须做到的一些行为规范而已。吃了一些美味的食物，独角娃的元气慢慢恢复过来，看着只够到自己腰部的西域女王，有些脸红。自从出生之后，独角娃几乎没有和一个女子这么近距离面对面地交谈过，况且到了他这种好奇而敏感的年龄。他鼓足勇气说道：“感谢不杀之恩，说明你是一个充满睿智的好姑娘，你的家族由于你的存在而荣耀！踏入你们的土地，真正感受到人类纯洁而美好的精神世界。一尘不染的环境，充满生命力的土地，还有勤劳而守规则的人们，处处让人心醉！”

西域女王瞥了独角娃一眼，心里感到无比甜蜜，口里却说道：“你先不要恭维我，对你的考察才刚刚开始，放下的大刀可以再次举起，无非就是需要你的脖子上的一颗头颅。一切取决于你的内在本质，本质决定一切。我们需要的是友好的朋友，不是欢迎敌人的到来，来蹂躏这片圣洁的土地。相互尊重决定了你在这片土地上的足迹能延伸多远，停留多长。”

独角娃不知道说什么好，有些嗫嚅地描绘了自己此行的目的以及感谢路经此地给予的关照。

西域女王回过身来，先是一阵惊奇，而后颔首表示赞许，思考片刻后说道：“你有如此壮志雄心，敢教日月换新天的壮举，乃是人类共有的愿望，我愿意助您一臂之力，达成你的心愿。途经此地，一路为你开关放行。”

西域女王容光焕发，内心洋溢着无比的喜悦。不久之后，跟独角娃仿佛就是老朋友一般，毕竟独角娃是第一个真正踏入这片土地并受到西域女王欣赏的客人，心对心的交流接通了信息和情感的通道。于是毫不保留地向独角娃讲起了她的家族悠久的悲惨史。

西域女王的名字叫如娜仁，她是现在家里的第七位公主，漂亮靓丽，聪明睿智，被族人所爱戴，被称之为西域女王。西域女王的家族还要追溯到西汉时期，大月氏的一个支系就是她们的祖先。当时大月氏主要活动于河西走廊，和匈奴矛盾重重，战争连连。文帝六年，大月氏被匈奴大败，所有男子参加前线战争，全军覆没。妇女儿童在逃亡途中，迷失方向，误闯沙漠。历经千辛万苦之后，只有一半人穿越沙漠，一路逃到沙漠桃园，就是如今的生活之地，不得不屈服于在这里生活的矮人部落。与矮人国男子通婚，便与沙漠桃园中的矮人部落生活在一起，廿代定居下来，形成了如今的矮人国。由于没有战争，矮人国逐渐形成女性掌管朝政的母系氏族社会。男子外出警戒、种地、放牧和打猎。妇女负责捕鱼、织布和做家务，掌管整个家庭事务。如娜仁虽然在家中排行老二，可是聪明贤淑，意识超前，独具慧眼，把整个矮人国治理得井井有条，老少皆服，有口皆碑。

沙漠桃园虽然处在沙漠里，可是低矮的地势造就了一个人间沙漠天堂，特别是天然形成的美丽的桃花湖，湖水清澈，清幽见底。湖中水位一年到头没有任何变化，浇灌着大片沃土，种植着各种庄稼和树木，物产丰富。每年春天来临的时候，落花瓣瓣，湖水涟漪阵阵，箭鱼跃水。湖水中几艘独木舟来回打捞着水面上的落叶和杂草。虽然一眼可以看到尽头的桃花湖，在广袤的沙漠中就如一块镶嵌的碧玉。每年初冬来临，黑压压的大雁和其他迁徙的鸟儿途经桃花湖的时候，总要在桃花湖中嬉戏一个月，使整个桃花湖充满生气和活力。

西域女王很高兴，和独角娃打开话匣子之后，就问起了很多外面的世界的情况。西域女王仿佛找到了很久以前先祖的丝丝痕迹和悲怆历史，心里有了一点点慰藉。可是中原接连不断的战争消息使西域女王情伤无限，激起了西域女王对先祖苦难日子的无限追忆。后来，西域女王干脆展开族谱，让独角娃阅读自己家族久远的历史。

西域女王导引着独角娃参观整个部落的历史古建筑和引以自豪的场所。桃花湖是极度圣洁的地方，宽阔的湖边仅仅建造了一座圣殿，这是西域女王家族朝拜和议事的地方，雄伟和神圣就成了这座古老建筑的代名词。在屋子的顶上，有一口青铜鎏金大钟，其造型和纹饰严格沿袭汉代的格调，一旦有紧急事务，钟声将会回荡在桃花湖湖畔。

在湖的下游湖水流出的地方是琢玉房和造纸打浆房，精美的美玉和族人所用宣纸就是从这两个地方生产出来的。西域女王的先祖逃亡时带来的一些美玉原石就储存在这里，按计划每十年启用一块原石，雕琢成家族的主要记事图谱，保留家族往事和原石的琢玉工艺，久而久之，在议事大厅的墙壁上，已经装饰了满满一墙壁的记事美玉。

粮库是西域女王家族的重中之重的保护重点，男人生产出来的粮食，

就由女人分类晒干，然后储存在粮库中，保存在族人居住场地的中央，每月定量加贡献分配给每个族人。还有就是青铜铸造库，族人所有的生产工具和武器全都来源于这里，主要按计划生产新增的兵器、农具和生活器具，还有就是修补破损器具，每年只开工一个月左右，就基本足够族人使用一年。

药房里是储藏中草药和医药大典的场所，生病的人们可以在这里得到精心医治和看护。医药大典已经总结了历朝历代的各种中草药的临床治疗经验，以及众多未解之谜，激励后人不断探索。每一年都要将治疗的经典案例和治疗方法、配方和临床症状记录在案，装订成册。十年摘其精要和创新之处单独做成医用大典，以供参看。

汗血宝马是族人的挚爱，这是当地的纯种马。这种马膘肥体壮，修长的身材，十足的爆发力，飞一般的速度，和矮人的体形形成鲜明的对比，反差极大。每当茶余饭后，西域女王的族人就乐于谈马、相马，这里永远有说不完的玄机。每个月有一天要在沙漠里举行一场盛大的赛马比赛，比赛的前两名将会得到女王的奖赏，要么是一把青铜宝刀或宝剑，族人以得到奖赏的宝刀或宝剑为最高荣誉。骑马射箭或马上作战是必需的技巧，无论是男人或女人，都必须掌握，这是多年不变的族规。一旦战争需要，做到全民皆兵。

离本月传统的赛马射箭比赛的日子还有几天，为了迎接独角娃的到来，西域女王临时决定将比赛提前到明天。全族人感到好兴奋，跃跃欲试决定展露一下身手，特别在有远方客人的特殊日子里，显得意义更大。

独角娃就这样跟着女王参观了整个部落，感觉到无限羡慕，和谐有序的矮人部落各尽其职，各施其责。独角娃甚至想到，若不是有任务在身，在这样的地方生活也是一种幸福的享受。

第二天太阳刚刚从沙漠远处的地平线上升起，在桃花湖下游一片开阔的空地上，男男女女的人们都已经聚集在草地上，精心地照料着自己的宝马，等待着比赛的开始。有的在整理着马鞍，有的在梳理着马鬃。小孩子就安置在赛场中间的一个大平台上，由大人统一看管。赛场热闹非凡，就等待着西域女王和独角娃的到来。

西域女王带着独角娃一同观看比赛，共同庆祝和见证这场盛会。当族人的赛马比赛全部完成之后，西域女王特地安排了一组精彩的比赛，就由独角娃和女王身边的特殊卫队一同比赛，这让独角娃叫苦不迭。独角娃倒不是怕输，而是自己的衣服太寒碜了，在众目睽睽之下暴露出来有些难堪。西域女王早就看出了独角娃心中的窘态，挥手示意了一下，两个女子把一套崭新的赛马服送到了独角娃面前，这是昨夜临时为独角娃赶制的盛装，豪华中又带着几分古朴。

女王笑吟吟地说道：“换衣服吧，也展示一下你的马技，让族人开开眼界！看看远方客人给我的族人带来的惊喜，也算是大礼吧。”

独角娃也不拒绝，穿上盛装之后，相当合身，魁梧的身材被得体的衣服衬托得淋漓尽致，一种心满意足的惬意爬满心头。最为心情复杂的要算是未婚的女子，看着独角娃穿上盛装之后潇洒的模样，才知道这个世界还有如此的美男子，古籍中的描述和对美男子的记载看来没有错误，但也不尽周全，独角娃就是一个长角的美男子。

说起西域女王的感受，女王显得很矜持，看不出半点痕迹来。笑语盈盈的模样，显得很热情，考虑得很周到。

独角娃左右为难，想推辞感到有些不妥，有失礼节，只好顺水推舟地加入了最后一轮比赛。女王的卫兵虽然比起独角娃身材矮小了许多，但个个精干，训练有素，懂马、识马，马技超群。特别是在女王面前亮相，都要准备表现一番，铆足力气，跃跃欲试，摩拳擦掌。这无形之中就给独角娃造成了很大的压力。

女王带着独角娃去挑马，马厩中的汗血宝马匹匹膘肥体壮，格外健硕，传说中的千里马藏在这里茁壮成长，不受外界的半点干扰。独角娃不好意思先挑马，示意女王让卫兵先挑。女王不允，说什么也要让独角娃先挑。独角娃无奈，只好挑了一匹看起来有些羸弱的枣红马了事。女王见状，有些不允，一定要帮独角娃挑选，挑一匹更强壮的好马给独角娃。独角娃坚持自己的观点，并说出了自己相马的理由，女王不再坚持，颔首认同。

三声鼓响过之后，三十匹马飞奔而出，扬起的鬃毛像燃烧的火焰，突飞猛进的宝马发出一阵阵嘶鸣。赛道上顿时尘土飞扬，万目齐聚。独角娃毕竟初来乍到，对赛道和马性有些不是太熟悉，开始一圈下来几乎殿后，情况不是太妙，表情有些难堪。赛道四周的观众指手画脚，一阵嘘唏，就连西域女王也在疑惑地看着独角娃，心里在不断评估着中原人的马技如此一般，并没有出现想象中独领风骚的场景。独角娃不断扬鞭拍打着马屁股，马儿还是有些怯生，喜欢使小性子，几次想把独角娃摔下，特别在转弯抹角的地段，突然一个急转让独角娃防不胜防，差点儿摞到马下丢丑。这点西域女王看得清清楚楚，笑了笑也没有挂在心头。

独角娃尽快在扭转颓势，寻找着能够加快的办法。跑了两圈之后，独角娃渐渐掌握了一些马性，几次扬起的鞭子重重击打在马腿上，马儿终于受到了重击，再也不敢使小性子，飞一般向前追赶第一方队。四周的观众终于大为惊叹，不住拍手喝彩，女王也为独角娃鼓掌，只是她的内心不希望独角娃夺冠。八圈过后，独角娃已经赶上第一方阵，场外再次响起了热烈的掌声和口哨声。独角娃使劲扬起鞭子，不断吆喝着，枣红马腾飞的冲劲使独角娃兴奋，九圈过后，独角娃已经处在第一位的位置，他突然意识到有所不妥，夺头彩就会使女王颜面扫地。他适当提起缰绳，使马的速度有所放慢。当再次敲响鼓的时候，抵达了终点，独角娃仅仅赢得了第二名。西域女王走过来向独角娃祝贺，热情的笑容爬满了可爱的小脸，对独角娃的心境达到心知肚明的西域女王有几分不服气，又有几分景仰。

第二个项目是射箭比赛，独角娃的名字已经赫然在目，西域女王也要来个巾帼不让须眉，比试一下。其实，女王是别有用心的，这是一个心中的秘密，如果自己的臣民一旦成绩不理想，她也可以弥补不足。百米开外的横杆上依次吊了十个青椰子。每个选手发十支箭，每箭必须从左至右依次对应远处的椰子，以射中最多者为胜。

第一个出场的是被全族人称为神射手的矮人男子，名叫逻耶，这是西域女王的特意安排，至少先给独角娃施加压力，他是西域女王最器重的选手，已经多次在本族射箭比赛中夺魁，至今无人能敌。只见逻耶不紧不慢，嗖嗖几声一连串动作就射出了九支箭，每支箭都射中青椰的中央，晃动的青椰汁液不断往下滴。逻耶很得意，挥手向众人做了一个得意状，大家还来不及反应过来，哗一下他又把最后一箭射出，观众一阵激烈地鼓掌，飘飞的箭擦着青椰的侧面滑过，弹到地上，脱靶了，大家低头失望。

西域女王暗暗跟着一阵遗憾，没有了声息，暂时的压力都将集中到她的身上。西域女王心里明了，在赛马比赛中，独角娃在最后关头有意放慢速度，只要了个第二名。射箭比赛无论如何也不能再输给独角娃，让独角娃小瞧自己的臣民。现在只有她才能承担起这样的责任。

西域女王上场了，排山倒海的呼声一浪盖过一浪。别看西域女王矮小，可是力气大得惊人，满弓放出的第一箭不偏不斜直插青椰中部，给她的子民带来的惊奇非同一般。完美的箭术就如她的美貌一般出类拔萃，没有任何怀疑。十箭射完，箭箭射中青椰中心。四周已经沸腾起来，不断呼唤着女王的名字。女王不断挥手，与民同贺，她激动的神情几乎不能控制自己，又一次制造了完美的结局。这样就把所有比赛压力的交接棒传递到独角娃的手里。

桌子上又摆上了十支箭，接下来该是独角娃上场了。独角娃显得人高马大，在矮人中间就像巨人一样出众。西域女王仰头上下打量着独角娃，品评着独角娃的一招一式，希望从中找出哪怕一点点破绽，也算是有所收获。可是，独角娃没有给她这样的机会。独角娃不等大家反应过来，一上场一连放出了五支箭，箭箭中的。然后才抬起头来向大家挥挥手，算是打招呼，接着又一连放出了四箭，又箭箭中靶，惊得大家目瞪口呆。大家静静地伫立着，心情异常复杂。

所有的悬念只有留到最后一箭，才能见分晓，决出高低来。西域女王目不转睛地看着独角娃，复杂的心情使她不能左右，她的内心深处还是希望独角娃中靶，把气氛引向热烈。毕竟她已经十发十中，为她的子民赢得了荣誉。独角娃吸了一口凉气，看了看周围的观众，然后突然原地一跃而起，在空中翻转中一箭放出，飞出的箭在空中有些晃动，方向有些摇摆不定。周围一声叹息，有的低下了头，有的蒙住眼睛，生怕完美的结果被风吹散。女王镇定自若，定定地看着风中有些摇晃的青椰，预测着即将发生的结果。当大家抬头盯住青椰的时候，利箭已经穿透了最后一个椰子，只有不断流出的椰子汁可以证明此箭威力无穷，射穿并飞离了椰子，青椰在箭的冲击下来回摆动，流出的液体在地面画出美丽的图案。四周掌声雷动，经久不息。没有人能够相信箭能够穿透椰子，这样的奇迹千里难挑。西域女王被剧烈的掌声感染，情不自禁地跟着众人大声叫好，被折服的女王终于对独角娃投去羡慕和惊叹的一瞥。

接着又出场了几个比赛选手，但都没能全中。最终，西域女王和独角娃获得了并列冠军。西域女王用一种柔情的眼光看着独角娃，在她的心中，独角娃和她就像刚刚射出的比翼双飞的箭一样，既有对决，又是完美无缺的一对金童玉女。

最让西域女王引以自豪的要算是孩子的教育问题，她决定让独角娃见识一下。学校建在离赛马场一公里开外的小山脚下。古朴的学校历史久远，就地取材修建的石头房的墙壁上雕满了壁画，记述了很久以前的历史。据西域女王介绍，学校的历史几乎可以追溯到汉代。所有的孩子在这里都可以找到自己的位置，包括残疾儿童。学校开设有四书五经、诗书、礼乐、易经，道家学说等。学生大部分的时间主要花在实践环节的学习，农耕、放牧和骑马射箭等基本技艺人人必须学习，其他的如青铜制作、造纸、琢玉、中医、武林技法等可以根据自己的爱好挑选。整个学校不但传承了族人的历史，还为未来的发展奠定了良好的基础。

短暂的停留，给独角娃带来了很多的欢愉，暂时忘却了肩头的重任，就连身上的各种伤疤也基本痊愈。他突然想起随身带了一点菜种子，一路上其实早就忘记了，此时赠送给西域女王，也算一份情意，并亲手教授女王把种子精心种下，并告知如何护理，未来怎么收获，怎么储存下一代种子。一切妥当之后，独角娃才如释重负，仿佛做了人生中一件大事一般。

独角娃有些陶醉，一连在西域女王的部落逗留了五天，才把霸下的嘱托提上议事日程，心里开始踌躇起来。不敢再有任何非分之想，决定尽快启程，才不至于辜负霸下的重托。

西域女王相当勤政，早早就开始工作，此时正在议事大厅处理事务，看到前来请辞的独角娃，笑笑说道：“此地太小，难容你一身？这么快就要离开。”

独角娃急忙分辩道：“重任在身，岂敢久留！望女王还多谅解！”

西域女王装作认真的样子说道：“我这里水清天高，大漠无边。天下太平，牛羊成群，水草肥美，沙漠之舟骆驼到处都是。你看看桃花湖的湖畔，椰树矗立，绿树成荫，飞鸟疾驰。田间行人匆匆，忙于耕种，粮食成堆，可谓物产丰富。你何苦还要再次经受战乱的磨难，回到你痛苦的地方去？”

独角娃看了看西域女王所指的地方，那里真的很美，宛如人间仙境一般，白云缭绕，袅袅的炊烟之下，牛马啃着青草，人们辛勤劳作，农作物在田间地头等待收割。但毕竟还是人在旅途，身在他乡，岂能随遇而安？无非就在这美丽的地方偶遇知音罢了，这也不能作为留下的心安理得的借口。他静静地思考了一下说道：“女王治理有方，地方虽小，但是一块福地，只恨我心中有事，正如你所言那样，哪里有痛苦，我就要把痛苦变成快乐，责任大于享乐。真的无法享受眼前的美景，只能对女王表示遗憾。”

西域女王看着独角娃的认真样子，忍不住笑着说道：“既然如此，去意之强烈，留不住心不如放人，留不住情不如留个友情。你是我的族人的真正朋友，你带来的菜种我们将会好好栽培，见证我们在这里的友谊和精彩的比赛。在你离开我的族人之前，总不能让你两手空空而去，你可以选择两件礼物带走，或者准确地说是我和我的族人送你的礼物，当然包括我们这里的未婚女子。”西域女王指了指旁边站立的漂亮女子，像在开玩笑，又带着几分认真的口吻。旁边站立的女子又指指西域女王，示意独角娃女王尚未婚配。

女王瞪了旁边的女子一眼，谁也不敢再乱插嘴。

独角娃急忙摆摆手，仿佛身上戳着芒刺一般惊悸了一下，说道：“我一路风餐露宿，以大地为床，苍天为被，饥不择食，寒不择衣。今日活着，明日变成孤魂野鬼也未尝不可，岂敢连累他人？望女王开恩！我孤身来到你的地盘，还是让我孤独地离开你的领地。”

西域女王看着独角娃执意要走，也就不再勉强，示意族人取来一块盘口大的和田玉璧，宛如黑暗的夜空中升起的圆月，其上两条玉螭虎爬在其间，温润如凝脂，美轮美奂，令人无不惊羡。西域女王亲自捧着装玉璧的宝盒，送到独角娃面前，说道：“远方的客人，在你即将离开这片土地的时候，此地地处沙漠，荒凉贫瘠，无物可赠，这是祖上留下的精美的石头，现已经琢成一玉璧了，花了整整十年的功夫，已经成器。现作为一礼物赠送与你，作为永远的留念，也是族人对你的一份深情。实话告诉你吧，就连做出最大贡献的族人也没有得到过这样的待遇，说它价值连城一点也不为过。但赠送给你这样的朋友，友情无价，我的族人不会有任何意外！你带来的惊喜和信息了却了族人长久的心愿。”

独角娃摇摇手，深深地一躬，说道：“途经此地，得到很好的礼遇，已经感激不尽，这么贵重的礼物，我远途劳顿，犹如带一大石头耳，对出远门之人有何用？难说反而成了祸害。谢谢女王的好意。您就还是让它留在这里吧，作为睹物思人的见证。在恰当的时候，我将会重返故地，来这里膜拜桃花湖，再次拜访女王陛下。”

独角娃执意不受，西域女王思索了一下，似乎有一丝不快流过脸际，倏尔又显出微笑来，和族人示意和耳语了一下，转瞬又取来一把青铜钥匙，说道：“这是一把青铜钥匙，是祖上传下的遗物，其上有美丽的与族谱上一致的印记，是一朱雀。听先祖所说有极大用途，但族人至今也无法解密，只知道非凡之人才可以解开其中奥秘，留之无益，不如赠与你作纪念，不会显得太贵重吧？但有一点我相信，你能进入我的领地并能赢得我的族人的好感，也许你就是这个凝聚着巨大的力量和绝对非凡之人，但愿你再次踏入这片土地的时候，给我的族人带来你已经解密这把钥匙用途的好消息。”

独角娃还是不断地摇手，说道：“你把我捧得太高了，我与你的子民一样，是凡胎俗子。在我即将离开之际，只祈求女王赐予我桃花湖的一皮囊水，还有一袋干粮，这比什么都强，我就感激不尽了。我的血液里将会流淌着桃花湖圣洁的泉水，我的心将会永远惦记着这块宝地，记住您，女王陛下。”

西域女王的脸激动得绯红，手在空中挥舞了一下，两个漂亮而精巧的女子捧着羊皮水囊和满满一袋干粮来到女王面前。

西域女王乐呵呵地说道：“好吧，你的要求满足了，这是水和干粮，你也满足一下我的要求，请你带上这把青铜钥匙，带走我及我的同胞的这份深情厚谊吧，在遥远、枯燥而孤独的路途中让你有个美好的回忆！”

独角娃不好再拒绝，恭恭敬敬地从西域女王的手中接过精美而小巧的青铜钥匙，认认真真地在手中把玩了半天。钥匙上有一幅美丽的图案，是一只展翅欲飞的朱雀，朱雀的造型很漂亮，也很独特。独角娃爱不释手，小心翼翼地把钥匙挂在腰间。

西域女王看着独角娃认真的样子，嗤的一下笑出声来，独角娃抬头一看也跟着笑起来。

第九章　寻路误入古墓葬　心诚敲开通天门

独角娃有些不情愿地辞别西域女王，由十个全身盔甲装备的小矮人骑着汗血宝马，引领着他向东方的沙漠迈进。穿过了矮人国另一面的迷幻阵之后，和十个小矮人的马队握手告别，独角娃又开始了孤独的旅途。

经过两天两夜的徒步行走，独角娃终于顺利走出了黄沙飞扬的沙漠，感到万分兴奋，总算结束这段烈火煎熬的日子。可是面对眼前出现的绵延大山，他又开始犯愁了，如何翻越深入天幕的山顶，他又有几分痛苦。他选定了方向，看着重峦叠嶂的大山，寻找可以通过的最佳途径，只有顺着山沟前行，或许这就是最佳捷径，几乎没有别的选择。

山沟外围比较宽阔，其间没有任何路径，高耸入云的山峰之下是平缓的河流。独角娃已经很有经验，很快就做好了木筏，慢悠悠开始往山谷深处进发。水很清，风也很大，带着几分凉意。独角娃划着木筏很吃力，开阔的水域逐渐收缩，慢慢演变为沟壑中的河流。

山峰高处有很多洞穴，似乎隐藏着什么秘密。独角娃感到好奇，时间尚早，决定要前往探个究竟。他停下木筏，挎着绳索，从一个背后的山涧绕到峰顶，靠着绳索，终于进入一个山洞中。

高空中的岩洞很狭小，容不下几个人，除了一口棺材和几块垫石之外，别无一物。棺材是用一棵大树中的一段，一劈为二之后掏空做成的，就着岩洞的一侧固定在岩壁上。洞的深度太浅，还有部分伸出到洞外，常年经受风吹雨打，已经有局部破损、朽蚀。独角娃感觉到有几分恐惧，死气沉沉的，经狂风一吹格外阴冷。独角娃感到没有多少新奇，准备返回木筏，轻轻向外移动。不知道踩到了什么机关，突然，洞内一个暗藏的石板突然张开，顿时流淌出豌豆大小的石珠子向外滚来，独角娃避让不及，踩上珠子之后，一下滑倒，被抛到洞外，从高空中直挺挺地落下。独角娃不断责怪自己多事，非要好奇，才导致如此结局。就这么想着的时候，已经跌落到水中，水花四溅，全身疼痛，有一种昏沉沉的感觉。

独角娃一个劲地往下沉，身边的气泡咕噜噜直响。好在河水足够深，居然安然无恙。当浮到水面的时候，阳光再次普照到他的独角上，暗自庆幸又逃过一劫，死里逃生的感觉让他痛不欲生。独角娃急忙游到岸边，扒在岸边的岩石上一阵喘息，惊魂未定，过了一会才爬上岸。经冷风一吹，感觉到阴冷异常，很想生一堆火取暖。搜索了一下四周，除了光光的岩壁，哪里能够找得到柴禾，独角娃有些瑟瑟发抖。他只有选择尽快离开，或许是最好的选择。

当独角娃转身寻找木筏的时候，眼看着漂到百米之外的木筏捶胸顿足，气得一下跌坐在岩石上，不知如何是好。容不得多思考，他又一头扎入水中，追逐顺水下漂的木筏，用尽最后一点力气，总算追上了木筏，好不容易爬上了木筏，颤抖着身子使劲划着木筏向上游驶去。

当木筏绕过一个突出的半山坡之后，视线豁然开朗，眼前展现出一片开阔地来。一道美丽的彩虹，在阳光的照耀下斜跨在山谷之间，熠熠生辉。可是，当木筏再往前划行的时候，独角娃才发现河流已经到了尽头，一道道悬空的瀑布飞流直下，响声震天，宛若天上抛下的条条白练，飘舞着悬于天地之间。空中飞散着密密麻麻的水珠，挡住了去路。

独角娃只好弃筏上岸，向瀑布的侧面走去。当翻过几米高的岩石之后，他惊喜地发现，在瀑布侧面有一片开阔地带，这片平地紧邻着突兀的高山。在平地的尽头，有几棵千年老树。在大树之下铺着几块青石板，一沟清水就从石板之下喷薄而出，发出哗啦啦的声音，一直向下流淌。

青石板下水流的上方是一道寺门，鎏金匾额“天恩寺”。不知经历了多少岁月，还有几分亮光闪闪，气势威严。大树之下一块突出的大青石上坐着一位老和尚，正在晒太阳，神情木讷，他就是现在天恩寺唯一守寺人悟真大师。大师看样子已经八十多岁，头顶稀稀疏疏的银丝透出几分仙姿，看来已经好长时间没理发了，反而看着像道士；大师眼神不是太好，看人总是眯着眼睛。身上的袈裟看样子已经很长时间没有洗了，被油浸得有些发黄发黑。

独角娃上前向大师行礼，问要在寺中借宿，大师只是翻着眼皮看着独角娃，似懂非懂的指指寺中，又在自顾自地晒着太阳，好像对陌生的独角娃的到来不屑一顾，可有可无，全不当一回事。

独角娃向寺中迈进，庙宇不算大，仅仅就由两个连环的院落组成。寺庙有两面紧靠悬崖绝壁而建，显得宽敞而有灵气。院子中全是蒿草，几乎有一人高，只有中间有一条毛毛小路，歪歪斜斜地通向大殿。局部已经有残垣断壁的迹象，但还没有显出极度破败的凋零。大殿的屋顶相当完好，琉璃绿瓦，高挑悬空，站在大殿之上就可以俯瞰整个空旷的山谷。宝殿中的塑像栩栩如生，惟妙惟肖，一看便知一定是出自雕塑大师之手。整个寺庙的建筑宏伟壮观，规模浩大，千年尘土封不住，金光无意射出来。

独角娃初来乍到，还是对庙宇充满了热情，这里比华龙村的山神庙不知道要豪华多少倍，所呈现出的文化气息也是华龙村山神庙无法比拟的。他决定要对整个庙宇进行考察，紧靠庙宇一面的悬崖峭壁上的石刻还是引起了独角娃的好奇。自出生以来，还没有见过如此大规模的石雕、石刻，石刻沿着悬崖展开，采用圆雕和镂空技法，一幅连着一幅，一段接着一段，宛如一幅幅历史画卷一样缓缓铺展开来，讲述着一个古老的东方故事，巧妙地在庙宇中的悬崖绝壁上永留史书般的辉煌。

石雕大小不一，错落有致，摆放在庙宇的不同位置，有传说中的各路神仙，有现实中的各类历史人物，还有十二生肖惟妙惟肖的属相，甚至还有历朝历代被夸张后的大坏蛋塑像。局部地方还有深浅不一、大小不同、错落有致的佛龛，佛龛中有栩栩如生的缩微佛像，有的亭亭站立，有的或跪或坐，神情凝重。

令人惊叹的是在绝壁的中央位置，有一尊巨大的石雕大佛像，表情自然，惟妙惟肖，顶天立地的凌空气势，镇守着山川四方。石雕大佛像造型优雅，目光祥和。独角娃一时无法完全看懂，但就着石壁特殊的构造雕凿出如此宏大的佛像，内心世界的震动还是久久不能平息，惊颤于前人的高超技艺。

独角娃回到大殿中，庙宇中的佛像是用珍贵的木头雕琢，只是上面已经落了厚厚一层灰，抹去灰尘之后看起来还鲜亮无比。令人奇怪的是气势如此宏大的整个庙宇看起来已经很久没有庙外之人来过，至少近期没有尘世中人来朝拜的迹象。看着厚厚一层落叶和蒿草，独角娃感到无比好奇。

他对庙宇有十足的感情，庙宇使他顺利度过了童年。他沿袭在华龙村山神庙中的习惯，开始打扫庙宇，铲除蒿草，擦拭佛身，清除地面尘灰，点起了香火，整座庙宇总算恢复了一些生气。悟真大师时不时踱到他的身边，眯着浑浊的眼光好奇地打量着他。

当天夜晚，高山之下的夜晚还是有些寒冷，独角娃生了一堆火，静静地享受着孤独的温暖。悟真大师又出现在独角娃的身边，嘴角嗫嚅了一下还是没有发出声音。独角娃急忙让座，悟真大师坐下看着独角娃，猜度着独角娃的心境，火光一闪一亮，照亮着一老一少两个人的额头。

独角娃向悟真大师打听着天恩寺的历史，悟真大师摇摇头，不知道是没听懂还是听不见。独角娃只好从火塘中抽出一根燃烧着的细枝条在地面上写成文字，悟真大师算是看懂了，激动的神情开始荡漾开来。令人失望的是悟真大师对天恩寺的历史并不知道多少，仅仅只是知道一些道听途说的传说而已，时不时给独角娃讲些支离破碎的片断。可以猜测，悟真大师对古籍并不感兴趣，言语表达中无不透露出人生阅历中知识的贫乏，道听途说的流言反而成了主流。

寺中早就断炊了，悟真大师靠以前私自藏匿的一点点粮食好不容易挨到现在，也算是奇迹。第二天一大早，悟真大师就孤独地坐在河边垂钓，说是为迎接独角娃，决定破戒杀生一次，钓些大鱼改善伙食。悟真大师年事已高，视力不好，钓鱼完全凭感觉，摸摸索索地把挂着蚯蚓钓饵的鱼钩放到水中，鱼漂半天没有动静。

独角娃走到大师面前，也没有更多语言，静静地看着大师的鱼漂。独角娃看着大师不急不躁，心想今天的大鱼宴可能只是想想罢了。大师可能连鱼漂都看不清，怎么可能钓到大鱼。就在独角娃疑心重重的时候，大师已经开始收线，大鱼已经上钩了。大师不慌不忙，和大鱼来回拉扯了一会，大鱼已经被拖上水面，肥大的鱼儿足够两人吃上一天。独角娃不敢再小觑大师，开始和大师逐渐心对心地交谈了起来。

独角娃在打扫寺庙的过程中，惊喜地发现了藏书阁。藏书阁处在岩壁之下，不算很大，起码也有两间屋子那么大。独角娃看到了石屋中的很多古籍，至少是华龙村山神庙中古籍的几十倍，而且绝大多数是套书，每套书都具有皇宫中的豪华装裱，激动的情绪难以掩饰。经书占了大部分，还有农耕、天文地理、军事战略等书籍。各类书籍年代久远，用大木匣分类装着，有的就书写在精美的丝绸上，有的还是竹简或木简，占据了宽敞的两大间石洞。独角娃临时决定要多留下几天，领略一下书中的世界，或许这才是最真实的记录。独角娃一直对书比较感兴趣，也许是书中的知识改变他的命运，点亮了他的人生明灯，他决定好好享受一下天恩寺中古籍的精华。

独角娃对天恩寺心存疑问，一直在寻找天恩寺的疑问背后的答案，希望在各种点点滴滴的古籍信息中找到真相，但结果还是迷茫一片。独角娃只好再次求教悟真大师，大师只是一味地摇头，最多只是讲讲一些奇闻趣事。

独角娃边看着书边把玩着西域女王赠送的青铜钥匙，精美的造型和怪异的图案引起了独角娃的好奇。他细细地解读着钥匙上的图案，希望能够有所发现，但关于青铜钥匙的遥远往事已经变成了无法洞开的秘密，在心海中只留下对西域女王的无限回忆。只是西域女王关于钥匙的话语还不断响彻在耳际，不知道自己是不是女王所说的非凡之人。可是，独角娃心里雪亮，他无非就一个普通人而已，也就不在这个问题上过多纠结，把钥匙悄悄重新挂在腰间，留待未来再探索秘密。

独角娃大致浏览了所有的古籍之后，还是发现了关于天恩寺的一些蛛丝马迹。唐武德元年，薛举率军大举进攻关中，和李世民部队发生激战。当时李世民大病，部下刘文静不听劝告出战，大败。李世民不得不带病坐船逃到天恩寺附近，大量追兵将至。李世民暗暗叫苦，心想命将在此结束，看着飞流直下的瀑布天旋地转，无计可施，昏厥在地。就在此时，悬崖之间一声巨响，一道石门豁然而开，出现了一条天无绝人之路的暗道，李世民得以逃脱。后来李世民登基当上皇帝之后，为了感谢上苍，在此花费巨资修建天恩寺，派遣得道高僧住持天恩寺，朝拜上苍。彻底打通了悬崖绝壁中的暗道，并修建了拜天台，一有机会就到天恩寺朝拜上苍，阅读从皇宫中带来的大量古籍，享受难得的清闲时光。书籍逐渐增多了之后，就在岩壁之间修建了藏书阁。

独角娃比对着古籍中点点滴滴的描述，决定到庙宇四周的悬崖峭壁考察一番，或许能找到古籍中所记载的出路。他一边走一边注视着悬崖上的石刻，猜测着先民留下这么精美石刻的初衷。

精美的石壁让人心醉，解读古人伟大的创举让人震撼。独角娃在光滑的石壁上除去青苔和周边延伸过来的杂草，不放过任何一个有价值的线索，希望尽快找到出口。突然，逐渐裸露出来的石壁上一个熟悉的符号引起了他的注意。他兴奋异常，拿出西域女王赠送的青铜钥匙进行比对，符号完全一样：那是一只展翅欲飞、昂首挺立的朱雀。独角娃兴奋异常，猜测着两者之间的内在联系。

独角娃再次详细搜寻，在石壁朱雀符号的右侧发现了一个小孔，经过细心分析，决定尝试一下。他用力将钥匙插入小孔，钥匙上的朱雀和石壁上的朱雀形成了完整的一对，两头相向，完美无缺，仿佛瞬间灵动起来，一道红光划过，窜出一只健硕的朱雀来，在空中来回盘旋翻飞。只听见哗啦一声巨响，在悬崖绝壁处冒起一阵灰尘。随着灰尘慢慢散尽，清晰可现一道石门顿然开启，打开了一个尘封已久的世界。

偌大的一个洞口立时呈现出来，黑黝黝的，看起来深不可测。独角娃跨过障碍，来到了洞口。洞口大门是由两块厚大的石板组成，规整而做工考究。就在独角娃犹豫不决是否进入的时候，洞口两边墙壁烛台上的蜡烛瞬间自动点亮，照得洞口附进亮如白昼，一切尽现眼前。

独角娃心想终于找到石洞之门，心里一阵激动，不断感激古籍带来的惊奇，真是功夫不负有心人，心思缜密，必有好处。他顺着石门后的台阶，小心翼翼地慢慢进入石洞。洞中一侧石壁下摆放着千年油灯，只能照亮着局部的空间。独角娃顺手操起一个烛台，点亮洞内的暗角。石洞内寒气阵阵逼人，令人毛骨悚然。越过石门之后，洞内豁然开朗，宽敞了许多。

进门之后，独角娃发现好像这个洞并不是通往拜天台的暗道，因为逐渐呈现出来的洞内的各种布局让他疑虑重重，有点裹足不前，初步判断更像是一个大墓，但好奇心驱使，他无论如何还是决定一探究竟，难说其中隐藏着暗道也有可能。

石门后的高台上是一对长着翅膀和犄角、面目狰狞的强壮的镇墓石兽，仿佛要扑出来一般，紧紧地把守着墓门，看样子要把入侵者立刻吞噬。石壁上全是用朱砂彩绘的壁画，颜色鲜艳，画面是一只只肥硕的呲牙咧嘴的猫，前爪按着一只人首鼠身的动物，嘴紧紧衔着鼠身，老鼠的头看起来更像是一个女人装扮的人头，回过头来可怜地看着猫，呈现出苦苦哀求的神态。猫可没有那么慈祥，怒目圆睁，利齿已经深深地扎入老鼠的脖颈，鲜红的血液已经咕咕地渗透出来，在地下汇集了一大摊；在画面的最下端，还有一条条眼镜王蛇，吐着信子，准备对人首鼠身的动物发动攻击。图案中还夹杂着密密麻麻的咒语，晦涩难懂。独角娃不敢念，只是在心里默默地看了两遍。整个墙壁都布满不同的猫捉老鼠和蛇吞老鼠的画面，看着有些阴森恐怖。

就在独角娃移动目光的时候，墙上朱红色的猫和老鼠仿佛具有生命一般，开始在石壁上跳动起来，猫不断咬住老鼠，反复撕咬，蹂躏，玩起了猫耍老鼠的游戏，直到老鼠颤抖着失血而死，石壁上的画面才停止了跳动。石壁上接着闪动了一下，即刻幽幽暗暗呈现出两张极度扭曲的女人的脸来，嘴里不断念着咒语般的隐语，咬牙切齿的表情似乎要吞噬一切。两张脸不断做出各种愤怒的表情，直到两张脸逐渐演变为两把利剑，深深插入同一个女人躯体的时候，一切才逐渐趋于平静。血腥、死亡和仇恨在这里反复交替。

独角娃看着这一切感到很怪异，决定寻找深层的答案。

在另外一面墙上，红色的文字写满了整面墙壁，大概意思记录了唐代武则天残害忠良，害死王皇后和箫淑妃的经过，王皇后和箫淑妃死后变为猫和大蛇，诅咒武则天变为人面鼠身的老鼠。以及王皇后和箫淑妃死后被人秘密埋葬在这里的史实。文字还记载了这里有一道天门，可以上到平台上与苍天对话，向苍天控诉武则天的罪行，然后可以通到其他地方。墓葬中还堆满了王皇后和箫淑妃生前的各种用品，有各种造型的玉器、青铜生活器具、黄金饰品、金银用品，无数彩绘陶俑，靠石壁立着两排威武的青瓷武士俑，还摆放着一圈三彩卧身骆驼，蔚为壮观。

独角娃还愣愣怔怔地站在墙壁之下，借着亮晃晃的灯光，想要看清楚一切。他继续犹豫地往前移动，抬头看着墓穴四周，墓中稀奇古怪的东西太多。墓道上一对玉器引起了独角娃的好奇，造型独特，宝光闪闪，伸手想要拿起看个究竟。刚刚将手摸到玉器上，拿起玉器凑到眼前的瞬间，只听到两声清脆的响声。独角娃顺势急忙蹲了下来，两支箭从头顶呼啸而过，吓得独角娃大呼庆幸。而后听到一个女人浑浊的声音："入侵者必死！打扰亡灵者必亡！贪财者就地处决！"独角娃只想满足一下好奇心，想不到几乎葬送性命，只好急忙恭恭敬敬原样放回玉器，不敢再轻易触动其中的任何一样物品。

独角娃继续小心翼翼地往前走，寄希望尽快找到上拜天台的路。突然，脚下的石头快速地转动了一下，独角娃还来不及反应就有半个身子掉到石坑中，石坑好像无底，好在独角娃在掉落的瞬间抓住石壁上突出的石块，使劲地往上攀爬。瞬间又听到有石头坠落的声响，咔嚓咔嚓的沉闷声从坑底传回来。接着又有一个尖锐而悠长的狂笑声从顶部传来，而后又变得沙哑幽深，吓得独角娃几乎支撑不住。随着笑声戛然停止，墙壁上的蜡烛突然熄灭，整个墓室陷于极度的黑暗之中。好在独角娃一只手中托起的烛台上的蜡烛还照亮磨盘大的地域，还可以驱散心中的恐惧。

独角娃叫苦连天，石坑中瞬时又发出一股强烈的腐尸气味来，想呕吐都来不及，让人几乎昏厥过去。独角娃紧紧贴着石壁，一动不动，一只手抓住石壁，一只手托住蜡烛，借着手中微弱的烛光，看到大块的石头往石坑中砸下去。独角娃心想好险，不住地叫着庆幸。他干脆急忙把蜡烛尾端用嘴咬住，双手用力抓住石壁，用力一撑，来回了几次，才爬了上来，算是捡回了一条性命。

独角娃爬到墓室中，极度的喘息和想呕吐的欲望双重交织，喘息了一阵之后，才小心翼翼地往前移步。往前走了一段之后，光线暗了许多，独角娃感到有些窒息，顶住恐惧的压力，看清了眼前的一切。在一个平台上放了两个棺椁，估计就王皇后和箫淑妃的棺椁。独角娃不敢再触碰，尽量保持着一定的距离。来回走了一圈之后，没有再发现其他任何有用的线索，准备退出。

就在独角娃准备往回退的时候，在墓室深处的侧面墙壁上发现了一个和西域女王赠送的青铜钥匙上的图案一模一样的标识。独角娃依照刚才打开石门的方法，又打开了侧面的一道石门。借着微弱的光亮，模模糊糊看到好像放置着一些物品；另一面侧墙上，独角娃用同样的方式又打开一个墓室，里面放的是各式各样的青铜器和银器。独角娃详细寻找了各个墙壁，都没有找到可以通向拜天台的机关，不敢再看下去，只好准备退出去。

独角娃不敢看棺椁，恭恭敬敬地行了一个大礼之后，退出到石门之外。这时，突然听到一声响动，似乎棺椁摇动了一下，把独角娃吓得毛骨悚然，侧耳一听，似乎听到吱吱的声音从地面发出。独角娃往地上一看，从棺椁下面的暗洞里像水流一样涌出很多条眼镜王蛇来。独角娃急忙把青铜钥匙再次插入孔中，石门瞬间合拢。独角娃才松了一口气，回到悬崖之下，往回看了一眼，心里安定了一些，很难看出这里是一个陵墓。

故事还得往前说起，原来王皇后和箫淑妃被废为庶人之后，被投入后宫密室中，不见日月。一日，唐高宗李治忽然良心发现，想起二人来，秘密前往后宫密室探视，念及以前的情分，答应将重新妥善安顿二人。此事被武则天的密探提前告诉武则天，武则天怕事情有转机，危及自己，一不做二不休，秘密将二人剁去手足，装于酒瓮中，结果二人居然不死，这着实吓着武则天了。武则天软磨硬泡，逼着唐高宗李治下诏赐死二人。李治没有主心骨，属于典型的软耳朵，面对武则天的强势，只好依从。在宣布赐死诏书时，箫淑妃大叫“武氏狐媚死后为鼠，吾为猫，吾当扼其喉以为报也”。二人死后，唐高宗李治鉴于对王皇后和箫淑妃的一点点恩情，秘密将二人安葬在这里，算是对二人有一个交代。

元朝末年，发生了一件蹊跷之事，天恩寺山顶上滑落一块巨石，把在水边洗衣的几个和尚砸死，此事广为流传，言天降石雨，天恩寺乃为不吉利之寺。后来，又战事不断，庙中僧人无以为生，一个被朝廷通缉的官员以香客的名义捐助寺庙一笔钱财和粮食，得以在寺庙中隐匿生活下来。官员天天与方丈谈古论今，甚是投缘，偶有感慨万千，抱怨良多。后来不知被什么人告发，说天恩寺僧人将集体造反。朝廷派来重兵，将僧人全部剿灭，不留活口。只有悟真大师运气好，早早独自一人外出寻柴，藏到一个山洞中，才得以保全性命。后来，整个寺庙就这样荒芜下来，没有人再敢来这里烧香拜佛，只有悟真大师还在这里孤独地生活，负起守庙人的责任。

独角娃还没有完全从惊惧中缓过神来，悟真大师在他眼前晃动了一下。独角娃感到很奇怪，上前拉住悟真大师的袖子，询问大师为何跟踪自己。大师不言语，只是用异样的眼光看着独角娃。独角娃用手指在地面上

写了想要穿过山谷的想法。大师犹豫了一下，失望地摇了摇头，模模糊糊地说了一句：“天意不可泄，天下本无路，心中有义路路通，何必在意一条路!”然后摇摇晃晃自言自语地走开了。

独角娃没有找到出路，无可奈何，很郁闷地回到寺中，想起刚才的情景，不觉出了一身冷汗。安静之余，开始习惯性地清扫通道，擦拭起佛身来，一直干到很晚。直到傍晚时分，悟真大师来叫独角娃吃鱼，就着一锅红薯芋头，还有一大砂锅鱼，两人都吃得很开心。夜里围着火塘一直东一句西一句聊到半夜，方歇息下来。

醒来的时候，太阳已经升起，独角娃在大殿中忙于洒水扫地，长时间不见悟真大师的影子，感觉到甚是奇怪。独角娃径直到大师的卧室，才发现大师已经仙逝。独角娃伤心至极，大哭了一场，精心将大师安葬在寺前河道转弯的山坡上，那里山清水秀，大师的灵魂长眠于此也算是一种幸福。

悟真大师在佛台上留下了一张纸条，告诉独角娃从大殿后门径直走到绝壁之下，那里就是传说中天门所在的位置，只是至今无人能打开，听以前得道高僧曾经说过，只有凝聚非凡力量之人才可以打开，上到拜天台上。

悟真大师唠唠叨叨写了很多，劝说独角娃不要有想打开此门的企图。在他之前已经有很多各派法道高深的大师，当然包括十年前被朝廷乱军杀害的方丈大师，都曾经试图以高深的法道和武力打开天门，都以失败告终。顺便劝独角娃还是趁早真正入主天恩寺，承担起弘扬佛法和继续点燃香火的重任，说独角娃是真正能让他闭眼放心而去的第一人，说独角娃与佛有很深的缘分，特别是看着独角娃发自内心擦拭佛像的时候，他就打定主意让独角娃皈依佛法，天恩寺将后继有人，他才放心而去。

悟真大师已经在库房为独角娃准备好了木棉袈裟，希望无论留下与否，一定要带走，算是为独角娃准备的礼物。木棉袈裟整整齐齐叠放在桌子上，金丝发出熠熠光彩。独角娃并没有感到高兴，心中有几分淡淡的忧愁。收好了纸条，装起木棉袈裟，背起行装，准备最后一试。无论能否打开天门，前往东海的决心没有任何改变。不能打开石门，将绕道翻山越岭前行。

已经是午后，大殿后的绝壁之下影影绰绰。独角娃对打开天门没有抱多大希望，懵懵懂懂地来到绝壁前，悟真大师的留言在耳际回荡，一点兴趣也提不起来，但无论如何也要一试，方能了却心头之挂。除了石刻之外，光滑的石壁看不出一点藏有石门的迹象，倒是在一个雕琢精致的凹坑中，隐藏着美丽的朱雀图案，和墓穴之门的朱雀一模一样。独角娃再次取出青铜钥匙，插入了长满青苔的孔中，石壁毫无反应。独角娃伤心至极，准备返身趁着阳光离开天恩寺。就在独角娃转身的时候，咔嚓嚓的声音石破天惊，一道尘封已久的天门缓缓开启，尘灰冒起三丈高，有些地动山摇的感觉。尘土过后，碎石落定，洞中天灯突然点亮，一条螺旋状的天梯盘旋着向上延伸，仿佛点亮了另外一个辉煌的天幕。

独角娃盼望已久的天门终于呈现在眼前，这里宛如一个地下的宇宙，宽阔的洞内微风习习，深邃的天幕中星光点点，那是天然形成的宝石，就一颗颗自然镶嵌在洞顶，一闪一闪地发出炫目的光彩。在洞的另一边的高处，是一颗巨大的夜明珠，借着闪动的烛光，呈现出美丽的七彩光环，变幻的景象又像十五的月亮普照着山川大地，明暗有致的过渡光影仿佛使人置身于另一个宇宙中的山林之间。

独角娃毫不犹豫拾级而上，一定要上到拜天台看看不一样的天空。洞中硕大无比，天灯的光芒万顷，染得整个山洞如旭日浸红一般。台阶就紧靠峭壁而建，绕着洞顶垂下的密密麻麻晶莹剔透的石柱而过。台阶下是悬崖万丈，深邃不见底，奔泻之泉淙淙流过，刷刷的声音和升腾的水雾，伴着七彩的光芒格外让人联想。台阶虽然长时间没有人踏过，可还是一尘不染，洁净如初，没有任何湿滑泥泞的感觉，就连青苔也没有一丝。

经历了将近一个下午和一夜的攀登，独角娃终于登上了拜天台。天台不大，只有几平方米；天台特别高，处于整座山峰的顶部，有一览众山小的感觉，凌空欲飞突出在悬崖绝壁之上，伸手就可以触及到苍天的肌肤，这种感觉就如生存在天宇中一般，站在其上可以与苍天对话，倾吐肺腑之言。天还没有亮，也没有月亮，广阔的天幕中飘着繁星点点，就游走在身边，亮闪闪地极力点缀着苍穹。

独角娃怀着好奇而激动的心情，一脚跨上拜天台，然后跪倒虔诚地拜起苍天来。天眼顿时睁开，美丽的七彩霓虹之光先是细细的一束慢慢地流淌出来，而后逐渐变粗，旋转着在拜天台上空划出了金色的线条来，编织成柔美的图案，照亮了拜天台。随着美丽弧线的消失，一行悠闲的金色鸾鸟从头顶缓缓飞过，亮丽而玲珑剔透的长羽毛拖出无数令人遐想的幻觉来，雌鸟领头，雄鸟追随，鸣叫之声宛如仙乐一般动听。鸾鸟过处，倏尔而逝的光环投到了独角娃的身上，独角娃顿时感到触电一般，电流过后，神清气爽，仿佛被充电一般，精神百倍。

直到太阳露出一道光芒的时候，独角娃再次被震撼，灿烂的天空云蒸霞蔚，美丽至极。拜天台之下的山峰白云缭绕，紫气东来，几棵悬崖绝壁上屹立的苍松抒发着生命的气息。远远地还有几只白鹤悠然飞过，九色鹿驻足在松下溪边食草。独角娃俯身看着拜天台上的石碑感慨良久，上书唐太宗的手迹：

激流飞下天门开，
佛光普照九重天。
心怀正义上天台，
天恩感应力自来。

独角娃拜过苍天之后，顺着另一面的暗道迤逦下到山谷中，总算穿过高山，可以大步流星向前赶路了。只是悟真大师的遗言反复萦绕在耳际，有些惆怅，有些难以割舍。何日再到天恩寺，这已经变为了心痛而又不可预知的问题。

第十章　山摇地动逃命忙　毒气漫天险丧命

独角娃从暗道离开插翅难飞的高山，节省了几天的路程，避免了几天的劳累和痛楚，心里特别高兴。特别是下到山谷中，看着哗哗从高山上流淌下来的雪水，心里舒了一口气。看着郁郁葱葱的树林中升腾起的热气，从高山回到了谷底真是莫大的幸福，越过了一座大山，就等于向目标迈进了一大步。

独角娃一刻也不敢停留，顺着山谷的毛毛小路顺流而下。走了大概一早上光景，他终于走到了稍为平缓一些的地带，但前面目光所及的依然是绵延的山峰，似乎永远没有尽头，无休止地横亘在脚下，何时能走到尽头真的不可预知。

一座突兀的山峰像锅盖一样，顶峰还覆盖着白光光的大雪，远远地横亘在眼前。

独角娃走到一块群山之间的平地，这是一个典型的坝区。虽然面积不大，但田野纵横，小河交错，树木林立，风景优美，确实是居住的宝地。令人奇怪的是，这里有田野、河流，还有人工雕琢的建筑群，可找不到居住的人家，令独角娃感到十分纳闷，一时之间找不到答案，只有做出种种可能的猜测。独角娃在这里进行了简单的休整，鱼很多，他捕了很多鱼，美美地吃了一顿，还制作了一些烤鱼干，总算感到心里踏实。

第二天，太阳刚刚探出头来，没有一丝风儿。整个坝区水量充沛，几乎要漫过小路。小河中的水面上冒着森森的水汽，一切都还处在睡梦中的时候，独角娃就开始上路了。天空中的云彩很有特点，这是独角娃在自己的家乡很难看到的，一朵朵白云透出一点点火红的颜色，在湛蓝的天空中排列有序地放射状一样延伸到远方，斑斑驳驳地点缀着天幕。独角娃很庆幸有这样的好天气伴随着自己的旅途，心里豁然开朗起来。不知道是什么缘故，万事万物在这样晴朗的碧空之下，总显示出一种淡淡的悲凉。鸟儿有些哀鸣，一种狂躁的神情使鸟儿东张西望；鱼儿更多，成堆地聚集在一起，张着嘴浮在水面，好像在等待着什么……远山的豁口倒映在水中，随着细碎的微波扩展开来，呈现出一种静静的魅力与死沉。

独角娃走在窄窄的田埂上，田埂上的野草茂密旺盛。好长时间没有见到人烟了，独角娃感到有些凄凉，特别是听着鸟儿的哀婉，内心就一阵阵紧蹙起来。虽然早晨阳光灿烂，心里还是有几分落寞，只有不住地哼着儿时父亲教的沙哑的儿歌，有时甚至是歇斯底里地狂叫着，发泄着心中孤独的愤懑。

安静的局面还是被地动山摇打破了。突然，独角娃先看到田埂宛若游蛇一般，一个劲地左摇右摆，向一个方向游动；四周的水体开始剧烈地波动着，拍打冲击着岸边，局部地段已经冲到岸上；水中的鱼儿犹如燕子翻飞，密密麻麻地在水面飞跃，窜起很高；水鸟拍翅惊叫着飞腾起来，哗啦啦一个劲地向四周飞散；树木摇动着枝条，半天没有停歇的意思；远处似乎传来了由远而近的咕隆隆的响声，听起来是一种垮塌的声响，接着似乎看到锅盖状山头有带着火苗的黑烟急速冒起……

独角娃已经无法保持平衡，摇摇晃晃的感觉把他抛到水田中。田里全是水，齐腰深。他感到有些眩晕，只有本能地抓住水草，镇定之后急忙从水里爬出来，颤抖着看着四周的动静，惊惧的神情让他不得安心，全身滴着水，地下淋湿了一片。大地颤动的感觉没有停歇，独角娃想呕吐，就在摇摇晃晃的感觉中，他才朦胧地意识到可能是地震了——父亲在儿时曾经讲述过类似的情景。地震一直持续了两分钟之久，才停歇下来，只留下波动的水面和摇曳的树枝，还有一群群从头顶哀鸣飞过的鸟儿。

好景不长，仅仅过了五分钟左右，惊恐还没有消散，大地又再次震动起来，比上一次更加剧烈。大地好像要裂开一样，扭动的远山的影子让人眼花缭乱。田里的水已经卷到岸上，鱼儿也飞一般窜到田埂上，摇动的树枝更加剧烈。独角娃已经有了心理准备，他急忙伏在田埂上，使劲地抓住地面的狗尾巴草。剧烈的震动没有把他再次抛到水里，他感到很庆幸，可是冲上岸来的水流使他浑身湿透。好在第二次大地剧烈的摇动持续的时间不是太长，独角娃并没有感到比第一次难受。远处有浓烈的烟雾飞来，天空变得有些灰暗。

当大地再次安定下来的时候，独角娃慢悠悠地从田埂上站起来，惊恐地观察着四周的动静，生怕还有什么怪物飞将出来，半天没有缓过神来。天空中的云彩有了很大的变化，晴天中放射状的云彩已经变为几块乌云飘荡着，罩住了天空的几个角落。独角娃就这么看着四周和天空，生怕老天再次震怒。惊惧还没有消失，直到感觉脚下似乎有水的时候，独角娃才下意识地往下看，他一声惊叫，几乎昏厥过去。四周的水涨得好快，他这里的地势较为高一些，但也已经被水包围，四周已经变为一个水的世界，快速飙升的水位已经没过了他的小腿，逐渐淹没了整个坝区。

独角娃急忙寻找来时的路，准备退回山边，哪里还能找得到退路，只有浩渺的洪水急速上升，一会水就没过小腹，四周已经形成了一个波澜壮阔的白花花的水世界。要想找到田野中的小径已经不可能，只有水路才是出路。好在还能看得到树顶和山头，至少可以辨别方向，这多少让独角娃感到几丝温暖，即使洪水水位再飙升一些，也可游到树干上保命。独角娃想要游泳逃离这可怕的洪水，可是地震还在不断发生，波动的水体很难游行，行之有效的方法是寻找一棵大树，或许还可以暂时保住一条小命。

坝区中树都不算高，一般情况下，坝区水分充足，树木生长容易，但当长到一定高度时根部容易腐烂，在大风的肆虐之下容易倾覆。独角娃在水面上游动着，身边时不时游过跟他一样命运的逃命的动物。独角娃的运气没有他想象的那么好。他花了好大的力气才挣扎着游到一棵大树旁边，可水位已经淹过了树干的一大半，按目前涨水的速度计算，水位没过树顶也用不了多长时间。独角娃抱住树干，大口喘息着，观察着周边的局势，恐惧的感觉还没有驱除，逃命的最低要求使他一刻也不得安心。他扫视了一下四周，估算了一下游出这个坝区的时间，不禁一声叹息，他的耐力不足以游出去，加上不断的地震导致的水体波动，很可能在逃命的途中就终结了自己的性命。独角娃想到了霸下，想到了自己的誓言，无论如何也要游出这片瞬间出现的浩瀚水域，水中还不断发出一股刺鼻的硫黄味道，搅得他喉咙发痒，一阵阵想咳嗽。

水位已经逐渐接近大树的树顶，整个水域随着水位的上涨已经扩大了几倍，游出这个瞬间变成的水世界迫在眉睫。独角娃无奈地开始奋力向外游去，已经来不及考虑结果，逃命已经成了第一要务。以前曾经在沟河湖中游泳，可是都没有这样艰难。就在独角娃不断回忆往事的时候，心里的压力有所舒缓，疲乏也会减轻很多。即使这样，独角娃还是几次沉下去，呛了几口水，引起了一阵撕心裂肺的咳嗽，仍然挣扎着浮到水面，几乎窒息。独角娃使劲抬头看了一下远处的山头，悠远的山峰好像作怪一样，不断在拉开和独角娃的距离。原来，水已经开始剧烈流动，独角娃逆水而行，稍作停留就被冲走。当发现这样的情形之后，独角娃估算了一下前后的距离，无论如何，前面的距离要短得多，只有最后一搏，逆水游到山峰之下，这是上计。

独角娃已经筋疲力尽，只有仰面朝天，靠手脚的划动保持平衡，节省力气，以适当休整。经过了简单的休息之后，独角娃体力有所恢复，转过身来发力向前游动。用力最后一搏，由于用力过猛，独角娃的双腿在冰凉的水中开始抽筋，动荡一下疼痛难忍。他一声惨叫，准备等待上帝的最后判决，痛苦地闭上眼睛，排除心中的杂念，准备静心静气地沉入水底死去。

突然，独角娃似乎想起了霸下在自己出行之前交给的宝物——碧水晴空剑，或许能救自己一命，但一想到碧水晴空剑只能使用一次的特殊性。独角娃只好瞬间放弃这个决定，即使葬身水底，也不能轻易使用宝贝，这是铁定的定律。独角娃已经感到迷迷糊糊，脚掌已经触及到水底，他憋了一口气，然后本能地使劲一蹬水底，疼痛难耐，瞬间又浮出水面，但很快又再次下沉。就在这时，独角娃的手触及到一件硬物，定睛一看，原来是一段很粗的枯树，枝头上还有一个废弃的鸟巢。独角娃双手扒在枯树上，一阵狂喘，然后一手拖住枯树，一手向前划行，逐渐向山峰脚下斜靠过去。

山头很美，矗立的山峰像刀削出来一样，屹立在天幕之中，朵朵白云缭绕，仿佛就是仙境一般。花了好长时间，独角娃总算抵达山下的水边。他就面向苍天躺在沙石上，使劲地喘息着，不知道是激动还是伤感，泪水禁不住流到嘴里，经历了一次与死亡擦肩而过的折磨，一种喜极而泣的复杂心情使他更成熟了几分。他抹去眼泪，毅然站立起来，向苍天发出了一声雄壮的嚎叫和咆哮，挥动着手臂遥指前方。

安全了，站在大地上有一种安全感，一切终于回归了平静。可是，当他摸到手上的皮肤之后，感觉到一阵阵疼痛，皮肤好像蛇蜕皮一样，一块一块地脱落。独角娃已经无法顾及这么多，能逃出洪水深渊已经就算是一种莫大的幸运。

独角娃一刻也不敢耽误，立即向山沟进发，这是他通向远方的唯一通道。这里原是一个古栈道，准确地说是一条茶马古道，裸露的台阶格外光滑，只是上面大多已经布满了青苔，很久没有行人经过了。就在独角娃向山沟方向走了一小段之后，情况就发生了极大的变化。大地又颤动起来，山头上的石头不断往下滚落，伴随着石头砸裂的声响，哗啦啦的尘土飞扬，整个山沟充满着恐怖的死亡气氛。独角娃只好暂时停止前行，叫苦不迭，心想在陆地上也没有安全感，只好爬到一个相对安全的平台上晒太阳，以躲避坠落的石头。潮湿的衣服晒干了一些，舒适的感觉又逐渐爬满心头。

约摸半个小时之后，独角娃又开始前行，山沟已经被山头上垮塌的巨石和泥土堵住，一股新鲜的泥土气息洋溢开来。独角娃只有攀爬着疏松的石头和泥土，艰难地一步一步往前挪移。就这样艰难地爬行一段路程后，独角娃听到了巨大、沉闷的哗哗的声音，顺着声音传来的方向，山沟中堵塞的山石形成的大坝突然垮塌，巨大的洪流带着泥沙飞流直下。独角娃眼疾手快，飞一般地向高处跳去，希望能逃过这一劫。可是，一切为时太晚，滚滚的沙石洪流飞奔而来，把独角娃冲倒。独角娃在泥沙中翻腾，一直被冲出两百米之后，才侥幸地抓住沟边的荆棘，忍着被戳破手掌的疼痛，终于捡回了一条命。满身的泥浆，仿佛跳到黄油漆中浸染过一般，潮湿的牛皮靴子每走一步就会发出咕唧咕唧的声响。

太阳已经偏西，独角娃就在这一带折腾了大半天，几次死里逃生，他感到一阵莫名的痛楚。独角娃不敢在河谷中赶路，只好爬到稍高的山坡上行走。只有拼命地往前赶，希望在天黑之前走出山谷，才不至于夜间睡觉的时候突发地震被山石砸死。经过一段时间的小跑前行，独角娃已经气喘吁吁，满头大汗，身上的羊皮褂也已经被风吹干，羊皮褂上的泥巴干裂后不断往下掉，逐渐恢复了原貌，有了一丝丝的舒适感。

山沟中有大片的烟雾吹来，带着一阵阵刺鼻的呛人气味，还似乎听到了一阵阵咕隆隆的声音。温热的气流滚滚而来，几乎要让人窒息。独角娃爬到一个突出的土堆上，希望能看到远处的情况，可是只能看到大片的烟雾向他飘来，再也看不到什么。他只好继续往前行，这里有大片大片的干燥的山草，还有干枯的密密麻麻的树枝林立。烟雾很浓，独角娃的视野只能看到很近的范围，身边有很多小动物狂奔而过，似乎预示着一种不祥的征兆。独角娃突然听到噼噼啪啪的声响，等走到视野触及的范围，不由得惊叫起来，飞一般的大火已经把他重重包围，呼呼的火苗蹿起很高，爆裂的声响震耳欲聋。

独角娃来不及多想，拔腿从大火的缝隙中就往河谷方向狂奔。可是杂草太密，火势太大。独角娃的毛发被火燎去了很多，局部皮肤被烧伤，感觉到很疼痛。独角娃狂奔到河边，大火也已经追到了他的身后，他已经身无立锥之地，不容多想，只好纵身跳到水里保命。山沟中的水很深很冷，独角娃使劲地扑腾着，水翻腾着将独角娃往下游冲去。河的两岸已经大火通红，顺风翻飞的火苗伴着跳跃的火星吞噬着整个山坡。独角娃已经没有地方可去，游到岸边拉住杂草等待大火经过。约摸一个时辰，大火顺风推进到几百米的前方。大火经过的地方，寸草不留，只有焦黑的土地和裸露的岩石，还有零零星星燃烧未尽的冒着烟雾的老树桩。

独角娃踩着焦黑的土地，一阵阵灼热的疼痛使他寸步难行。就这样艰难地前行了几公里。大地上突然现出了密密麻麻的窟窿，突突地从里面窜出火苗，还有大股的烟雾。山沟中的水已经热气腾腾，咕隆隆冒着气泡。就在水浅的地方，只见泥浆翻飞，沸水四溅。整个山谷，就像巨兽喘息一般，宛如发怒喷火的妖魔，将要融化和吞噬整个世界。浓厚的腾空而起的烟雾笼罩着整个大地，使整个山坡的能见度不足百米。

山头上不断滚下焦黑泥巴一样的硬物，所及之处烟雾四起，烈焰顿生。好在落下的硬物是间歇性的，独角娃加紧了脚步，趁着停歇的时刻急速前进，跨越这个区域显得十分重要。

独角娃不敢多想，更不敢多看，飞一般地往前冲，脚掌触及的瞬间仿佛被烧熟一般，一阵阵生疼的感觉恨不得跳崖自尽。可是霸下的生命已经岌岌可危，刻不容缓，只有节约每一分钟，才能为霸下赢得生命。就这样想着，独角娃不知不觉来到一个山沟前。山谷中雾气弥漫，飞溅的泥浆足有两米多高，就这样横亘在独角娃面前。可恨的是泥浆中还伴有孔隙，喷出烟雾和火焰，跨越山谷显得更是困难。

山谷上原有一座青砖双孔石拱桥，在地震中已经彻底损毁，只有在山谷的两端还残留着拱桥的基座，悬空着半截突兀出去。独角娃一阵惊悸，眼前一阵发黑，痛苦地坐在岩石上，灼热的岩石烫着他的屁股，他才如梦初醒，尽快逃离这地方才是上策。漫漫雾海，刺鼻的气味，他已经有几分昏厥，麻木地顺着山沟的边缘上行，希望奇迹出现，有一条捷径可以顺利跨越山谷。可是他的梦想破碎了，当半个小时之后，他静静地站在山谷的高坡上，看着突突翻飞的泥浆，不知如何越过。身上的绳子也在水中逃命的时候丢失，面对热流滚滚的山谷，一筹莫展，壮志难酬。

就在独角娃灰心丧气的时候，他听到了小动物的哀叫声，定睛细看，原来是一只小松鼠在一棵大树上乱窜，而后砰的一下从树上跳到对岸，成功逃离死亡之地。独角娃这时才把注意力集中到悬崖绝壁上的大树上来。大树如雨伞一般伸向了对岸，或许这就是一条生命的通道。独角娃容不得多想，径直来到大树前，由于大树长在悬崖上，大火过处，居然逃过一劫。大树虽然很高大，几乎触及对岸，可是要想从树上逃到对岸并非一件简单的事情，离开主干越远，树枝越容易折断，坠入沸腾翻飞的泥浆中，死亡就越容易来临。

思维缜密的独角娃很快就爬到悬崖边，将大火无法烧到的山草拔了一堆，一会就搓了一条又粗又长的草绳，算是为跨越悬崖做好了准备。独角娃反复尝试拉了几次，绳子结实可靠，支撑自己的体重应该不成问题。他把绳子一端拴在树干上，另一端拴自己的腰上；还预备了一根绳子，在一头拴了拳头大小的干树疙瘩。一切准备就绪，准备开始逐渐顺着伸展的树枝向对岸爬去。

山谷中热气腾腾，伴着鸡蛋一般的臭味，冲击着独角娃，飞腾的泥浆撼动着整个山谷。独角娃不敢往下看，目光只是顺着延伸的树枝继续延伸。独角娃只能环抱着伸出去的树枝，匍匐着往前一步一步挪动。离开主干越远，树枝下沉越厉害，树枝折断的可能性已经越来越大，摇摇晃晃的树枝已经预示着悲剧将会随时发生。

独角娃也已经强烈地预感到危险的来临，可是逃离苦海的强烈欲望迫

使他不得不做出惊人的举动。岌岌可危伸出很远的树枝已经摇摇欲坠。独角娃急忙将手中预备的绳子抛向对岸的岩石缝隙之间，这是独角娃事先观察好的或许是最后的安全之举。独角娃已经不敢想象结果，只有高度集中注意力，这样反复尝试了几次，草绳连同树疙瘩终于紧紧地卡在了岩石的缝隙中，身上的绳子一端固定在树枝上，手中的绳子一端卡在岩石上，这样就形成了双保险。独角娃感到万分的欣慰，最后决定再尝试一下是否卡牢，使劲地拉了一下草绳，“咔嚓”一声，身下的树枝折断了，独角娃的手中只留下了救命草绳，他急速地坠落到泥浆翻滚的山沟中，眼看着死亡即将来临。

独角娃没有任何幻想，瞬间发生的灾难往往无法驾驭，但事前的预防措施往往会让奇迹发生。独角娃并没有立即掉入滚烫的泥浆中，攥着绳子吊在半空中。独角娃只有轻轻地攀着绳子往上爬，绳子崩断或从岩缝中脱落的可能随时都会发生。独角娃实际上已经可以触碰到对岸的岩壁，可是笔直的绝壁使他无法立足。独角娃只好使劲顺着绳子往上攀爬，绳子还能支撑多久是一个急迫的问题，他每往上上行一步，离死亡就远一步。独角娃一手抓住突兀的岩石，一手抓住绳子，慢慢往上攀爬，离对岸的平台已经越来越近，他感到万分庆幸。就在独角娃一手抓住岩石的时候，岩缝中树疙瘩突然脱落，绳子掉落到泥浆中，被泥浆缝隙中窜出的火苗顿时化为灰烬。独角娃只好抓住岩石，像壁虎一样贴着，动弹不得。笔直的悬崖异常光滑，只有微微的裂缝隐隐约约可见。独角娃只好抽出宝龙长剑来，插在岩缝中，一步一步艰难地挪移，总算顺利爬到了平台上。独角娃抹去汗水，长长地喘了一口气，抬头看了一眼灰色的天空，天空的颜色逐渐复原，毅然大踏步前行。

山沟很深，已经看不见太阳，只有在山顶上还能看见零星的几抹阳光。独角娃已经来到了一个丫口，这里山头虽然很高，但突然弯曲的走势在这里留下了一小片冲积平地，平地上长满了竹林，微微露出几分生机。竹林下早已聚集了很多小动物，都成群结队地逃到这里。独角娃感到饥肠辘辘，除了早上吃了一顿烤鱼之外，已经很长时间没有吃东西了，身上随身带的烤鱼也在水里逃命的时候丢弃，饥饿的感觉使他不得不停下来。独角娃逮到几只竹鼠，就着小火烤得金黄，总算捞饱了肚子，还为明后天备足了食物——烤竹鼠。

只是身上的表皮脱落和被烧伤的部位疼痛难忍，有好几个部位已经溃烂，还流出了脓水来。

独角娃准备在竹林过夜，有这些小动物陪伴还有一丝丝的安慰。竹林下的落叶已经很厚，加上干草足可掩没小腿。独角娃对在这里过夜感到很满意，看来又有一个美好的夜晚，算是对白天亡命山沟的补偿。

夜晚很美好，一轮圆月逐渐从东方升起，银色的月光格外明亮，像为一切景物披上了银色的盛装，照亮了广袤的山川和河谷。婆娑的竹影随着微风摆动着，婉约的声音有几分和谐的美。竹林旁的河流只留下一条朦胧的白色影子流向远方。

天气很好，舒适的感觉让人暂时忘却了一天的不快。独角娃就躺在悬空搭建的竹床上，吃着烤竹鼠。床下慢慢燃烧着几个半干的竹根，散发出一股火烟，驱赶着肆虐的蚊虫。竹床上的干草使独角娃感到很舒适，听着呜咽的河水流动的声音，一天的极度疲劳使独角娃很快就进入梦乡，连梦的影子都寻不见半点……

清晨起来，独角娃趁着有大片竹子的大好机会，赶做了一些箭，装满了箭筒，留作在未来的行程中使用，有备才能做到无患。

第十一章　泛舟布迪湖逃命　跨越大峡谷坠落

独角娃离开华龙村多少天了，他已经无法计算，只能大体估计季节的变换。他不禁想念起霸下来，想起霸下和自己在山神庙中侃侃而谈的雨夜，这种欢乐令他永生难忘。不知道霸下情况如何，冬眠疗法能不能苟且保住他的性命。想起这些他的心里就一阵疼痛。

毕竟霸下离他很遥远，力不能及，只有把思维和精力转移到眼前的现实中来。他唯一关心的是羊皮地图上的目的地离他还有多远，每靠近目标一步，他就高兴一阵子。他已经走出了绵延的大山，看不到高耸的山峰和难以逾越的山谷。实际上，独角娃已经来到了平原地带，地势几乎没有起伏，呈现出另外一种平坦的美丽。眼前是成片的草地，看不到高大而起伏的树木，只有屈指可数的屹立着像一把巨伞一样的金合欢树，枝繁叶茂的树形点缀着空旷的草原。

眼前是宽阔一望无垠的草地，凄凄芳草连成一片，看不到边缘。天上流淌的白云急速飞翔，映照在草地的河流中，时不时带来几滴雨水。草地上是成千上万的羚牛、角马、羚羊和野牛，星星点点地点缀着绿色的草原，并且不断地发出一阵阵呼唤，打破草原的寂静。就在离开羚牛群不远的草丛中，潜伏着几十头狮子、豹子和鬣狗，伺机追逐着角马和羚羊，一场生与死的杀戮即将开始。懒洋洋的野象群使劲用鼻子卷食着树叶，狂躁时干脆推倒大树。猴子在河谷旁边的草地上搜寻可食用的野果，时不时的打闹声和尖叫声搅得四邻不得安生。

独角娃对如此多的野生动物心存余悸，远远地避开这些动物，特别是以前听父亲讲过的狮子、豹子和老虎，与妖魔鬼怪是同一个恐怖级别。今天得以一见，内心万分震动。独角娃不敢大意，一手握住弓箭，一手提着长剑，随时做好战斗准备，以备不测之需。

独角娃逐渐走到草地中央，这是一片美丽的仙境，一个由涓涓细流汇集起来的湖泊，慢慢地展现出来，挡住了去路。水特别清澈，天上的流云仿佛就在水中流动一般。水草青幽幽的，四处蔓延，点缀着湖泊的四周。这个诗情画意的美丽湖泊叫布迪湖。

布迪湖是各种水鸟的天堂，如此多的水鸟是一大风景。最典型的要数火烈鸟，成千上万的火烈鸟栖息在湖泊中，颀长的脖子，扬起的头不断鸣叫，身上宛如燃烧着的火焰的羽毛装点着湛蓝的湖水和天宇。特别是火烈鸟成群狂奔而后起飞的场面蔚为壮观；还有天鹅，成群结队悠闲地游在水面，不紧不慢，不被其他任何躁动打扰，将老长的脖子伸入水底，掘食着水草和嫩芽；天空中翱翔着几只老鹰，勾着头盯着水面上的一举一动，时不时一个俯冲，急速掠过湖面，各种水鸟争相逃避，搅得整个水面一阵阵骚动……

独角娃还是第一次看到有如此众多的动物聚集在一起的壮观场面。他来不及欣赏这一切，一心只想着赶路，时不时取出怀中揣着的羊皮地图，判断着直达目标的最近距离和方向。布迪湖突然挡住去路，让独角娃有些恼火，他向远方眺望了一下，模模糊糊地看不到边缘。他只好作出决定，准备绕着湖泊走，这样才能到达湖泊的彼岸。可是转念一想，湖泊究竟有多大也难以肯定，到达彼岸也许要多花几天甚至更长的时间，这并不是最佳的选择。

独角娃一筹莫展，急得在岸边东奔西跳。莫大的草原除了远处高高张开枝叶的金合欢树之外，再也找不到合适的水上漂浮物。独角娃伤心难过，一头瘫倒在草地上，仰头看着天际流动的白云，联想翩翩。碧水晴空剑，独角娃突然想起还有这样的法宝。他一下从草地上蹦起来，想取出碧水晴空剑看看，尝试一下碧水晴空剑的威力，或许碧水晴空剑朝空中一挥，对着湖泊一指，水路分开，瞬间即可通达彼岸。独角娃舍不得过早使用碧水晴空剑，只有在最关键的时刻才是亮剑的时候，宝剑出鞘，大事定成，这才是碧水晴空剑的最终效用。独角娃用羊皮擦拭着宝剑剑鞘，碧水晴空剑的闪闪寒光与日月同辉，在嫩绿的草原中划出了几道宝光。剑擦拭完毕，独角娃的思绪也回到现实中来，静静地思考着。

独角娃的目光环视着布迪湖，再次被湖泊的美丽征服。按照常规，一般有水的地方，理应在合适的地段居住着人家，特别在入口和出口地段。独角娃放眼四望，烟波浩渺，草色青青，实在无法看到人烟。独角娃想尝试一下，顺着湖边走一段，或许能发现什么，也许能顺利渡过布迪湖。布迪湖湖边的火烈鸟和天鹅看到独角娃踯躅而来，呼啦啦在水面惊叫着飞腾开来。湖边有许多动物的足迹和粪便，弯弯斜斜杂乱地延伸向远方。独角娃边走边在地面寻找人的足迹，希望能在荒凉的草原中找到希望，可是这种想法在他走出两三公里之后最终变成了幻影。他有些沮丧，坐在湖边思考着下一步的决定。

独角娃又向前行走了两三公里，还是有所发现。就在紧邻湖边有一个破败的村落，早已人去村空，只留下斑斑驳驳的大片半截墙垣。遗留下来的一些器物也已经腐朽，没有任何使用价值，就连一块像样的可用的木板也没有找到。遥想当年，这里应该居民众多，是很繁华的村庄。可是，村子的凋零应该有深层次的原因。独角娃不愿意多想，继续在湖边搜寻，可惜只看到船体分解后的大量的碎片，密密麻麻散落在湖边，使他一阵阵失望和伤感。

突然，独角娃看到湖边似乎有一块粗大的木头一角露出水面。他一阵窃喜，急忙俯冲过去想看个究竟。毕竟速度太快，湖边千年形成的青苔湿滑，独角娃难以刹住，被抛入湖中，又被痛快地湿了一次身。

独角娃顺势抓住湖边木头的一端，木头的另一端已经深深沉入淤泥中，任凭独角娃使劲摇晃，就是纹丝不动。独角娃一阵叹息，纵然潜入水底，徒手疏挖木头两侧的淤泥，就这样来来回回多次操作，木头已经有松动的迹象，可还是无法取出。独角娃只好又一次长长地吸了一口气，再次潜入水底。在不经意间，独角娃的手似乎感觉触及到一个近乎圆形的物体，他使劲将团状物体掏出后浮出水面。当他想看清团状物的时候，才发现是一颗头颅骨，不禁吓了一跳，急忙把头颅骨抛上岸边。独角娃没有被头颅骨吓退，他继续挖着泥土。让独角娃感到万分惊奇的是他从木头下的淤泥里一共找到了十九颗头颅和很多骨架，恭恭敬敬地在岸上放为一堆。

为了到达对岸，这根木头已经成为他唯一的希望，水下的头颅没有撼动独角娃停止的决心。他使劲地摇着木头，这样来回多次之后，木头已经彻底松动。独角娃爬上岸边，铆足力气把木头的一端拖上岸边，另一端留在水中。当他用力将木头翻转过来的时候，独角娃高兴得眼泪都流了出来。原来是一艘遗弃的独木舟，看起来虽然有些破旧，但敲了一下还有清脆的声音，说明还可使用。独角娃将独木舟清洗干净，功夫不负有心人，奇迹还是出现了，唯一的遗憾是缺船桨。

打理好独木舟，独角娃高兴地坐在草地上，吹着口哨，眺望着朦朦胧胧的对岸，仿佛对岸即刻可以抵达。只是感到脚掌、手臂和身上被烫伤的伤疤还隐隐作痛。当他低头查看伤口的时候，才发现身上到处爬满了吸血蚂蟥，有的已经滚圆。独角娃想试着扯下蚂蟥，发现越扯身上的血流得越厉害。他只好急忙生了一堆火，用一头燃着的木棍在蚂蟥的身上轻轻一烙，蚂蟥瞬间蜷缩起来滚落了下去，彻底除去了身上的蚂蟥。就着燃烧的柴火，独角娃成功地伏击了一头羚羊，美美地烤着羚羊肉，用刀削着一根手臂粗的灌木，在一端拴上一排一拃长的木棍，然后用一块羚羊皮包住，算是制作好了船桨。

独角娃埋葬了从水底挖出来的遗骨，心里感到一阵轻松。

湖面上没有一丝风，是最好的安全出行时间。万事俱备，有了船桨，可以出发了。

湖水清幽幽的，靠岸边一段还有些水草，船行进时有些吃力。湖水很平静，似乎很长时间都没有人在其中划船了，一切都显得原始而空旷。独角娃舞着船桨，独木舟轻悠悠地往前游动。湖中鱼很多，包覆船桨的羚羊皮上残留的肉吸引着很多大鱼尾随着船只一路前行，时不时纵出水面，为湖面增添了一道动态的风景。

独角娃感到万分孤独，扯着嗓子大声呼唤，粗犷的声音回荡在水面上。当船逐渐靠近湖心的时候，天边逐渐堆积了几块乌云，起了一丝风儿，独木舟开始有些摆动，眼看有下大雨的征兆。独角娃安慰了自己一下，心想也许是自己恐惧导致失衡，他又移动了一下屁股，尽量使自己坐到船的正中央，船似乎平稳了一些，但并没有自己期望的那样四平八稳。独角娃没有过多要求，使劲左右划着，尽快脱离湖心就是一种莫大的胜利。

风儿越来越大，湖面起波浪了，同时下起豆大的雨来，打着手臂有些生疼。独木舟的船舷眼看就快要进水了，独角娃拼命往前划。经过这么一折腾，独角娃划船越来越娴熟，小船居然穿波越浪激流勇进。短暂的一阵风浪和暴雨过后，天空放晴了，还呈现出久违的彩虹，风和日丽的感觉使湖面大为开阔，碧波万顷。船在水中行，人在画中游，真是一种精神上的享受。

突然，船头的水面波动了一下，独角娃感到船也跟着颤动了一下，他并不引以为然，一心只想往前划。船下的水体再次翻起漩涡的时候，独角娃看得真切，心一下紧张起来，翻动的暗流漩涡是最恐怖的事情，船毁楫摧最容易在这种地方发生，他立刻提高了警觉。

独角娃心想此处肯定有落水洞，弄不好连小船一齐吸到地下。小船开始有些不听使唤了，逐渐沿着漩涡不断打转。独角娃似乎还听到水流下泄发出的气流声，一个巨大的漩涡呈现在眼前，就像一个高速转动的黑洞一样要吞噬一切。独角娃察看了一下情形，逃离的想法立刻在脑海中浮现，这时小船已经顺着漩涡旋转的方向，快速地打转，逐渐向漩涡中心靠拢，只要稍有不慎，即刻进入万丈深渊的落水洞中，永远长眠地下。

独角娃只有顺势而为，就在小船打转的时候，他找准方向，使劲在漩涡一边一划，小船偏离了漩涡转动的方向。独角娃奋力使船往外走，刚刚划出三五米的样子，看到了逃生的希望，由于用力过猛，船头又从另一个方向再次进入了漩涡。小船又开始与漩涡同向旋转，命运如同大海中的一片落叶一样，前途难卜。

独角娃已经汗流浃背，筋骨酸痛，四肢乏力，难以逃离眼前的夺命漩涡，任凭独木舟沿着漩涡边缘转动。独角娃身子一颤，船中的一包烤羚羊肉突然飞出了独木舟，看着烤羚羊肉掉落在倒喇叭状的空气水柱下哗啦啦卷了下去，瞬间就消失得无影无踪。独角娃看着这一切，心中一阵惊悸，原来死亡的威胁冲击是如此强烈。独角娃一阵猛醒，头脑突然清晰起来，满头热汗突然变冷，身体瞬间为之一振，顿然间感觉浑身都是力量，向死亡做出最后的挑战。

一切都为了霸下，为了自己，为了村民，不能将性命葬送在茫茫湖泊的黑洞中，一定要崛起，崛起。独角娃边呼叫着边鼓励自己，不断寻找着方法，照着上次一样，选准方向，突然用力往外一划，独木舟自横，一下就脱离了落水洞的漩涡。独角娃不敢大意，使劲地划着，不松手，远离了夺命落水洞。直到离开落水洞很远，独角娃才猛舒了一口气，顿然感觉到有一种安全感，逃离死亡魔掌之后的庆幸使独角娃一下酥软下来，看着茫茫的湖面觉得生命的可贵和艰难。

远处飞鸟的影子又清晰起来，一阵阵鸟的欢鸣声由远而近，几只小鸟就停在船头，生命的欢愉是如此的动人。独角娃感到一阵激流穿过身体，庆幸幸福又再次相会。

已经可以模糊地看到对岸，独角娃开始欣赏西垂的太阳，红彤彤的太阳美景投射到湖面。随着船桨的摆动不断破碎，诗情画意的萌动令人幻想。接下来湖面上突然发生的遭遇打破了幻境。湖面突然涌起了一阵暗波，独角娃又当是漩涡，尽力划船绕了过去。可是当漩涡消失之后，看似一条巨蟒从水面游过。只是发生太快，离船头稍微远一些，一切未敢确定。当一个马一样动物的头伸过船头的时候，独角娃彻底看清楚了，这是一个水中的怪物，样子极度吓人。

怪物长着马头，脖颈巨长，像长颈鹿的脖子一样，只要一抬头就伸出水面老高，马鬃已经演化为胶质状的突起。粗大的蟒蛇身，末端有巨大的鱼尾，就连身上的鳞片与金花大蟒毫无二致；身长两丈，水桶粗细；巨目如宝石，眩光四射，绿光闪闪。看起来恐怖无比。怪物抬起头，高高在上，水流从头上躺下。两目和独角娃相对，互相观察和猜度着对方，一场角逐即将展开。

独角娃顿时吓得手足无措，大力舞动船桨极力避开怪兽，但一切努力都是徒劳。在这水的世界，绝对是水怪的空间。实际上，独角娃就是典型的入侵者，要想在这里占便宜几乎不可能。船体摇晃得相当剧烈，眼看就要船毁楫摧。怪物不留给独角娃任何思考余地，盘旋着身子，张开血盆大口就向独角娃扑将过来，试图瞬间吞掉独角娃。独角娃来不及抽出宝龙长剑，顺势抡起船桨就奋力打将过去，不给怪物任何得手的机会。船桨正中怪物面部，怪物一阵惊叫，岂肯罢休，摆动着头颅和尾巴再次向独角娃进行新一轮攻击。独角娃开始主动攻击怪兽，由于用力过大，独木舟摇晃得很厉害，几次还击都落空了，船桨击打在船舷上，发出沉闷的响声。

怪物用头部的攻击都被独角娃化解了，阴谋都没有得逞，已经有些暴怒，开始改用尾巴进行攻击。尾巴旋转着伸出水面，向独角娃的头部横扫过来。独角娃毕竟是习武之人，眼疾手快，低头避开。怪兽的几次左右轮番进攻都以失败告终，击得水花四溅，波浪涌动，只好改用从水底进攻，这一招还真灵验。怪物用尾巴对着独木舟一甩，整个独木舟就晃悠悠地无声无息地翻转过去，把独角娃甩到了几米开外的湖水中，人船分离，在水中拼命挣扎。手中用以防卫的船桨也已经抛到身后，任凭怪物处置，命悬一线。

水怪咬住船桨，一口撕下了桨上的羚羊皮吞咽下去。

独角娃只有一个最佳选择，奋力向岸边方向游去，极力逃避怪兽的进攻。怪物岂能善罢甘休，到嘴的美食岂能就此罢手。飞速旋转着庞大的躯体向独角娃靠拢，瞬间就缠住水中的独角娃。独角娃被怪物勒得无法喘息，在水中被怪物卷动着、扭动着，一会把独角娃高高举起，一会沉入水中，后来干脆沉下去。独角娃感觉身体周围水的压力越来越大，耳底感到一阵剧痛，眼看要不了多长时间就变为怪兽的晚餐了，窒息死亡已经近在眼前。

越危急只有越冷静，方能自救。独角娃集中神智，想要在还有意识之前摆脱怪兽的魔掌，在双手已经被缠住无法动弹的前提下，这种想法变成了绝望。事情总会有意想不到的变化和转机，奇迹总会出现。怪物越缠越紧，力图在极短的时间之内让独角娃窒息而死，就在怪物浑圆的身体勒住独角娃脖子的瞬间，怪物之躯已经触及到了独角娃的嘴唇。独角娃抓住难得的机会，顺势张口咬了怪物一口，活生生咬下核桃大小的一团肉来，吐到水中。独角娃接连几口狂咬，口口都没有咬空。怪物突然受到突如其来的攻击，松动了一下身子。独角娃趁势抽出了双手，实现了反攻的第一步，以弱对强的形势有所好转。

独角娃顺势从脑后拔出宝龙长剑来，准备伺机还击。怪物并没有因为受伤而放弃攻击，反而来势更加凶残，扭动的身子又再次把独角娃死死缠住，不给独角娃任何喘息的机会。眼看独角娃没有反抗，怪物以为独角娃已经命丧黄泉，把头转将过来，张开脸盆大的血口，准备吞噬独角娃，享受美餐。独角娃看准机会，一剑插入怪物张开的大口中，使劲搅动，毫不手软。怪物怎能受得了如此的攻击，顿时血流如注。怪物受到了致命攻击，开始在水中翻转飞腾，疼痛难忍，冲到高空中旋而又落下，发出一阵

巨大的长满伶牙俐齿的大口瞬间钳住羚羊，直接拖入水底，撕碎，泥水顿时变为血红色。即使体型稍大的角马，在两只或者多只鳄鱼的夹击之下，在水里也脆弱得不堪一击，瞬间殒命。河中截杀已经变得异常凶残，鳄鱼已经成了最大的胜利者，根本不费一兵一卒。

河中角马、羚牛和羚羊向对岸狂奔，鳄鱼一路截杀，卷起千层浪。殷红的血染红了河流，被淹死和被鳄鱼咬死的动物不计其数，翻滚着死尸漂向下游。远处的鳄鱼还不断聚拢过来，截杀和吞噬在不断继续。原本清澈的河流，伴着搅起的泥水和血水一泻而下。直到所有动物跨越河流之后，只有吃饱肚子之后的胜利者——鳄鱼，爬到岸边的浅滩上晒着太阳，一动不动地享受着胜利者的悠闲和恬静。

这一幕使独角娃看得心惊肉跳，原本最自然不过的动物过河一事会变成过鬼门关的惊心动魄的场景。独角娃久久不能平息，自己还想游泳过河，结果很可能和被肢解的羚羊一样，葬身于鳄鱼之腹。河流将会变成猎杀而死亡的坟墓。想想确实害怕，还好有了眼前的这一幕警戒，否则后果不堪设想。可是面对这条河流，又将如何跨越，这是必须要面临的一道坎。这时又开始怀念起独木舟来。

独角娃不得不放弃了游泳过河的打算，只好看了一下羊皮地图的指示，选择了顺着河流向上游走去。河谷缓缓抬升，河道越变越窄，开始越来越陡峭，滚滚的洪流喷涌着从峡谷中冲出。看来要找到合适的跨越河流的位置很困难。独角娃并没有放弃，只有继续前行。绕过悬崖绝壁，翻越山坡。经历了三天三夜之后，独角娃终于看到大峡谷上有一座独木桥。他欣喜若狂，远距离看到的桥，竟然花去了一早上的时间才到达桥头。只是到达的时候有几分泄气，仅仅就是一座难以跨越的独木桥而已。

这是一座古桥，就架在大峡谷之上。峡谷深不可测，水雾漫天，洪水浪花奔涌，响彻云霄。但峡谷并不宽，两边突出的岩石山体使峡谷显得更窄，仅仅只有十多丈。看两边的桥墩，是从岩石上开凿出来的，已经磨出明显的凹痕。桥墩上估计原本在上面放置了很多木头，由于战争其余木头已经被抽掉，现在只留下了一根光不溜秋，而且还弯弯曲曲，看起来有些腐朽的孤零零的原木。独角娃用脚使劲试踩了一下，原木一下滚动，几乎把独角娃抛下峡谷，一切情况看起来有些触目惊心。

独角娃没有别的路径可选择，察看了地形之后，无论付出多大代价，决定一定要从此地经过，但就目前的情况看，还不具备通过的安全条件。独角娃又用山草搓了一些绳子，原本想要绑定桥墩上的原木。独柴难烧，独木难支，怎么也无法固定住。独角娃抓耳挠腮，看着奔腾汹涌的洪水无计可施。天无绝人之路，独角娃还是想出了很多方法。他先在绳子的一端拴上一个条状小石头，使劲抛到对岸，寄希望于卡在对岸的岩缝中，或许就可以借助绳子通过独木桥。这种方法最终还是以失败告终，对岸光滑的岩壁，根本无法卡住绳子一端的石头。独角娃又改用灵宝弓，在箭的尾部拴上绳子，射到对岸去，箭射到对岸碰到岩壁之后，被弹了回来，根本无法固定绳索。独角娃坐在桥墩上，一筹莫展，看着弯弯曲曲的有些腐朽的原木不知如何是好。

独角娃好几次爬上桥墩上面的稍高的岩石上，寄希望于在那里找到可以拴住绳索的地方，但希望落空了。只看到突兀的岩石，再也见不到树木。古人将桥选在这里，可能已经是最佳选择。独角娃为了到达彼岸，已经花掉了好多时光，今天务必要在这里跨越过峡谷。独角娃看来已经没有任何选择，他只有将草绳的一端绑在桥墩上一侧的半球状石头上，可是这个半球状石头难以牢牢拴住，但已经无法顾及这么多了，绳子的另一端拴在自己的腰上，准备过河。

独角娃慢慢地匍匐在朽木上，一点一点地往前移动，每前行一小段，弯曲的原木就要滚动一下。独角娃看着洪水滔滔的峡谷，自己宛若匍匐在高空中稻草上的蚱蜢，稍有不慎，将坠入峡谷，必死无疑。当这样想着的时候，无助的感觉让他痛不欲生，但本能的生存欲望还是占了上风。他紧紧抱住原木，原木不断转动，只好一点一点往前挪动。花了十多分钟，总算到了峡谷的中央地段，只要通过了中央位置，一切将大功告成。

独角娃此时心情最紧张，原木已经几次滚动，而且晃动已经越来越厉害，仿佛木头就要拦腰折断一般。让人揪心，让人心碎。独角娃只好闭上眼睛，伏在原木上，任凭木头闪动，就这样一动不动了两分钟的光景，情况似乎变好了一些。独角娃又开始往前挪动，需要跨越原木上的最后一个弯，也是最大的弯曲点。原木上朽蚀的树皮不断脱落，一点一点掉落到翻滚的洪水中。独角娃不敢再往下看，腰上垂挂的绳索不断摆动。独角娃一点一点往前移动，原木最后一个拐弯点已经触碰到了。原木在重力作用下除了上下闪动外，还算平稳。独角娃又往前移动一步，身体的重心已经到达原木的最后一个拐弯点。木头突然滚动了一下，接着开始上下猛烈闪动，只听见“咔嚓”一声，木头瞬间断裂，断开的两截木头飞一般掉入峡谷中。独角娃抱住了一段，跟着急速坠入山谷。独角娃闭上眼睛，等待死亡的来临，一切将灰飞烟灭，洪流将会抚平一切。

急速下坠一阵之后，独角娃被拴在腰上的草绳拉住，手中的半截原木坠落，他被弹起了老高，而后不知道草绳是断了还是脱落了，最后的救命草绳就像开玩笑一样，让独角娃感觉到有了一丝存活希望的瞬间，又把死亡一齐带来。独角娃带着身上的半截草绳，慢悠悠地插入滔滔的洪流中。洪水很深，异常汹涌，上下翻滚。独角娃只感觉一阵冰冷，咕噜噜往下沉，最后和水底的岩石急速撞击，一切将结束。

当独角娃被翻滚的洪水卷回水面的时候，第一意念告诉他，他还活着！他本能地开始挣扎，和奔腾翻滚的洪流抗争。可是他的抗争显得多么的微弱。他再次被卷入水底，头似乎被水底的岩石撞了一下，使他感觉到懵懵懂懂。他只有本能地跟着翻滚的洪流，同时试着用力游向对岸。他就这样憋住呼吸，边翻滚边用力向对岸靠近。当他不经意间手好像触及到什么东西，心头一下想起了下游曾经目睹的鳄鱼，最后生存的希望又陷于渺茫，但还是求生的本能抓住了最后一次机会——这是一块突出的岩石，几乎伸到水面。独角娃抱住岩石，长长地喘了一口气。生怕鳄鱼来袭，不容思考，双腿一蹬岩石，在翻腾的洪流中到达了对岸石壁之下，只是一时无法上岸。独角娃庆幸还活着，抬头看了一下绝壁上的桥墩，长长地舒了一口气。

对岸的石壁笔直，根本无法登岸。只是水中的鳄鱼猎杀动物的场景不断出现，这是一条相通的河流，这种威胁更胜一筹。独角娃只有用手指抠住岸边微微突出的石壁，一步一步顺着水流往下移，眼睛不住观察着周边水域中的情况。经过一百多米的艰难移动，一道缺口从绝壁上呈现出来，只是离水面还有很大一段距离需要跨越。独角娃容不得多想，只有从这道缺口登上峡谷的峰顶。

独角娃准备取出宝龙长剑，想依靠宝龙长剑插入岩缝中借力登上谷顶。他一摸背后，只剩下一个空剑鞘，宝龙长剑已经在跌入洪流中丢失。他一阵痛楚，这剑是他父亲死时留给他的唯一念想，就在这峡谷的洪流中失去，仿佛就永远告别了父亲的在天之灵。他流着伤心的眼泪，徒手慢慢顺着缺口的岩壁，一步一步向上攀登，好在快到谷顶的绝壁上有一个可以容纳几个人的山洞。

独角娃爬到洞中休息。这是一个镇桥的桥神之洞，里面供奉了桥神，记载了这座桥的修建历史。独角娃对这座桥的历史不太感兴趣，恐怕缘于这座桥几乎让他丧命，还让他失去一把传家宝剑。心中萌生了要砸碎桥神的想法，但还是理智战胜了冲动，迟迟难以下手。这时桥神旁边的净水瓶引起了独角娃的好奇。他拿起净水瓶左右端详，这是一个青花烧制的精美瓷器，做工精巧，线条流畅。四周绘有菊花纹饰，口沿有火珠云，两只凤凰，穿梭于菊花之间。瓶口写有“乾坤神火罐”五字。独角娃不加多想，顺手就将净水瓶放到口袋中，或许一路上会派上用场。

独角娃终于来到对岸，原本只剩下孤零零的弯曲原木已经折断为两截，已经随着激流漂向下游，如今只剩下孤独的桥墩还高高立在峡谷两岸。独角娃磕了两个响头，算是对父亲宝龙长剑的惋惜，也是对父亲在天之灵的祭奠。

独角娃磕完响头，站起来的时候，感觉到似乎有汗水流下，用手臂一擦，才发现满手是血。他开始一阵惊悸，用手一摸，才感觉头上已经有一个大口子。他急忙下了谷顶，采了一棵止血草匆匆嚼碎，敷在头上，算是止住了流血。

第十二章　比武招婿除恶霸　文韬武略定天下

离开了古桥，这一面不再是一望无际的草原，突兀的丘陵宛如馒头一般到处都是。在丘陵之间有一条蜿蜒蜒蜒的小路，在空旷的阳光之下泛着白光。让独角娃感到更为新奇的是他终于看到远处冒起了几缕青烟，似乎有人在这里生存，有了一种旷日持久处于荒原重返人间的感觉。多日与动物为伴，与豺狼虎豹为伍，提心吊胆的日子让他感到揪心，这种看到自己的同类的急迫心情使他加快了行进的脚步。可是，没走多久，他又感觉到有人类居住的地方会把他当做另类而遭到杀戮，这种患得患失的心情使他犹豫起来。

突然，小道上冒起一阵遮天蔽日的灰尘，一彪人马蜂拥追赶而来，全身铠甲，持刀仗剑，呐喊声四起，人越来越多，箭如飞蝗，不一会，死尸四处横躺，看着让人揪心。独角娃急忙躲到一座丘陵岩壁之下，不想卷人到这场纷争之中，如世外之人不问世俗之事，冷眼看着眼前的情况。五匹战马还是闯到了他的身边，四人战一人，四个方向团团围住，中间一人左冲右闯，无奈势单力薄，眼看将要被斩于马下，毫无逃脱的可能。况且，此人已经有明显的受伤迹象，鲜血从头盔中流出，顺着脸颊往下滴。四人一齐举刀，准备齐力斩杀中间之人。情况万分危急，生命系于毫发之间。

说时迟那时快，独角娃大叫一声，石破天惊，跳将出来。四人的战马受惊，仿佛突然遇到虎豹豺狼一般，扬起前蹄，嘶叫着乱窜，惊恐中极力逃避。中间一人顺势一冲一突，杀开一条生路，随着滚滚红尘，消失在天幕尽头。

独角娃这么一喊，也是在情急之下搭救弱势之人，可招来的灾祸使他没有任何思想准备，甚至暂时搁浅了他的东行计划。四人镇定之后，调转马头，怒目圆睁，杀气腾腾地向独角娃围拢过来。不等独角娃开口，不容分说，四人的长剑和大刀已经飞一般向独角娃的脖子上砍来。独角娃左躲右闪，低头跳跃，尽力躲避着四人的追砍。四人杀性正起，把独角娃围在中间，宛如剁西瓜切菜一般向独角娃劈来。眼看难以躲避，独角娃下定决心，必须采取一定的还击招式，才能制服这四人。独角娃顺势来个泼皮打滚，捡起地上两个石头，一扬手飞向马的后腿。一马突然受伤，瞬间坐在地上，马上之人被重重地摔在马后的沙地上。

独角娃不容分说，双腿一扬，一个飞腿就向马下之人踢去。马下之人并非等闲之辈，一个旋转翻身，让过独角娃的飞腿，顺势来了一个黑虎掏心，直取独角娃的胸部。独角娃眼快，狂叫一声，上身一倒，单腿猛力一抬，使出下三路，正中来人裤裆。这人遭受到这样的下三路攻击，受到的创伤非同小可，握住腹部和下身弓腰站着，半天哼不出声来。独角娃顺势来了一个泰山压顶，重重地把这人面朝黄土压下，顿时不省人事。

另外三人看到这一切，咬牙切齿地向独角娃砍将过来，刀剑齐下。独角娃一个箭步，迅速一个转身，朝一匹马肚下钻过，退到一匹马后，猛然跳跃，把马上之人急速拉下，顺势一个朱砂掌，此人毫无声息地瘫倒。剩下两人看着势头不对，知道已经不是独角娃的对手。一扬手，身后千军万马涌将出来，团团把独角娃围住。看来今天凶多吉少，从来不愿意大开杀戒的独角娃已经被逼到愤怒的边缘，开始左右摇摆，几次想取出碧水晴空剑来，痛痛快快地杀戮一场，可还是理智占了上风，最终还是打消了这个念头。

如应对眼前的危局，着实让独角娃难以决断，瞬间出现的兵士里三层外三层：里层是黑压压的士兵，手舞长剑、大刀和长枪，一字排开，寒光闪闪；中间一层是骑兵阵，有的舞着月牙刀，有的使着流星蝴蝶剑，有的挥动着铜锤；外围的弓箭手已经拈弓搭箭，万目聚焦，盯着独角娃，只待一声令下，万箭齐发。独角娃毕竟只有一人，不可能抵挡千军万马。包围圈越来越小，犹如铁桶一般，滴水不漏，插翅难飞。独角娃已经成了瓮中之鳖，逃出包围圈已经没有任何指望。

此时，包围圈突然分开一条通道，闪出一员红衣装扮女将，骑着枣红色的高头千里马，头上扎着红头巾，披着红披风。右手握长枪，左手牵缰绳。杏眼圆睁，目光如炬，气势威严，扫向独角娃。她就是伊尔汗国的公主玛珞，天性喜欢红色，百姓爱称为红衣公主，宫廷中称之为玛珞公主。

独角娃心里咯噔了一下，盯着来者想道："好个红衣女侠！难道也是打抱不平之人？"独角娃正在猜度着，估量了一下，心想看来也是一个花货，中看不中用，不足为奇，并未放在眼中。红衣女侠对着刚才和独角娃对打而没有受伤的两员大将就是两鞭子，嘴里叽里咕噜了一阵，最后才把犀利的目光转向独角娃，刺得独角娃倒退了两步。

独角娃虽然被玛珞公主的威仪震住了，但还是被她的美貌有所吸引，目光定定地随着玛珞公主的身影移动着。

红衣女侠提着长枪，对着孤单的独角娃恶狠狠地说道："我乃伊尔汗国公主玛珞，对面所立何人？本公主从来不杀无名之人！为何胆敢挡路？快快报上名来！"

玛珞公主紧蹙着眉头，咬牙切齿，脸有几分扭曲，眼中几乎要滴出血来，等待着独角娃的回答。

独角娃不敢有任何松懈，边观察着形势边回答道："我乃华龙村人氏，人称独角娃，路经贵地，前往东海，请公主高抬贵手，一路开关放行。只是我的个性决定，路见不平拔刀相助，还请谅解一时鲁莽！"

"哈哈……"玛珞公主在马背上笑得身体乱颤，几乎倾倒。

周围士兵也跟着玛珞公主一阵狂笑，嬉笑还有这样的名字，然后狂叫着："他是奸细，他是奸细！杀了他！杀了他！"

玛珞公主也不啰唆，右手一挥，叫声骤停，示意包围圈后退三十米，恶狠狠地说道："我绝不欺负你，信义公平誉满天下乃是我汗国几百年得以生存的法宝。今天也不例外，一对一，你若能打败我，我放你一条过境的生路，不再计较你打伤我伊尔汗国的两员猛将，放走了敌人，阻碍了我军的追击；你若战败，我捧一捧红土为你最后送行，这里将是埋葬你的坟墓。"

"此话当真？我可信不过一介女子！"独角娃叫喊道，终于看到了些许生存的希望，至少不会和兵卒发生冲突，伤及无辜，暂时赢得了生存的时间。

"哼"，玛珞公主哼了一下，斜睨着眼睛说道："看我是一小女子？苍天在上，日月为凭，山川作证，一言既出驷马难追，岂有出尔反尔之理！

放马过来吧。”

玛珞公主连连呵斥独角娃取剑。独角娃说道：“请原谅，此剑乃为正义之剑，专门斩杀邪恶，一般情况下不见血，不出鞘！”

好斗的玛珞公主见独角娃找借口，气得七窍生烟，刷拉一下取出一柄宝剑，扔到独角娃面前，说道：“还有什么话说？面对即将死亡还大谈正义，笑话！愚蠢！你能徒手击败我？这样的武林高手我至今还没有遇上。你就不要逞能了，你没有资格轻视我。”玛珞公主目光如一把尖刀，看着独角娃继续说道：“要不你就直接用这把宝剑自我了断，免得我动手直接挖出你的黑心狼肝！那样会很残忍噢。”

独角娃毅然站立，玉树临风，面对千军万马昂起胸脯，默然地面对着玛珞公主，似乎在等待着对决的开始。

玛珞公主好生奇怪，心里怔道：“这是个怪人！面对我的千军万马，居然脸不变色心不跳，如此冷静和刚毅，还要徒手和我的千军万马对峙？”她使劲地勒马转了一圈，调整了一下位置，回过头来继续说道：“你难道真的不怕死？我就让你梦想成真！”

独角娃也一阵狂笑，笑得山川颤抖，日月改色，算是对玛珞公主的回敬，平静之后说道：“我们之间的关系并不是敌人，应该准确地说是朋友，凭什么要屠刀相向？我要是你的敌人，你的两员大将早已经变成刀下鬼了！我只是暂时给了他们一点教训而已！”

“不要相信他，奸细，奸细！他放跑了我们的敌人，杀了他。”场外的叫声此起彼伏。

场外被独角娃所伤的两员大将还瘫软在地，像堆软泥趴在地上一阵阵痛苦地呻吟。玛珞公主看了一眼说道：“不要为你的罪责寻找十足的理由，他俩乃是我汗国的将帅之才，武道高深，你要想伤到他们的性命，准确说是打败他们，凭你猴子般的身板，恐怕想都不要想！我倒是怀疑你使了什么诈，或者什么魔法手段！一看你这长相，我琢磨着就不是什么正道之人！”

“杀了他，杀了他！”士兵们狂叫道，怒吼之声响彻云霄。

玛珞公主不再说什么，受伤大将的呻吟之声使她狠下心来，使出杀手锏，一阵风地举着枪向独角娃的颈部扎将过来，不由分说，独角娃并未捡起玛珞公主先前扔过来的剑，只是左躲右闪，上下翻飞，躲过了玛珞公主的一次次凶猛的出击。玛珞公主一看独角娃并不可击，气得满脸涨红，枪法更快更精准，不留半点空档。

“好枪法，岳家枪法！还有杨家枪的霸道！”独角娃夸奖道，并伸出了大拇指。

独角娃说的很在行，玛珞公主确实在武林大师的指点之下操练过这两种枪法，而且达到了一定的水准。特别是杨家枪法，她糅入了自己独到的见解，杀伤力达到了一定的程度。

周围一阵发笑。玛珞公主哭笑不得，哪有对手夸耀自己的对手的，气不往一处来，枪像雨点般地扎过来，娴熟的枪法在眼前只留下一片迷茫的幻影。独角娃开始叫苦不迭，才感到眼前此女并非平庸之辈，只好左躲右闪，真是难以躲避。独角娃肩膀着地，几乎就是在地面翻飞躲闪。玛珞公主越刺越来劲，兴头之上往往会超水平发挥，欲擒故纵地举起长枪，实际上往独角娃的下身刺来。独角娃看得真切，右手横挑一挡，长枪扎在羊皮袖口上。玛珞公主得势不饶人，挑逗地往上把枪一挑，独角娃的袖口顿时开了一道大口子，害得独角娃伤心了一阵子。袖口一破，如何远行，有一种被羞辱的感觉。

独角娃气得哇哇直叫唤，几招燕子翻飞，蜻蜓点水，直奔玛珞公主而来。玛珞公主杀在兴头上，对突然靠近的独角娃防范不足，摆弄不开，长枪顿时失去优势，只是象征性地一点一刺。独角娃顺势从马后滑过，转到了玛珞公主的身后。玛珞公主还未及转身，头上的簪花已经被独角娃拔去，在手里把玩着。玛珞公主转身过来的时候，看到独角娃悠闲地把玩着自己的簪花，又羞又恼，心头的怒火就像喷发的火山，一阵高过一阵。

原本骄横跋扈的公主，现在已经面目狰狞，披风在风中呼呼作响，手中的长枪左挑右点。独角娃只有逃避的份，不断躲到她的马后，使玛珞公主感到船长难调头，首尾难顾。玛珞公主十分争强好胜，看到独角娃躲到马后，顺势枪柄往后一戳，正中思绪暂时处于幻想中的独角娃的腹部，只是力量太小，丝毫未伤独角娃的毫毛。独角娃很想杀杀玛珞公主的威风，否则玛珞公主这种要强的女人不会善罢甘休。独角娃趁势闪电般抓住马尾，腿一扫马脚，一扳马身，马儿一个闪失，玛珞公主顿时摇摇晃晃，险些掉下马来。玛珞公主并不是吃素的，就在马儿站立不稳的瞬间，一个旋转翻身，跳下马来，稳稳当当地落在离独角娃三米开外的地方。

周围的士卒一阵欢呼，不知道是为谁叫好。

独角娃无心再战，面对强势的公主，出手必然伤到玛珞公主，不如找机会屈服罢了。玛珞公主哪里饶得了独角娃，举枪又刺，不时来个泰山压顶。独角娃伸腿一蹬，玛珞公主持枪不稳，手中的枪被踢了出去。

伊尔汗国的神射手早已伏击在四周，多次瞄准独角娃，准备大力射杀，无奈独角娃频繁变化位置，生怕误伤玛珞公主，下手不得。突然看到玛珞公主失去手中的枪，不得不放出箭来。

独角娃一个翻飞，故意躲避飞来的箭，就势摔倒在玛珞公主面前。独角娃感到生命有了安全保障，一个佯败，被玛珞公主生擒。被士兵用铁链锁在囚车上运往都城，一副狼狈的样子不堪入目。

伊尔汗国并不大，都城除了东西和南北两条十字相交的主街道繁华之外，其余街道比较狭小，甚至有些破败。可是四周的城墙异常高而且厚实，东西南北各门把守城门的士兵异常忠于职守，不断对来往的人员进行盘查，偶尔一阵阵斥责。街道冷冷清清，只有急匆匆的百姓拖家带口往城外赶，看起来似在逃命，有些人心惶惶。还有几个乞丐沿街乞讨，或者木讷地坐在土墙下晒太阳，掐着虱子。独角娃就被拉在装载俘虏的囚车上，作为玛珞公主的战俘浩浩荡荡拉回城中。囚车木轮的声音异常低沉，搅得整个京城不得安宁。监狱中已经关押了很多俘虏，独角娃已经没有地方安置，就被关在比武台侧边临时修建的监狱里，作为奸细临时关押，条件极为简陋。

独角娃在临时监狱中度过了难熬的一夜，烧焦的饭菜使他想呕吐，彻夜难眠。当太阳再次升起的时候，比武台下已经聚集了很多看热闹的黎民百姓，还有各路武林英豪，都在摩拳擦掌，跃跃欲试。热闹非凡的场面感觉非比寻常，和昨天冷冷清清的景象大相径庭。台上已经坐了好几位伊尔汗国国家要员，静待一场盛大活动的开始。

原来，伊尔汗国受到邻国查哈王国的入侵，边境正在进行着一场浩大的生死战争，关乎伊尔汗国的生存命运。查哈王国发明了一种惊天雷，威力巨大，所向披靡。伊尔汗国节节败退，已经退守到离都城不到一百公里的地方构筑工事，准备决一死战。如果再败，就要面临亡国的境地，形势极度不乐观。

伊尔汗国国王膝下仅有一女，年方二十，比独角娃大几岁，尚未婚配，美貌倾城，聪颖好强，就是昨天和独角娃交战的玛珞公主。今天为了拯救整个国家的生死命运，国王深思熟虑后采纳国师沙米尔的建议，决定举行一场比武招亲的传统选拔爱婿的盛典。只是增加了一条标准，被选中的对象必须德才武功具备，能够担当起抵抗外来侵略、破解惊天雷的特殊重任。起初，倔强的玛珞公主坚决不同意父王的决断，哭闹着反对父王把自己的婚姻捆绑在国家生死存亡的战车上，就像出卖或者交换自己的幸福一样。后来看到自己的军队节节败退，能坚守的时日看起来已经不多了，就感觉到一阵阵心痛，明白了皮之不存毛将焉附的道理。经过了几夜的思想斗争，临时同意父王的决定。只要能选出所谓的智者能人，牺牲自己的婚姻又能算得了什么呢，或许对国家社稷有重要的作用。

比武台正面是二层的木楼，伊尔汗国的国王和玛珞公主就坐在二楼的帘子后面，静静地等待着德才兼备之人的出现。国师沙米尔亲自宣读了国王的檄文、比试内容和规则。台下寂静无声，都想看看打头阵的武林高手究竟是什么样的人物。

突然，台下跳上一个彪形大汉，乃为武林打扮，双手打拱，彬彬有礼，名叫格雷特曼。身高八尺，浓眉大眼，浑身的肌肉暴突。用浑厚的声音报了姓名，然后是一阵憨厚的傻笑。格雷特曼武功平平，和宫廷武士比试了几个回合之后，被宫廷大内高手踢到台下。第一个上台的武林之人以失败告终，这并没有出乎大家的意料之外。

而后又上台了几位所谓的武林高手，都被宫廷武士轻松拿下，没有任何悬念，看来要挑选合适的爱婿确实有些困难。

台下一阵叹息，国王摇着头，玛珞公主低头想着心事。台上台下暂时平静下来，已经没有武林高手登台比武，大家都感到无比失望和痛心。骨节眼上没有可用奇才对一个国家就是一场灾难。国师沙米尔在台上来回走动着，眼光扫视着台下的人群，希望奇迹出现，也好向国王有一个交代。

功夫不负有心人，一个剃着阴阳头，身材魁梧，玛瑙耳环粗大无比，光着上身，皮笑肉不笑，口里说着粗话的无赖——龙神霸王，跳上比武台，阴笑着说道："好想做国王陛下的爱婿，学得一身好武功居然没有地方施展，一直很郁闷，心里极度不痛快。今日得以舞弄一下手脚，或许能实现梦想也难说。国王大人不要嫌弃我，没文化，老粗人，但性格直来直去，也算是一个优点嘛。"国王瞪了他一眼，并不言语。台下一阵嘘唏，敢怒不敢言地看着他，猜测着接下来的重头戏。

国师沙米尔的眼睛咕噜噜转动着，在国王耳边嘀咕了几句，告知国王目前的特殊情况。

龙神霸王年纪仅三十开外，人高马大，鹰眼，鹰钩鼻，留着两撇小胡子。他虽然体型高大，但极其灵活。他的武功确实了得，自已给自己的封号为"龙神"，说自己是"真龙"，是当地一霸，人们就习惯称他为"龙神霸王"，后来人们干脆称他为"霸龙"。龙神霸王手掌神功特别厉害，所向披靡，无坚不摧，他的手下称之为"龙神之锥"。他凭借一流武功征服当地一带不三不四的下三烂，开起了一家"龙神武馆"，培养自己的打手，达千人之多，和朝廷对抗，分庭抗礼。凭借出类拔萃的武功控制了方圆三十公里的地盘。虽然朝廷几次出兵围剿，反而被龙神霸王所败，索性也就对那片地方睁一只眼闭一只眼，听之任之。只要河水不犯井水，只好作罢。

今天，国王看到龙神霸王，恨不得把他吃了，连自已都只敢谦称为真龙天子，而他却敢口口声声处处盗用龙之封号，实乃该杀该剐。玛珞公主也是分外仇恨，以前只是耳闻，今天得以一见，恨不得跳将出去，把他彻底斩草除根，剁为齑粉。但此刻，碍于国法大于个人仇恨，只能静待事情的发展。龙神霸王报过姓名之后，例行的比武开始。

龙神霸王所学的武功是旁门左道，掌握了历代各门派的看家绝学的一些皮毛，虽然算不上是精髓，但把各门派的绝学糅合在一起，已经初显杀伤力极强的特性。不用几个来回，宫廷大内高手不但皆败下阵来，而且遭受重创，性命危在旦夕，情况万分危急。

国师沙米尔开始流汗，声音发涩哽咽，身体颤抖，几次发言都前言不搭后语；国王异常清醒，开始意识到局面已经难以掌控，暗中命令三千宫廷武士和弓箭手悄悄地围在比武台四周，只有采取以多对少的围捕策略，还有一拼。玛珞公主血脉贲张，但显得万分冷静，正在思考着该不该出手，衡量着利弊得失。

龙神霸王一脸得意，来回在武台上转着圈，等待着国师沙米尔宣布最终的结果，一脸的奸笑飘荡在脸上，好不得意。台下看热闹的人群中有几百个龙神霸王的内应，不断为龙神霸王鼓掌喝彩，狂喊助威。

独角娃在监狱中看到比武的全程，伏着栏杆观察着比武台上的动静，看着龙神霸王一脸的阴笑，猜测今天将会凶多吉少。

国师沙米尔镇静了一下，吸了一口气，然后说道：“接下来需要问你几个兵法上的问题！”

国师一连问了几个关于三十六计的问题，并且列举了历史上成功运用三十六计获胜的案例。龙神霸王一问三不知，还得意洋洋，眉飞色舞。可是目前没有什么人再敢上台，一切成为定局的可能性极大，即使不愿意接纳龙神霸王，又有谁能阻止？国师沙米尔已经进退维谷，不知道如何进行下一步，只有不断拖延时间，以待能否有奇迹骤然出现。

奇迹倒是出现了，只是奇迹的缔造者竟然是玛珞公主，完全出乎于国师的意料之外，阻拦已经来不及。

玛珞公主看得明白，已经坐不住了，也不征求父王的意见，哗啦啦一下拨开珠帘从二楼跃将下来，稳稳落在台上，叫道：“还有我这关，我已经等你好久了！过了我这一关才算合格。”

龙神霸王淫笑着轻蔑一看，围着玛珞公主转圈上下打量，总觉得有什么不妥，说道：“你一个小女子也要来当国王的女婿？不妥吧！你是想找死还是想当小妾？我是来找老婆，你是来找茬？也不看看我是谁？难道眼前站着的如雷贯耳的江湖侠士究竟是谁你父亲也不告诉你？劝你不要挡道枉送性命，大庭广众之下我可网开一面，不计较你有眼不识泰山。”龙神霸王并不知道眼前站着的就是玛珞公主，出口万分狂妄。

独角娃在监牢中豁然转正身子，两目盯着台上的一举一动。生怕玛珞公主有什么闪失，只是暗暗叫苦，静待事态的进一步发展。

灵巧的玛珞公主拳法凌厉，可毕竟是一位女子，几次看似恶狠狠的出拳，结果收效甚微，被龙神霸王一一轻易化解。玛珞公主不甘心，一定要拿下龙神霸王。霹雳双腿直踢龙神霸王的心窝，龙神霸王不紧不慢，一个乾坤大挪移拨转了玛珞公主的发力方向，玛珞公主双腿踢了个空，几乎飞到台下，还好在空中的一个转身翻飞，刚好落在比武台的一角上。龙神霸王看到为难之处化危机的玛珞公主，有了几分谨慎，不再轻视玛珞公主。

龙神霸王终于主动出击了，使出了幻影鹰爪功，这就是龙神之锥，这是他多年来一直操练的绝技，也是他引以自豪的独创武功，糅合了多门武林绝学。这还得从以前说起，当龙神霸王十多岁的时候，整天不务正业，常常偷鸡摸狗，被人追打，浑身是伤。为了复仇和掌控当地势力，他找来了很多武林秘籍，不分派别，一概苦心勤练，边到社会上打打杀杀，边不断糅合各门派武功的优点，真还练就了自己特有的武功。看似都有各派的影子，但又有独创的成分。按常规套路和他对打，不下两个回合，必遭重创。

当龙神霸王使出幻影鹰爪功，独角娃一声惊叫，这一叫非同小可，众目睽睽之下人们投来了异样的眼光。

玛珞公主看到龙神霸王使出的怪招，看得眼花缭乱，眼前只留下一串拖着长长尾巴的影子，哪里还分得出套路来。独角娃悄悄从口袋中摸出一枚防身铁砂子，铆足力气弹出去，急速飞行中的铁砂子正中龙神霸王的丹田，使其功力锐减，洋洋洒洒的幻影鹰爪功顿时显得软弱无力。玛珞公主看到了机会，使出了连环鸳鸯腿，直逼龙神霸王。龙神霸王虽然暗中受到独角娃的无端攻击，功力有所受损，可是临场应变的本事绝对一流，顺势一个摧心掌，既可防身，又能暗中伤到对方五脏六腑。

独角娃不禁暗中叫绝，可是看着玛珞公主凶多吉少，遭受重创已经在所难免。独角娃已经坐不住了，狂躁的情绪使他有些失控。玛珞公主算是机智，急忙收起了鸳鸯连环腿，落到龙神霸王前改用龙爪手。突然这改变，出乎于龙神霸王的意料之外，想要收手有些来不及，被玛珞公主击中了露出的腋下，显得有些踉踉跄跄。龙神霸王站定了，清醒了一下神智，使出了虎爪绝户手。如此狠毒的招法，在武林界一般不轻易使用。独角娃已经看得鲜血涌动，准备破窗而出，否则，今天的结局将难以掌控，伊尔汗国将会大乱。堂堂一国，前线败退，都城内乱，必将亡国。

可是玛珞公主浑然不知，依然舞动着龙爪手，进逼着龙神霸王。被龙神霸王轻轻一掀，就把玛珞公主掀翻在地，痛苦不堪，翻身不得。龙神霸王还要举起虎爪绝户手继续对付玛珞公主，扬起手来准备尽全力来个泰山压顶，不留活口。殊不知被破窗而出的独角娃金刚螳螂腿踢开，震得他手臂发麻，眼冒金花，对这突如其来的接招防所未防，反受其害。一阵撕心裂肺的钻痛，使龙神霸王摇摇晃晃后腿了几步才站定，如见仇人一般盯着独角娃。

台下面面相觑，对突如其来的变故看得目瞪口呆。

比武台上已经演变为独角娃和龙神霸王的对决，两人都不轻易出手，运足功力旋转着窥视对方。四眼对望，独角娃要除霸安良，惩恶扬善，龙神霸王要想独步天下，一场生死对决已经箭在弓上。独角娃试着扬了扬腿，企图挑起龙神霸王的进攻欲望，好在观察和抓住他的破绽置其死地。龙神霸王借机养精蓄锐，被独角娃突如其来的金刚螳螂腿伤及的手臂有些不听使唤，麻酥酥的感觉如千虫钻心，极其难受。

独角娃看出了龙神霸王的心思，首先开始亮招。一个霹雳掌从天而降，直扑龙神霸王胸部的致命位置。龙神霸王防范不足，躲闪之中没有被独角娃伤到胸部，但锁骨被独角娃收手时拍了一下，虽然没有拍断，但已经留下暗伤。在痛楚中的龙神霸王运足内功，简单疗了一下伤之后，精神焕发，使出了八卦游龙神掌，这是将各种八卦掌的精辟之处融汇在一起，只听见呼呼的风声犹如冬天的阴风刮着窗棂一样，让人毛骨悚然。独角娃左躲右闪，留足距离是最好的防范方法。

龙神霸王孤独地舞动着，独角娃不断地避让着。就这样来回了几次之后，独角娃考虑再三，准备针对龙神霸王的纰漏再次出招。独角娃挥出了铁琵琶手，看似轻巧，可是每一次出击，都有所斩获。龙神霸王被独角娃连连击中，已经有些乏力。每到龙神霸王出击，独角娃总是跳到三丈开外，龙神霸王怪异的招法频频失效，不得不紧逼独角娃。

龙神霸王气急败坏，几招比试下来，独角娃毫发无损，而他暗伤累累，顿时心生一计，决定以计定江山。龙神霸王佯装受伤，后退两步，显得力不从心，眯着眼睛窥视着独角娃的行踪。独角娃看到龙神霸王有些摇晃，决定发起新一轮的攻势，紧逼了几步，一套三花聚顶掌闪电般打将过去。龙神霸王早有准备，抖了抖袖口，暗藏的铁针已经进入两指之间，嗖地一发力，一枚带着剧毒的铁针直飞向独角娃的颈部，生死也许就在一瞬之间。

台下武林之人看得真切，一阵嘘唏惊叫，众人惊恐地闭上眼睛，一场生死危机即将呈现，面对这种阵势，死亡的影子将会变为现实。国王无奈地靠着龙椅，爱女受伤后被独角娃逆转窘境，情况刚刚好转，瞬间又急转直下。先祖传下几百年的王权和土地，也许在此刻烟消云散、分崩离析。他只好痛苦地闭上眼睛，任凭事态的发展。玛珞公主被龙神霸王虎爪绝户手所伤，情况并不是很严重。龙神霸王是在仓促之下出此毒招，功力有所不足。加上独角娃的干扰，只伤到玛珞公主的皮肉伤，筋骨并无大碍。此刻她坚持坐在父王身边，鼓足力气，手中提着长剑，一旦事态有变，以身保卫王权，绝不罢休。此时看到呼呼飞向独角娃的铁针，嗖地从椅子上站了起来，准备继续投入战斗。

独角娃心静如水，心明如镜，平时潜心研究佛学，静心乃是一门必修课。面对此刻的恶战，每次出招，必有所准备之后才行动。独角娃缩身一蹲，铁针就从头顶呼啸而过，直直地插在比武台边的柱子上。铁针飞过，独角娃飞腾一跃，以牙还牙，虎爪绝户手就重重地劈在龙神霸王的面门，顿时脑浆迸裂，倒地气绝。

国师沙米尔看到龙神霸王一死，反应极快，双手一扬，场外武士和弓箭手如神鹰一样疾驰过来，将龙神霸王的残余势力一网打尽。

独角娃发力过猛，劈倒了龙神霸王，在悬崖绝壁上碰破的额头伤口被震裂，殷红的血水顺着额头流下。

独角娃用袖口擦去额头血水，玉树临风，英姿飒爽地站在比武台上，然后屈膝跪下，说道：“请国师将草民关回监狱，草民乃一介途经贵国的布衣，无心比武招亲，只是看到这畜生不怀好意，出手刁钻，心怀不轨。同时，也为昨天放走贵国的敌人将功赎罪。”

玛珞公主不知什么时候来到了独角娃身边，一言不发，忘却了伤痛，拿出手绢为独角娃默默擦去了血水和汗水。她内心一阵自责，为昨天的霸道追悔莫及。看着眼前的独角娃，玛珞公主有一种说不出的情感流淌在心头，对独角娃顿时投去满眼柔情的一瞥。

国师沙米尔吹了一下胡子，才意识到独角娃是一名犯人。于是生气地大声说道：“无心比武招亲，那你来台上作甚？你可知道欺君之罪的下场？”

伊尔汗国国王再次睁开眼睛的时候，看到台上横躺的龙神霸王的死尸，才意识到事情有了突然转机。急忙下楼，几个武士护送他来到了独角娃身边，听到了独角娃和国师之间的对话，于是插话道：“比武招亲不关乎身份，只要对敝国有用，择优者作为爱婿。你虽然身为犯人，可是你还心存正义，在关乎国家生死存亡之际，能明辨是非曲直，出手相助，以江山社稷利益为重，何罪之有？”

独角娃想要分辩什么，被国师吼道：“还不跪下！你面前乃是堂堂一国之君！”

国王瞪了沙米尔一眼，说道：“勇士，免礼，免礼！英雄别拘泥于小节。”

独角娃懵懵懂懂，象征性地行了一个大礼，才意识到眼前就是国王大人，一时不知如何是好，这是他生平唯一遇到和见过的国王，心里不免有几分忐忑。

国王上下打量了一下独角娃，心里夸耀道：“好一个仪表堂堂的勇士，若不是你出手相救，今天将不知道如何收场。”于是继续说道：“朕选爱婿只有两个条件，文武双全，德披天下。你已经具备了武略的条件，只要文韬符合，就是一个文韬武略双全的人才。至于你的德，朕已经看到了，你的身上流淌着正义的力量，这正是一个国度向更高更强的方向迈进实实在在需要的基石。我目前已经被你折服了一半，你，可能就是我所需要的人才，未来的爱婿！”

不等独角娃说什么，国王叫道：“沙米尔，再看看他的战争谋略怎么样？”

国师沙米尔拉起独角娃，准备问些战争谋略，以窥探其文韬。

独角娃叫苦不迭，趁着国师思考之际，向国王说道：“我乃一犯人，破窗而出，已经再次触犯贵国刑律，恳请陛下收回比武招亲的昭告，能开恩放小人继续前往东海达成夙愿足以。”

“什么？”国王似乎没有全部听清独角娃的陈述，继续说道：“我现在就向天下昭告，赦免你的罪行，恢复你的自由身，现在你已经是一个自由身了，这你不会再担忧什么了吧？”

国师沙米尔拿出事先拟好的问题，清了清嗓子问道：“请你谈谈对待敌人的态度问题——‘不战而屈人之兵’与‘武力征伐’的看法。”

独角娃思考了一下，不想回答问题，佯装没有听清楚，故意拖延时间，这是落选的最好方法之一，也是无奈之举。

玛珞公主从武台一角踱了过来，嘴角还挂着一丝血迹，深情地看着独角娃，已经没有了昨天和独角娃对打时的骄横。只是此刻的她显得有几分柔弱和痛楚。她来到了父王身边，就像小羊羔一样靠着父王，明眸静静地看着独角娃，一颦一笑之间显得有几分可爱，又有几分让人垂怜。

独角娃不知道该怎么办，犹豫中半闭着眼睛，似在思考问题，又似在考虑退路。在半闭眼之间，再次瞥见玛珞公主，意识又有几分模糊起来。

“你知道欺君之罪是什么结局吗?”国师瞪眼警告道，然后用手比划了一下手势，嘴里发出明亮的“咔嚓”声。

独角娃慢慢地睁大眼睛，横下心来，与其欺君之罪而死，不如豁出去，以后再作打算，或许胜算更大一些。于是回答道：“‘三十六计’中‘不战而屈人之兵’表面上看起来是所谓的上策，是最高理想境界，但其忽略了人本性——欲望问题。人是有各种欲望的，每个人、每个集合体都想要实现利益最大化，就使‘不战而屈人之兵’显得黯然失色，甚至不可能实现。要真正做到‘不战而屈人之兵’，比登天还难，是妄想式的所谓上策；‘武力征伐’就在所难免，只要不穷兵黩武即可。历代帝王将相的经历都可以证明，‘武力征伐’是一条行之有效的方法，经过艰苦卓绝的征伐，才获得天下，打破人的固有欲望，演变为臣服，打破原有体制，重新获得一种新生。问题的关键是如何对待黎民百姓，民之所向，国之所昌，背弃民意，必亡！这是各朝千年教训。如何对待这两个问题，百姓问题就是中心点。百姓，国之根本，正如唐代大臣魏征进谏李世民说的‘民如水，君如舟，水可载舟，亦可覆舟’，水顺则舟平。”

国师沙米尔睁大眼睛，不知道对独角娃给出什么样的评判，只好将求援的眼光投向国王，希望国王发话。国王心里明白，独角娃给出的答案，正与他的观点不谋而合。不由得让国王思绪重重，想起与查哈王国的战争来，与其被查哈王国所灭，不如孤注一掷，武力主动出击，或许还有一个大翻盘，实现利益最大化，因此，国王默默地点了一下头，算是对独角娃的肯定。玛珞公主对这个问题的看法还比较肤浅，一时无法做出自己的评判，但父王的点头就代表了她的观点倾向，父王就是她一生的榜样，她也投去了满意的微笑。

杀伐之气太重，这不是独角娃的真正看法，但独角娃就在战争中成长，看到不断的杀戮、流血和死亡比比皆是，希望过平静的日子，只有通过战争和明君实现和平盛世。因此，为了更长远的和平，必要的杀戮和征服将不可避免。独角娃也把和平盛世的希望押在了伊尔汗国国王的身上，至少伊尔汗国国王目前能够带来这样的希冀。

国师沙米尔又问了两个关于战争和谋略的问题，独角娃在比武台上都对答如流，分析透彻。国王更是心花怒放，神采飞扬，战败的阴霾暂时从心中挪开位置，感觉已经找到了他所希望的人才。玛珞公主也开始对独角娃投去了敬仰的一瞥，柔情似水的眼光让独角娃感到温暖了三分。阳春三月，心中盛开着春天的花朵。

独角娃已经没有退路，不知道如何面对未来的日子，想要选择逃避，结果看来已经落空，甚至会酿成苦果。

已经是正午，焦灼的阳光格外猛烈。今天整个事件虽然一波三折，但对国王而言选到如意的驸马，心里感到万分庆幸。还除去地方大患龙神霸王，可谓福气双至，一举两得。只是兵败邻国，惊天雷的响声还在耳际呼啸爆炸，不知道眼前的准驸马能不能担当起这样的重任，他还有些吃不准。但从表面上的感觉，独角娃确实是文韬武略、文武双全的料，这是目前的最佳选择，没有任何异议。

受伤的玛珞公主看到独角娃除去龙神霸王，而且又将变为自己的如意郎君，领略了独角娃对答如流的军事才能，即使心口因为受伤而隐隐作痛也强行支撑着，陶醉于眼前的文武双全的如意郎君，减缓了身体上的伤痛和心中的痛楚，也算是眼前难得的幸福和慰藉。

伊尔汗国国王经过悉心考虑，准备接纳独角娃为驸马，并且要昭告天下，很快为独角娃和玛珞公主操办婚事。在合适的时候，将兵马大元帅的职务委托给独角娃。如果战事顺利，独角娃能够将邻国入侵的士兵赶出伊尔汗国，国王将会很快将王位禅让给独角娃，安享晚年荣华，这是国王多年的夙愿。膝下无子，爱女也难以担当起举国重任，只有选一个文武双全的好驸马，急流勇退，这是他最佳的选择。

比武台下看热闹的人越来越多，都想看看未来的驸马爷的姿容。刚刚

开春后的时节，风大灰尘猛，这是伊尔汗国的自然现象。一阵狂风刮过，台上的人们只顾护住国王和公主，暂时忘却了独角娃的存在。独角娃也没有感觉什么异样，思绪重重地等待发落。大风过后，独角娃才意识到自己的高帽子被风吹落，急忙弯腰捡起。台下不知谁家的孩子大叫道：“妖怪，妖怪，长角妖怪！”这一叫宛如晴天霹雳，非同小可。人们才发现独角娃头上的长角，台上台下顿时乱成一锅粥，不知如何是好，都忙着逃命。

独角娃想要分辩什么，只是辩白道：“我不是妖怪，我和大家一样是人！大家不要误解！”可是，谁还会听独角娃解释，几个宫廷武林高手已经冲将过来，反捆住了独角娃。独角娃也不反抗，他相信会有人相信他不是妖怪。

可是还会有什么人会相信独角娃的话的真实性，台下的人群已经散去一半，只有爱看稀奇和胆大的百姓才敢留下来看个究竟。国师沙米尔是一个滑头，人瘦，三步两步就和独角娃拉开距离，下令即刻召唤巫师曼吉克，召集戍卫军斩杀妖孽。国王倒很镇静，开始时心里一惊，安静下来之后，开始静静地观察着独角娃。

独角娃已经被戍卫军攥住了双臂，不得动弹。茫然与寻求相信自己的人，可是这样的人并没有立即出现，他感到几分失落。

独角娃不想不明不白地逃逸，如果这样一走将不可避免又会展开一场杀戮。玛珞公主不大相信自己的眼光，昨天和独角娃展开一场恶战，也没有发现独角娃有任何妖魔的迹象。只是此刻的独角娃，头上分明长长的犄角没有任何争议，她对独角娃的印象需要重新定位与斟酌。

伊尔汗国的巫师曼吉克正在作法，和邻国发生交战，他要观天象，在背后要帮助前线的大军展开圣战，显得很忙碌。突然被招来斩杀妖魔，简直觉得不可思议，来来回回在独角娃身边审视。国师来到巫师身边咕噜了几句，巫师转动了一下眼珠，突然举剑就要斩杀独角娃。独角娃眼疾手快，发力一扭身，巫师的剑扎在攥住独角娃手臂右边的士兵的腹部，士兵当场气绝。独角娃顺势飞起一脚将巫师踢下台去。巫师受到重创，捂着肚皮在台下痛苦不堪，喃喃自语，半天缓不过劲来，斜睨的眼睛不断窥视着独角娃。

戍卫军已经在比武台下一百米开外的地方围成了一道密不透风的人

墙，手持盾牌和短剑，以备不测。国王心中一思量，现在国家社稷主要矛盾是外来入侵，即使独角娃是妖孽又能掀起大浪？急忙喝退戍卫军，亲自安慰独角娃，说道：“人人认为你为妖魔，我恰恰认为你是充满正义感的人，因为你具有人的情感因素——有义、有德、有才、有爱，怎么能同妖魔鬼怪相提并论呢？这是一种无知和浅薄，人总会有长相上的不足，比如我，下巴上就有一颗大痣；大家再看看台下，多少人的脖子上长了碗口那么大的一块赘肉，俗称大脖子，难道也是妖怪吗？不是！说实话，我将要委以你重任，要把机会给你这样的能人，成就男子汉的伟业！”国王边说边拉着独角娃的手，给独角娃注入了一针镇静剂。

独角娃不知道是感动还是激动，寒冰的内心受到了震撼，顿时泪流满面，能有人欣赏自己，并且为自己因为头上长着角屡次遭受追杀，今天终于有人为自己澄清，而且还是伊尔汗国国王，知恩图报的情感因素瞬时就填满胸口。独角娃于是泪流满面，噗通一下跪在地上，泣不成声地说道：“陛下，今天你的一席话，破除了我成长十多年来心中的寒冰。多年以来，我一直独自待在庙中，学习先人留下的各类古籍，早起晚睡，锤炼武功，修炼德行。不瞒陛下，已经多次有人说我是妖魔鬼怪，聚众捕杀我。好在苍天有眼，不灭我，才得以有今天。今日终于正本清源，得以昭雪。我将不惜肝脑涂地，为陛下效忠！请陛下明鉴。”

“择婿一事再议，厚待独角娃，留在朝中待用！择日再议”，国王发话道。国王有事，被卫兵簇拥着匆匆忙忙离开了。

玛珞公主也回到了宫中疗伤，显得有些忧心忡忡，事情的反复变故使她心力交瘁，茫然不知所措。

独角娃实际上被关在戍卫军军营，只是吃喝不愁，在军营内戴上镣铐可以自由走动，但不得走出军营一步，后面都有眼线跟踪。突然停歇下来，独角娃有些无所适从，心情反而焦躁起来。只是国王相信自己不是妖孽，独角娃还是决定暂时留下来。如果有机会，为国王做几件事情再东行去东海也不迟。

伊尔汗国边关告急，邻国又突进了几十公里，看样子照这样的进度京城很快不保。城中逃亡的百姓已经越来越多，物质匮乏，物价飞涨，情况越变越糟。国王在议事厅中大发雷霆，焦躁而束手无策。三百里加急的求

救密件不断送达。前线又有一员大将被斩于马下，几乎损失了一军人马。国王已经坐卧不安，犹如夏日被火烤一般。国王大喊道：“谁可前去救危？”

台下大臣黑压压一片，长跪俯首不语，冷眼偷看着国王的龙颜。没有人敢出来领命，生怕死于惊天雷的爆炸烈焰之中，暂时陷入死寂沉沉。国王长叹一声，声情并茂地说道：“天下承平日久，皇亲国戚掌管朝政，忙于犬马声色，修建私人行宫，偷偷敛财，疏于加强军队建设，惰于农耕，是朕之过。正逢北方草原民族崛起，马背上强悍的强盗带着惊天响雷来了，我们只有节节败退，眼看就要当亡国奴了。你们这些所谓我的亲人，平时骄横跋扈，颐指气使，今日面对强敌入侵，国家社稷需要你们的时候，你们就像秋霜打过的嫩草——低头弯腰，蔫了。我能说什么呢？总不能把先皇创下的江山社稷葬送在我们这辈人的手里吧？”

宫外三百里加急求救的密件如雪片般飞来，情况万分危急。粮库空虚，战争物质也已经告急。都城即将沦陷的谣言四起，逃命的百姓涌出城外，整座都城陷入极度恐慌之中。

伊尔汗国国王经过了一个下午的地毯式思维搜索，连一个合适的可以抵御外来入侵的人选都没有找到，极度的悲愤使他不断自责，养兵千日不操练，用兵一时愁上愁。在晚饭之后，好不容易凑齐了一批粮草，送走押送粮草的队伍之后，他才有几分钟的空余时间，不禁再次想起独角娃来。今天独角娃侃侃而谈的兵法使他耳目一新，如沐春风一般舒爽。加上独角娃独到的武功，沉稳的性格，初步判断独角娃不是一般的普通人。在没有合适的人选之前，虽然不太了解独角娃的背景，但也可以作为死马当活马医的备选方案。先听听独角娃的看法，或许是无奈甚至是丢人现眼之举，但也许是最真实，或许能够带来几分转机的明智之举。

夜色深沉，死寂的都城已经透出几分衰败，几声远处传来的敲钟的声音也显得软弱无力，国王听着总有几分像丧钟的感觉，尽力压抑着心中的不快。只有来来往往传递前线不断战败消息的士兵的马蹄声搅得整个王宫不得安宁。国王的行宫中烛光高照，忙忙碌碌的景象预示着极度的不安和焦躁。国王已经好几天没有安稳地睡过一个好觉，想起国家即将沦陷，整个家族将会遭受杀戮，额头上就渗出密密麻麻的汗珠，显得一身疲惫和无奈。群臣看着国王的一举一动，眼珠子不断地转动，猜度着国王的心思，都不敢言语。

独角娃已经从戍卫军军营被带到国王的行宫，脚手上的镣铐拖得哗啦啦直响。独角娃没有一丝恐惧，微笑着来到了国王的宫中，刚正不阿地站在国王面前，等待国王的发落。

伊尔汗国国王亲自为独角娃解去了枷锁，并拍了拍独角娃的肩膀，投去歉意的目光。国王挥手摈退群臣，也不再绕山绕水，开门见山简要地向独角娃讲明了国家的实情，以虚拟假设式的言语问道："如果你是我国兵马大元帅，想听听你的做法和策略。"

独角娃感到国王内心中透出的几分善意，还有几分仁慈，也就毫无保留，分析了目前伊尔汗国的实情，和盘托出自己的真知灼见的策略，并提出了自己的详细计划。国王听后先是惊得睁大眼睛，而后才舒展开眉头来，露出一丝的快慰和快意。

伊尔汗国国王已经等不得了，与其就这样被邻国所灭，还不如豁出去，瞬间决定把兵权交由独角娃，由独角娃统领三军。国王当即下令，任命独角娃为兵马大元帅，所有军中事务皆由独角娃决断，授予独角娃尚方宝剑和虎符，不听指挥和扰乱军中事务者斩立决，无须请示。

独角娃和国王商定了一夜之后，首先要做的事情是稳定都城，安顿黎民百姓，而影响都城安定的因素有两个，一是皇亲国戚和与之休戚相关的帮派大臣，二是戍卫军。采取的对策则是先囚禁了国王的两个哥哥和三个弟弟，还有一帮与之密切的大臣。没收了他们所有的王府和粮草，将抄没的粮草就地拯救灾民和送往前线，安顿都城百姓，这样解决了家族的内乱。其次调用御林军守卫都城，由国王直接指挥，保证王宫的安全。再次更换前线将领，杀了一批玩忽职守不听指挥调度，导致前线频频失陷的将领，启用一批有能力的年轻将士。命令前线退守三十公里安营扎寨，修建工事，显出决一死战的决心和场面。

前线的营房前是一条大河，河水湍急，是一道天然屏障。伊尔汗国所在一边地势较高，而查哈王国一边地势要低一些。独角娃命令士兵佯装在上游修建一道闸门，打开闸门可以实现水淹三军，截断河流，准备作为最后一道战略防御屏障，制造出一个看似真实的假象。前三天独角娃命令士兵来回巡逻，操练水军，鼓声、呐喊声震天。每隔一个时辰就鸣鼓一次，

点燃十堆烽火。每天半夜增加一批帐篷，多插千面旌旗。表面上营造出决一死战的宏大场面来，以迷惑敌军。

实际上，独角娃每天夜晚抽出一军绕道悄悄进入查哈王国腹地，从小道直逼查哈王国的都城。三天之后，已经有三军进入查哈王国都城的三个不同地域，已经对查哈王国都城形成了合围之势。

查哈王国的大军每天都在观察着伊尔汗国前线，忙于建造船只，调兵遣将，养精蓄锐，集中全国的财力、军队，准备渡河和伊尔汗国展开决一死战，最终直逼伊尔汗国都城，完成最后的清城计划。

查哈王国的兵马大元帅很自信，已经把一个月之后剿灭伊尔汗国的密函告知了自己的国王。国王特别高兴，很快自己的王土将要扩大一倍，每天邀约群臣共饮，对酒当歌，笙歌艳舞，准备迎接最后大捷，接纳伊尔汗国。

查哈王国大部队已经调往前线，都城已经空虚，就连守卫都城的御林军也已经忙于准备庆祝最后胜利的筹备之中，守卫都城已经形同虚设。当查哈王国的兵马大元帅得到都城已经被合围之后，才知道已经中计，急忙命令军队掉头解救都城之危。可是，漫漫路途岂能一步跨越，眼睁睁看着都城之危毫无办法，拼命赶路。

当查哈王国兵士撤离前线的时候，后面伊尔汗国的追兵已经赶到，先夺了查哈王国前线的粮库和武库，将大批粮食和武器运往自己的都城。同时，命令士兵紧紧拖住查哈王国回撤的士兵。当查哈王国回撤的士兵匆匆忙忙进入惊惶谷的时候，独角娃已经在山谷的两侧安排了一军人马，等待查哈王国回救的军队。山头上突然滚木狂奔而下，巨石飞奔而去，火箭已经射向谷底的火药，点燃干松针和茅草，顿时烈焰熊熊，硝烟四起，战马嘶鸣，人声鼎沸，哭叫声响成一片。查哈王国的兵士被砸死、烧死、射死无数，余者皆被俘。

独角娃已经亲自带兵前去攻打查哈王国的都城，查哈王国国王和群臣对突然冒出的伊尔汗国大量的士兵吓得手脚瘫软，急忙关闭四面的城门，准备死守，等待前线的士兵前来解救。此时正值春季，护城河中水位下降，水面结冰还未解冻，护城河已经失去防卫功能。夜深人静之后，独角娃命令士兵声东击西，从背后的下水道悄悄潜入城中，夺取一道城门，攻占了查哈王国都城，俘虏了查哈王国国王，查哈王国正式灭亡。

独角娃安排接收查哈王国都城，安抚了城中百姓，一切妥当，率领兵士，押运着俘获的战略物资，还有查哈王国国王及其王室人员，以及制造惊天雷的工匠，浩浩荡荡赶回伊尔汗国。

伊尔汗国国王早就得到独角娃将班师回朝的消息，率领群臣出城三十公里，筑台沐浴焚香迎接独角娃。独角娃此刻已经成了伊尔汗国和查哈王国的英雄和神人。关于独角娃的神奇传说，各种版本大行其道。独角娃不骑马，也不坐车，马和车都让给了伤员，他只是走在队伍前面，一门心思地想着前往东海的计划。当独角娃抵达伊尔汗国国王迎接的台上时，伊尔汗国国王感激之情使然，噗通一下跪倒，说道：“你在关键时刻拯救了伊尔汗国，请受我特殊一拜！受伊尔汗国黎民百姓一拜！”

群臣看到国王跪下，也跟着一齐下跪，齐刷刷一大片。只有巫师曼吉克还站在台上的一角视而不见，思绪涌动，联想翩翩。

独角娃急忙扶起国王，说道：“善待百姓，管好群臣，休养生息，造福四方，这才是我最高兴的事情。给一方百姓带来安宁也是我的职责所在呀！”

伊尔汗国国王瞅了一眼查哈王国国王，立即下令将查哈王国国王及其王室人员关入大牢，听候处置。

伊尔汗国都城张灯结彩，一改往日死气沉沉的局面，逃离都城的百姓又返回都城，人声鼎沸，歌声四起。人们看着独角娃，不由得啧啧赞叹，只有小孩还在说他是妖怪。巫师曼吉克地位比较高，只跪天地，连皇帝面前也不用下跪。站在远处的平台上，孤独地看着凯旋的独角娃，心里一阵难受，狐疑的眼光滴溜溜地转动着，一门心思地想着计谋。

玛珞公主经过几天的疗伤，内伤已经大愈，虽然水色不如以前楚楚动人，但脸上还是充满难以抑制的高兴，看着眼前的独角娃，此刻更多的是崇拜和敬畏，后悔当时的莽撞和无知，佩服父王的独到眼光。当然，独角娃可能成为自己心爱的意中人，她显得有几分满足和一丝丝的忧伤，这种忧伤连她自己也说不清究竟是为什么。

伊尔汗国国王已经为自己的千金玛珞公主安排好了婚期，就在十天之后，也就是先祖开国纪念之日，又是本朝吞并查哈王国之时，加上公主的

成婚大喜，可以算是三喜并一喜，举国欢庆，大赦囚犯，开仓放粮，与民同乐，开创和平盛世。

独角娃听到这个消息不啻五雷轰顶，踉踉跄跄难以站立，不知道如何应对眼前的麻烦。还有一个更可怕的尚未宣布的消息，在玛珞公主成婚百日之后，伊尔汗国国王将把王位传给爱婿独角娃。独角娃一声叫苦，在静静地思考着如何推脱的计谋。

眼看着婚期将近，独角娃已经被推到火山口，成为举国上下关注的焦点。远方邻国看到伊尔汗国轻而易举就吞并了强大且拥有惊天雷的查哈王国，都想来示好，目睹伊尔汗国的最大功臣独角娃。前来朝拜的邻国使节队伍充塞街道，都想听听独角娃的演说。独角娃进退维谷，一时无计可施。

虽然经历了战争的浩劫，但是皇宫中筹备婚礼的奢华一点都未减少，反而觉得经历了战争的痛苦，需要喜气来冲一冲，婚礼就变成了眼前最重要的一件事情，弄得反而更加奢华。整个皇宫的人员都动员起来，决定操办一个惊世骇俗的豪华婚礼。

只有巫师曼吉克忧心忡忡，被独角娃踢中的腹部还隐隐作痛，此仇不报枉为通天人。国王亲自召见巫师，询问公主大婚日子的事情。巫师引经据典，旁征博引，说玛珞公主的婚姻是金玉良缘，但需要对公主和独角娃进行一场婚姻测试仪式。如果双方都能成功，婚姻将会美满幸福，否则，公主将会遭受厄难，会遭天谴，有被别的女人取代的命运。

这句话真的说中了国王的痛处，这是国王最忌讳的事情。玛珞公主一直是他一生的依靠，是他的心头肉，他可以承受痛苦，但公主绝对不能遭受如巫师所说的厄难。不妨相信巫师曼吉克的言语，就由巫师作进一步考察、甄别，或许将会带来更多的好处。

进行金玉良缘的测试仪式就设在御林军训练场上，在百米开外高高地悬挂着一个并蒂金环和玉环，还准备好两只喜箭。独角娃和玛珞公主分立两旁，就等待巫师曼吉克下令，准备将喜箭分别射入金环和玉环。玉为皇家御用之物，是高贵、美德的象征，玉环当然只能归属玛珞公主洞穿的对象。

巫师曼吉克一声令下，先由玛珞公主执箭，拉满弓，聚精会神，后面悬挂着一丝红绸的喜箭飞一般射将出去，红红的丝绸飘荡着，箭头不依不偏，正正地穿过玉环中心，红绸悬挂在玉环上，台下一片欢呼，赞美之词不绝于耳。

轮到独角娃了，众人的目光聚集到独角娃的身上，还有很多外国使节。独角娃此刻心事重重，不知道该不该将喜箭射过金环，和玛珞公主比翼双飞，击败别有心机的巫师曼吉克。独角娃扫视了一下弓和箭，看起来和公主刚才使用的没有什么两样。凭着独角娃的箭术，洞穿金环没有什么难事，金玉良缘的美好结局将会呈现在众人眼前。

巫师曼吉克眼光转动着，猜测着独角娃的内心世界。独角娃慢慢地拿起弓，将带着红绸子的喜箭轻轻搭在弓上，然后猆劲拉满弓，瞄准百步之外的金环，嗖地放出箭去，带着红绸尾巴的喜箭吸引着众人的眼光，划出了一道美丽的弧线，金玉良缘的美好开端就要呈现在众人眼前。一阵大风吹过，箭擦着金环外边缘撞落在地上，并没有众人预料的结果——洞穿金环。独角娃低下头，不敢看玛珞公主，生怕玛珞公主伤心落泪。巫师曼吉克急忙顺势敲响锣鼓，用沙哑的音调高声宣布："喜箭坠地，金玉无缘"，然后头也不回准备离开训练场。

国王一下站起来，看了独角娃一眼，然后把眼光投向走下台子的曼吉克。虽然对独角娃的长相不甚满意，但独角娃是国王眼中的综合条件最满意的人选。此刻的结果完全出乎国王的意外，面对百官朝贺，使节来访，一时不知道如何是好，满脑思索着如何补救的措施。玛珞公主一时懵了，原本想着水到渠成，此时竟然是如此结局，只是呆呆地看着独角娃，顿时满眼溢出了伤感的泪花，一时不知如何表达心里的百般痛楚。

场外鸦雀无声，被众人捧为神人的独角娃，竟然在如此的人生大事上犯如此低级的错误，眼看将成为驸马爷的好事可能成为泡影。只有空中摇摇晃晃的金环熠熠发光，传递着一种无奈的伤感。巫师曼吉克此刻最开心，通过神的意志来决断两人的婚姻，只要稍微做一下手脚，既可报仇又可拆散两人，一箭双雕，一石二鸟。

国王看着离开的巫师曼吉克的背影，莫名的愤怒油然而生，要想挽回颓势，唯一的办法只有把责任推卸到巫师身上，于是大叫道："拿下胆大妄为的曼吉克，竟敢在此做手脚！"

已经走出几十米远的巫师曼吉克急忙停下脚步，转身噗通跪下求饶道：“请陛下饶命，我只是代表神的旨意，好想促成公主的圆满婚姻，但苍天为大，得此结果，实属无奈，还请陛下开恩！”

国王回想巫师曼吉克以前的所作所为，特别是比武场上他要杀独角娃，反被独角娃踢中腹部。而后自己力排众议，任命独角娃担当兵马大元帅，力挽狂澜，剿灭入侵的查哈王国。国王想起这些，真的对独角娃不公，不由得大吼一声：“拉下去斩了！”

国王的这一吼非同小可，原本想狡赖的曼吉克进一步求饶道：“我只想搅散这门婚事，报独角娃踢我一脚之仇，在箭头上做了一些文章，请陛下看在老臣多年忠心耿耿的面上，网开一面！”

国王原本只想恐吓一下巫师曼吉克，让其背一下黑锅便罢，不想他真在这件事上做了手脚，哪里肯听他的求饶，气急败坏，挥挥手说道：“等婚事办完之后定斩不饶！”说完，几个卫兵将巫师押入大牢，等候日后发落。

独角娃看着伤心欲绝的玛珞公主，不知道该怎么安慰她，只是干着急，看着先前狂野无比的公主此刻也为情所困，不禁怜香惜玉起来，想方设法安慰公主。可男女有别，不善于言辞的独角娃不知所措，几次心头涌动的话到了嘴边便自动消失，只有深情的眼光里透出无限的真情。

巫师曼吉克缔造的一场荒唐的婚姻测试仪式草草收场，虽然在关键时刻被国王力挽狂澜，但是多少还是留下一些消极影响。本来理应完美的结局也因为曼吉克的设局变得迷离起来。只是国王心里明亮，自己选定的驸马人选容不得玷污——板上钉钉，已成定局，很快就要昭告天下，大喜之日即将来临。

玛珞公主心绪复杂，原来喜欢蹦蹦跳跳的她，现在也躲在自己的闺房中，只有进进出出手捧绣品的宫女不断前来征询她的意见。她很认真，都进行了一一挑选，逐件敲定。然后关上窗子，面对着天花板发呆。

独角娃更是心绪烦乱，短短的这么一段时光，就经历了如此繁杂的事情，内心已经感到有些疲惫。特别对于婚姻一事，这不是出于自己的愿望，想要安全逃避又不伤害对方情感实属难事。几天来的折磨让他身心两伤，几次想找国王说清楚可还是难以痛下决心。眼看婚期将至，心中浮动的涟漪已经演变为巨浪，只有鼓足勇气走向国王的行宫。

国王正在宴请各国前来朝贺的使节，气氛友好而和谐，谈笑风生，时不时开开玩笑，仿佛就是老朋友间的聚会一样，这是前所未有的融洽。虽然不同的发型、不同的装束、不同的肤色、不同的语言，此刻已经完全融为一体，伊尔汗国国王成为了众人的焦点。伊尔汗国国王精神饱满，器宇轩昂，声音洪亮，不卑不亢，游刃有余地回答着各国使节的提问，幽默而带有玄机的回答意味深长，引得使节们哄堂大笑而又思考半天。最后各国使节只有一个共同的请求，只想见一见伊尔汗国的神人独角娃。国王无法拒绝大家强烈的愿望，只好打发人前来召唤独角娃。

独角娃在宫外等待了很久，还不见国王发出召见的命令，心里感到不甚畅快，准备择日再来。不想刚一转身，国王的旨意便到，只好跟随侍从进入宴会厅。各国使节向独角娃投来了异样的目光，其实已经有部分使节在御林军训练场看到过独角娃的真容。喜箭未洞穿金环的事情大家还记忆犹新，只是无法把眼前的独角娃和打败查哈王国的神人相提并论，好在独角娃的频频点头和流利的言语以及机智的回答还是扫除了使节对他的怀疑。国王看着独角娃头顶上的长角有些不太舒服，可是独角娃的才智又一次征服了国王挑剔的眼光，不厌其烦地拉着独角娃一一向使节们介绍，满意的微笑荡漾在心头。独角娃很快将成为驸马，后继有人了。

各国使节离开之后，国王回到了自己的寝宫，需要短暂休息。独角娃已经不容多想，直接跟到国王寝宫，表达了自己身负使命，要前往东海的意愿。

伊尔汗国国王面对窗口，看着千山万壑，思绪万千顿时涌上心头，好不容易才找到的自己的臂膀，此刻又要即将离去，来得突然的打击使他坐卧不安。如今才剿灭查哈王国，还有局部的乱局尚未完全平定，安抚百姓、郡县重划、土地改革、奖励耕织的政策尚未落实。战争后的诸多事情他难以担当。原本百日之后把王位移交给独角娃，好真正享享清福的想法尚未实现，自己又要独自支撑未来，感到有些茫然。可是独角娃的诉求也有道理，男儿有志在四方，这样的想法又怎么能阻挡？玛珞公主怎么办？怎么向举国人民交代？这些问题一时交织在一起，国王病倒了，患起疟疾，一时理不出头绪来。

国王反复交代独角娃，要去东海的计划暂且保密，不能告诉玛珞公主。独角娃也不好此时离开伊尔汗国，只好和玛珞公主一道处理国家事务，理出了很多改革措施，并一一实施。短短几个月，伊尔汗国就呈现出前所未有的国泰民安的景象。杀了危害一方的恶霸团伙。对土地进行了改革，实现耕者有其田，废除了土地分封制，收归国有，国家统一分发各类种子；健全了法制，加强了执法力度；任用了一批有德的年轻人才，整个国家开始有条不紊地运转起来，安定局面也已经呈现出来。

国王看到了独角娃雷厉风行的治国方略收到了如此好的效果，心情逐渐开朗起来，病也不知不觉痊愈了，只是实在不忍心让独角娃离开，自己已经逐渐衰老。王位传承的传统模式国王觉得应该有所更改，不应遵循古制。虽然自己没有儿子，但也不应该传给自己的扶不起的哥哥弟弟，或者侄儿男女。有待一日，独角娃将是最佳人选。

玛珞公主已经无法离开独角娃了，相处日久，情感更深，情感交融，更多地进入了独角娃的内心世界，仿佛独角娃头上的角已经不复存在，俨然是一个如意郎君。一日不见如隔三秋，时不时找借口来看一下独角娃，方觉内心安静一些，甚至还讨教一些古代兵法谋略。同时，玛珞公主为了缩小和独角娃的差距，开始研习起用兵方略来，还不断抽空研读《道德经》。爱情的力量看来是多么强大，完全可以改变一个人的内心世界和所作所为。

国王借生病之故拖延婚期，好给玛珞公主和独角娃一个思想上的缓冲期。玛珞公主浑然不知，只有独角娃心里明了其中的缘由。

夏天已尽，初秋将至，看来又是一个丰收的好年景，堆满金灿灿的稻谷如小山一般。独角娃又来到了国王的寝宫，探望国王的病情。国王的健康已经无忧，经过长时间的疗养，红润的脸色再次使独角娃下定决心前往东海。国王欣然应允，可是玛珞公主难以承受打击，昏昏然躺在床上，不允许任何人进入，包括国王本人。情况变得相当糟糕，国王生怕玛珞公主有所闪失，只好在公主闺房门口来回守候。

就这样延续了三天，玛珞公主焕然一新，出现在众人面前。只是通红的眼睛难以掩饰内心的痛楚，有些失魂落魄的样子招人可怜，但其坚强的性格还是占了上风，仿佛没有什么事似的。玛珞公主来到了独角娃的身边，就像往常一样，不声不响地坐在独角娃的旁边，静静地看着独角娃的脸庞，仿佛在鉴赏心爱之物一样。

约摸十分钟的光景，玛珞公主终于忍不住说道：“你真的要走?”

对于突如其来的提问，独角娃没有任何心理准备，但内心的纠结使他痛苦异常，咬了一下嘴唇说道：“远行东海，吾的本意，在此停留，纯属意外，任务已经完成，我还得践行我的誓愿。”

玛珞公主有些痛苦，看来独角娃好像对自己不在意，难怪父王迟迟不肯为自己操办婚事，其中定有蹊跷。父王就是不寻常，多倾听父王的意见，肯定不会有错。但心有不甘，于是又试探道：“你在此也已经停留了半年有余，是以驸马的身份留在此地，难道说走就走，留下我和父王独理天下?”

独角娃早就想到这天迟早要到来，如何面对直到今日都没有一个合适的答案，痛苦得不知如何是好，只好说道：“能不能给我一段时间，让我达成我的心愿，我再回来!”

“只要心在此地，这里永远是你的家，就如放飞的鸽子，无论多么遥远，迟早总要回到故居；心不在此，宛如断线的风筝，有去无回，即使意外落回，回来何用?”玛珞公主也不客气，有些很直白地说道。

独角娃抬头看了玛珞公主一眼，仿佛自己的内心世界被玛珞公主洞穿一般，感到有几分痛苦，又有几分委屈，倏尔抬起头来，严肃地说道：“公主殿下，你误解我啦!”

玛珞公主眼睛睁得大大的，几丝红红的血丝清晰可见，定定地望着独角娃，听听他的辩白。

“公主殿下，我不想作更多的辩解，你的父王独树一帜，给了我人生施展才华的平台，我已经在这个平台上彰显了我的风采，赢得了你和你的父王的赏识和尊重，不计较我长相上的缺陷，我已经很高兴了。更重要的是，表面上看起来是为国王做事，实际上我心中更多地想着百姓，百姓才是一个国家的根本，我是在为黎民百姓做事。”独角娃一口气说完，心中压抑的话语就如射出去的子弹一样，顿时感觉压力减小了，舒缓了一些。

这些道理玛珞公主明白，此刻她需要的不仅仅是这些话语，对独角娃所答非所问的言语不甚满意，还有比这更重要的秘密才是她最渴求的。于是她扬了一下头说道：“你还会回来?”

“肯定!”独角娃回答道。

“能给我一个你还回来的可信理由吗?”玛珞公主进一步问道。

“有这个必要吗?”独角娃轻描淡写地反问道。

“不说也罢，天阔任你飞，地广凭尔游，无牵无挂，云游四海，实属无情无义!”玛珞公主带着几分挖苦的口吻说道。

独角娃被逼到无奈的边缘，涨红着脸说道：“说实话，我最难释怀的就是你，你对我的关怀就如初春的阳光，不知不觉就触发了我对异性情感芽孢的萌发。还有一直把我当人看，不认为我是妖怪的国王，我至死不会忘记，我能停留下来，首先是为了国王和黎民百姓，而后才是在相处中逐渐建立感情的你，你是最后让我在此长久驻足的神奇力量!”

玛珞公主幸福地闭上眼睛，一滴幸福的泪花绽放出来，探到自己想要的秘密，一种满足的情愫终于使内心趋于平静，然后说道：“这就够了，我等待这个答案已经很久了，好男儿志在四方，我准备放飞你，让你回到你要实现大志的世界中去。给予你博大的天空，你才能在天空中翻飞成熟。当你归来的时候，你的心才真正隶属于这块沃土，有一种归属感。我愿意等待，我愿意等待你的回归。我只提醒你一点，你的身份已经是驸马!”玛珞公主指指眼前广袤的土地，然后又指着独角娃的心。

独角娃不知道说什么好，看着眼前的玛珞公主的指指点点，每一句话都说到自己的心坎上，孤独的心突然找到了家，找到了温暖，回想孤独地度过的岁月，此刻的幸福就如汹涌的洪流一般，使他有些颤抖。

玛珞公主看在眼里，为了缓和眼前的尴尬，平静地说道：“当父王告诉我你要远行的时候，我的心碎了，把自己关起来，滴水未进，眼睛不眨。经过三天三夜的思考，我好像人老了，心成熟了，一切就取决于你的心境。在来你这儿之前，我到父王为我们准备好的结婚殿堂中，流着泪抚摸着我亲自精选的结婚用品，我不知道是怎么走出来的。但此刻，我真的很满足，至少你还给我留下幸福的情愫!”

第二天，当初秋的太阳升起来的时候，也是独角娃又将再次踏上前往东海征程的时刻。由于独角娃在伊尔汗国扮演着重要的职位，只有国王和玛珞公主知道独角娃要远行。国王要派百名精兵护卫，被独角娃拒绝了。

国王只好送给独角娃黄金百两，也被独角娃拒绝了。独角娃只带了一套羊皮马夹和原来的行装。国王乔装改扮，悄悄把独角娃送到东城门外。玛珞公主带了两名贴身侍卫，乔装改扮，一路把独角娃送到三十里外的杨柳桥。

此时已至正午，这几天正值被民间称为秋老虎的天气，阳光格外酷热，热得几个人都难以承受。只有独角娃冷静无比，又将面对遥远的旅途，心中就充满了孤独的忧虑，也没有感觉天气有什么异样。玛珞公主已经大汗淋漓，红扑扑的笑脸上透出茫然失措的神色。一阵秋风来，万条快要落叶的柳枝飞舞，好一番悲秋的离别惆怅，随即张口羞涩地顺口吟道：

柳条飞，秋风吹，
茫茫四野路难寻。
古桥栈道泪成堆，
郎君远行何时归？

杨柳桥的另一面，是一望无际的芦苇，已经有几分枯黄，在微风的拂动下，摇摆不定。独角娃听到玛珞公主的伤感心绪，也应该有一个回答，才对得起她的这份深情。应对道：

芦荻黄，秋水寒，
浩浩九州大志扬。
楚河汉界桥相连。
孤雁远去会回还。

玛珞公主对独角娃的回答不甚满意，但在这即将分别的时刻，能得到肯定的答案也算有了一个盼头，只是何日是归期使她心绪更加惆怅，不觉又疑虑重重。

几行大雁鸣叫着从天空中掠过。玛珞公主泪水涟涟，已经有些不能左右自己。然后拔下头上的玉簪，递给独角娃说道：“一路孤独，留作念想！我们初识时拔剑相向，你拔下我头上的簪花愚弄我，我至今还历历在目。今日我送你羊脂白玉玉簪，免得你在以后再次相见的日子又要拔下我的簪花。”

独角娃带着几分羞涩傻笑了一下，摸了一下自己的口袋，发现没有什么东西可以送给玛珞公主，顿时惋惜父亲留给自己的在渡河时丢失的宝龙长剑，此时此刻是多么遗憾呀！他还有宝灵弓，已经跟随他好远的路程了，也顾不得这么多了。这么一位亭亭玉立、多愁善感的玛珞公主，让独角娃情不由衷地说道：“这是我的义父送给我的宝灵弓，功力神奇，百发百中。你我都是习武之人，留给你作纪念吧！”

玛珞公主毫不客气，顺手就收下了独角娃的宝灵弓，笑呵呵地说道：“算你还是有心人，至少了却了我的一桩心愿。一看这就是一张宝弓，我早已垂涎三尺，就等你这句话。在你返回伊尔汗国之前，我将用这弓练就十步穿杨的本领，好给你一个期望。只是我拿走了你的宝灵弓，你可就没有弓可用了。我送你一张与你的身份相符的弓——游子弓，这张弓最大的特点是轻巧，可功力强大，适合你远行。”

玛珞公主使了个眼色，侍卫把游子弓递给了玛珞公主。玛珞公主亲自把弓挂在了独角娃的臂膀上，深情地说道：“我曾听父王说过，东行五百里，有高山密林，那里有食人族，你可要多加防范！这张弓定能保你平安抵达东海。”

玛珞公主说着说着眼眶就湿润了，只好不住地用手绢抹泪。

独角娃也难以承受如此的气氛，泪水在眼中打转，挥挥手算是告别，一个劲往漫漫无尽头的东方挺进。

第十三章　丛林深处路难寻　食人族里偶复活

独角娃在皇宫中生活了半年有余，生活方式发生了极大的变化，吃穿用都不愁，富足的物质生活使他有了几分惰性。此刻才走了一个下午，就显得有些力不从心，心猿意马，思想有些左右动摇，不禁思念起玛珞公主来，气就泄了一半，只好坐下来休息。而后看到碧水晴空剑，才又把霸下的嘱托放在心上，重新鼓足勇气，继续往前赶路。

天气变化异常，一会儿大雨，一会儿起雾，一会儿又艳阳高照，阴晴不定的天气容易让人难以适应，甚至会生病。

独角娃夜晚就住在一个破庙里，这已经算是一个不错的选择了。独角娃带的干粮足可吃上两三天，用不着到处找食。庙中斑驳的佛像前铺了厚厚的一层干草，便于朝拜的香客下跪磕头，早已被踩得细碎，可惜虼蚤太多，难以下脚。独角娃已经在安逸的皇宫中停留了几个月，饭来张口衣来伸手的日子有些助长他的惰性。今夜突然回到以前的岁月，翻来覆去总觉得很难睡踏实，加上虼蚤的不断叮咬，有些心烦意乱，不禁有些迷恋起宫廷生活来，与佛同宿的生活已经有些不大习惯了。他使劲掐了一下自己，警醒自己千万不能出现精神上的懈怠，否则将会很可怕，自己给自己鼓足力量之后，才迷迷糊糊地睡去。

半夜，独角娃突然被一阵窸窸窣窣的声音惊醒，火把照得破庙明晃晃的，八个长满横肉的强盗把他从稻草上拉了起来，拿着大刀架在他的脖子上，一个劲地大喊着要他拿出金银财宝来，否则就地处决。独角娃反复说自己没有任何钱财，看着独角娃这身得体的宫廷打扮，几个强盗哪里肯信，拿起他的包就要里里外外搜寻。独角娃看着并不在意，他知道自己出门本来就没有钱，更不带什么财宝，已经习惯于苍天为被大地为床的日子，渴了喝江河水，饿了食百果，带钱何用？

几个强盗哪里肯信，翻遍了包裹，结果什么值钱的东西都没有搜到，感到万分失落。最后准备把包倒过来一倾而空，看看有没有意外之喜。只听见哐噹一声，好像有什么东西掉了出来。强盗取过火把一看，金灿灿的光芒使八人顿时目眩，就连独角娃也感到极度意外。原来是一块金砖，足有五十两重。意外之财喜得八个强盗一阵狂跳，都争抢着一睹金砖的真容。独角娃也感到一阵纳闷，哪来的金砖？原来就在离开伊尔汗国王宫的时候，独角娃拒绝了国王赠送的金条。玛珞公主却在独角娃的包裹的夹层中偷偷塞了一块金砖，准备留给他作特殊之需。不想这么一块金砖反而留给了这几个强盗。独角娃气不打一处来，几次想一跃而起，杀了这几个强盗，可是财乃身外之物，自己也没有用处，拿去也罢，免得见血光之灾。

几个强盗抢到了金砖，高兴得手舞足蹈，叽叽咕咕地商量着要找一个地方喝酒，点着火把准备扬长而去。殊不知一个强盗回头一看，独角娃的游子弓无比精致，发出的炫目光彩不觉触动了他的邪念。立刻弯腰拿起游子弓，顺手牵羊也算一份意外的收获。独角娃气得毛发直竖，此乃玛珞公主赠送给自己的宝贝，怎能容得这个毛贼玷污，攥紧愤怒的拳头，血已经涌了上来。

强盗拿着游子弓还未走出两步，独角娃大喊一声，震慑庙宇。几个强盗先是颤抖了一下，而后仿佛凝固了一般，木讷地回头看着独角娃，一时失去了想法，不知道如何应对。

独角娃一个扫堂腿，将后面一个强盗重重地放倒在地，顺手夺回了游子弓，挎在肩头。倒下的强盗半天没有回过神来，发出一阵阵痛苦的呻吟，强忍着剧痛慢慢站起来。其余几个强盗反应过来之后，哪里容得独角娃如此放肆，一齐举起大刀，从几个不同的方向向独角娃砍来。独角娃急忙解下游子弓，挡了几个回合之后，一个金蝉脱壳绕到佛像之后，一个千斤神腿功，正中其中一个强盗的胸口，立时倒地气绝。其余七个强盗看着自己的兄弟倒下，怎容独角娃在他们的地盘撒野，追逐着独角娃就是一阵剑削白菜一般狂砍。

独角娃气愤填膺，借着黑夜的漆黑，三步两步跳到庙门口，来了个童子拜观音，堵住了庙门。对着追来的强盗一弓劈将过去，又一个强盗顿时脑袋崩裂，肝脑涂地。其余六个强盗见势不妙，知是遇到强手，看到已无出路，再强斗下去只有死路一条，一齐噗通跪倒在地，捧回金砖，请求独角娃饶命。独角娃正在气头上，对着几人的后背和屁股用游子弓就打将过去，打得六个强盗哇哇直叫，不住求饶。直到几个强盗发誓痛改前非独角娃才作罢。最后，强盗背着两具尸体，摇摇晃晃走出破庙。

强盗前脚才走，独角娃后脚就跟着离开了破庙，消失在茫茫的夜色之中，生怕强盗又纠集更多的人前来找麻烦。

经过昨夜的折腾，第二天独角娃显得有些疲惫，在路上走走停停，停停走走。好在是下坡路，顺着羊肠小道逶迤而下，不需要多少脚力。天气显得越来越湿热，就如蒸笼一般，每走一步，就有一种透不过气来的感觉。独角娃每天不过行走百十里路，已经感觉筋疲力尽，脑袋疼痛难耐，混沌一片。

五天之后，独角娃终于看到了突兀的高山上的郁郁葱葱的丛林，漫山遍野没有尽头。玛珞公主的警告又反复回荡在耳际，食人族难说就栖息在这样的丛林里，扰得他寝食难安，只好加强了几分戒心。靠近丛林的几十公里地段早就没有人烟，就连路径也难以找到。已经长满了荆棘，每前进一步都要付出沉重的代价。

刚刚抵达丛林边缘，独角娃在近乎垂直的高耸的岩石下稍作小憩。在岩壁上，独角娃发现画了骷髅头骨的警示壁画，头骨的一只眼睛中还流出殷红的血来，骷髅头骨下是两根交叉的股骨，其中一根股骨的一端还挂着一把匕首，看起来让人毛骨悚然。想起在离别时玛珞公主所说的食人族，在此刻此景更让人寸步难行，更不要说还要跨越这座乌云缭绕绵延千里的神秘的高山。

这片丛林是必经之路，独角娃已经顾不了这么多，反复查看了羊皮地图，只有翻越高山丛林才是最佳路线。独角娃顺着山上树木相对稀少的缺口往上爬，树木稀少一些一般不会迷路。他边走边用碧水晴空剑开路，削去挡道的荆棘灌木，行进速度比较缓慢。蚊虫很多，咬得他遍体鳞伤，一阵阵的瘙痒使他很难受。丛林中还有五颜六色的青蛙，独角娃曾经在武林剑谱上看到制作毒箭的一种方法就是使用青蛙的毒液，涂抹在箭头、剑口和标枪头部的位置。毒素一旦进入人体，必死无疑。独角娃只好一手执剑，一手拿了一根树枝，不断地敲打着灌木，驱赶毒蛙让道。

成功跨越了第一座丛林山峰之后，下坡路变得更加困难，想要尽快下到谷底必须要钻过荆棘丛。天气格外湿热，独角娃喘不过气来，仿佛整个丛林的树木都腐烂了似的，混合着难闻的气体使他感到一阵阵想呕吐。炎热的天气使他没有一点胃口，一天几乎都没有进食，只有不断地喝水。每次呕吐只吐出了一些水而已，但五脏六腑如翻江倒海，走起路来踉踉跄跄，倍感难受，昏昏沉沉的感觉使他随时都有倒下的可能，难说在遮天蔽日的原始丛林中永远失去生命。

要想逃离这种瘴气，只有尽快寻找稍微开阔的地带，只要有适当的微风吹拂，瘴气将不会使人丧命。独角娃只好往开阔的地带移步而去，这可是多花了不少工夫。不知不觉就来到了一块山头背部的平地上。他坐下来，准备休息一下，这里树木稀少一些，可以看见天上疾驰的白云。空气变得清新了一些，不再如死尸一般难闻。他的头脑还是昏昏沉沉，想靠着树干睡上十分钟，可以使头脑暂时舒缓一下。

独角娃就靠着大树，迷糊了不到十分钟，一骨碌爬起来，准备前行。当他爬起来的时候，他才惊讶地发现，脚下布满的是人骨头，东一堆西一堆，有头骨、指骨、肋骨、股骨等，有些骨头看起来上面的残留肉还未风干，一群群蚂蚁正在啃食着残肉。他这一惊非同小可，头脑不再懵懵懂懂，瞬时紧张起来，握紧剑，眼睛扫视着眼前的一切。这块平地看起来是食人族聚会的场所，在原始丛林中算是难得平整的地方，还可以看到一片蔚蓝色的天空。在平台的一端，还有用石头和骨头摆成的奇形怪状的图案，其上有斑斑驳驳的血迹，足可证明是杀人和祭祀的场所。独角娃一刻也不敢停留，必须尽快离开这个死亡的地带。

正当独角娃准备转身离开的时候，一阵不紧不慢的脚步声惊动了他，他往有声音的方向看去，看到了几个人影正向他这个方向走来。他来不及多想，急忙神不知鬼不觉地藏到场边不远的一个树洞中。大树较粗，已经被白蚁蛀空，独角娃可以完全掩藏在其中，还可通过一个小孔看到整个场子上的活动情况。

野人刚好返回，带着几只卷尾猴、两只野猪，最恐怖的是还反绑着两个壮年野人，被推推搡搡往场子中央走，这可能是部族间交战的战利品。没过多久，就生起两堆大火，老老小小的食人族就围着火堆又跳又唱，身上装饰的獠牙和羽毛看起来很恐怖。食人族先将几只卷尾猴和野猪烧熟了，每人分了一块，人口众多，似乎难以填饱肚子，准备对抓来的两个壮年野人俘虏下手。几个年长的野人围坐在一起，叽里咕噜地说着什么，而后对着一个方向朝拜，挥动着明晃晃的刀准备斩杀战俘。突然，有个野人从场外急匆匆地跑来，在年老的野人身边嘀咕了几句，整个食人族顿然一阵惊呼，不知如何是好。整个部族只好转身顺便将两个野人战俘捆在树上，用草疙瘩堵住嘴，然后挥动着各种武器朝树林深处冲去。整个场子顿时安静下来，只剩下两个野人俘虏一阵阵低泣，有气无力，时不时抬头无助地向四周张望。

独角娃容不得多想，乘此机会一下跃出树洞，冲到野人俘虏前。两个野人听到脚步声，睁开绝望的眼睛，看着眼前从未见过如此装束的独角娃一阵纳闷和惊恐。独角娃手起刀落，砍断了俘虏身上的绳索，也不管两个俘虏能否逃脱，他便急匆匆地消失在幽暗的丛林中。

看到刚才的一幕，让独角娃吃惊不小，玛珞公主的话不时响在耳畔。独角娃有一点是明白的，要想尽快逃离这个充满死亡的地带，必须要顺着水流而下，一般距离将会最短。可是往往有水流下泄的地段，又是最惊心动魄，充满险要的地方。

经过了一段平缓的顺流而下的丛林，山涧中突然传来淙淙的水流声，印证了独角娃先前的推断。独角娃预感到眼前可能就是飞瀑，往往有飞瀑的地方就是地势险要的地方，要想跨越飞瀑，又可能需要绕几天的路程。独角娃想起这些，心里就一阵阵紧蹙起来。丛林里的瘴气已经几度使他昏厥，眼前又要跨越悬崖上的飞瀑，实在是痛苦异常。

独角娃慢慢顺流来到了飞瀑的山涧边，水流飞下三千尺，白练落地需九天。一道七彩虹横跨在山涧两边，两头就插在原始丛林之间。震耳欲聋的瀑布跌落声不绝于耳。独角娃站在岸边发呆，这道天堑将会毁了一个人的坚强意志，如何跨越这道险要，独角娃心里正在思索着，趁着食人族还没有发现之前逃离这片丛林。

看着白花花的水雾，独角娃感到有几分眩晕，一眼难以看到底部。他只好顺着山涧边缘，慢慢寻找下去的路。水汽太重，丛林中难以看得太远。他只好一步一步往前察看，希望尽快找到捷径。眼看夕阳即将坠落，只有在山涧飞瀑边再度过一晚，明日一早再作打算。只是一直担心食人族，独角娃还是在昏昏沉沉中保持着高度的警惕。似乎刚才在行进的地方发现了人的足迹，独角娃反复辨认，但看起来有些模糊，况且丛林中一会雨，一会晴，太阳快要落下显得更暗，已经有些难以看清了，只好索性置之不理了，反觉心里安生一些。

独角娃准备在悬崖边的岩洞中过夜，这里居高临下，易守难攻，而且有一些现成的石头，可以作为储备的临时武器，是一个绝好的过夜场所。没有食物，独角娃很难过，好在找到了足够多的松果，只要能吃上松子，至少可以临时补充一下体能。可是空气潮湿，找不到可以点火的可燃物，生火简直就变成了一门绝技，眼睁睁看着松果干瞪眼。独角娃只有不断地在搜寻着眼前的一切，对突然出现在眼前的鸟巢欣喜若狂。他如猴子一样几步就爬上树梢，取下一个鸟巢来。鸟巢中有些干燥的毛发、枯草和枯枝。独角娃轻轻划了几下打火石，浓烟逐渐冒了起来，一堆火终于熊熊燃烧起来。独角娃喜出望外，慢慢地将松果靠近火堆进行烘烤，紧张的心情顿时缓和了许多。

夕阳已尽，黑夜袭来，漫漫的长夜只有这堆火陪伴，已经是最好的驱散恐惧的法宝。火光引来了大量的蚊虫，让独角娃一刻也不得安宁，只好在洞中不断地拍打着吸血蚊虫；还有那可恶的青蛙，鸣叫声响成一片，宛如天籁中的自然之声，打扰着独角娃入睡。他不断地往火堆中添着柴禾，吃着烤干的松果中的松子。边驱赶着蚊虫边嗑松子，还算有所得，不至于让人无所事事。就这样挨着时光，一直到后半夜，独角娃才模模糊糊地睡去。

空山不见人，但闻人语响。独角娃睡了约摸两个时辰，丛林中传来哗啦啦的踩着枯枝的脚步声和低微的对话声，吓得独角娃一骨碌从睡梦中翻起身来。火堆因为没有及时添柴已经快熄灭了，只留下了几个微红的火炭还发出淡淡的光亮。独角娃看着黑漆漆的悬崖下，一些移动的黑点正朝悬崖上面窥探，似乎有几根竹竿正向他戳来。独角娃没有任何思索，左手执剑，右手顺手拿起碗口大的石头，使劲地向黑影投掷而去，只听见一声惨叫，似乎有一人已经倒下。独角娃不忙于进攻，因为他储备的石头只够他临时防卫而已。他只好贴着岩壁，不断变换位置，尽量隐蔽起来，不发出

任何声响，静静地观察着眼前的动静。又有一批黑影往这里爬来，独角娃定定地注视着眼前的一切，手中攥紧的石头只有近距离攻击才能体现出其价值。独角娃看准接近的目标，突然又甩出一块石头，正中最前一个人的额头。只听见一声嚎叫，划破天幕，滚落下去。黑影好像退后了几米，而后又在嘀嘀咕咕，似乎在商量着什么对策，预示着一场更大规模的反扑即将开始。

独角娃悄悄地将储备的石头移到自己的脚旁边，两眼注视着岩下的动静。奇怪，岩下的黑影慢慢分散开来，似乎很快就消失了，一场大规模的反扑并没有预计的来得那么快。独角娃思维比较缜密，食人族正面没有得到便宜，必然采取背面或者其他非常规手段的攻击。独角娃一声惨叫，食人族会不会从头顶的岩石上爬下来攻击，无论如何必须要做好防备，免得到时深受其害。

独角娃悄悄地准备了一支箭，取出游子弓，拈弓搭箭，探头往悬崖上方一看，食人族已经顺着藤蔓而下，眼看很快就抵达他所在的洞口。独角娃嗖嗖两支利箭，正中一马当先顺藤而下的两人的腹部。插入的利箭扎得很深，突然涌出的血水滴答滴答滴在岩壁上，两人受到突然的攻击，只好死死攥住藤蔓不放，以免跌落到悬崖之下。独角娃不忍心再放箭，只是观察着形势的变化。就这样对峙了不到五分钟，藤蔓上中箭的两人还是呼号着跌落到悬崖下，而后发出砰的一声沉闷的回声。

独角娃不敢再有任何大意，目光炯炯地看着眼前的一切，特别是悬崖上方的动静。他急速探出头去，而后又快速缩回。他一声惊叫，头顶上的藤蔓上就如猴子捞月亮一样全是野人，两串人一齐向他发起进攻。他背起弓箭，手执碧水晴空剑，从洞中的一侧绝壁上神不知鬼不觉地贴面绕到藤蔓的上面。突然发起进攻，食人族对突如其来的攻击防不胜防，都急忙退到一边去。独角娃手起刀落，斩断了藤蔓，藤上的野人就如断线的珠子纷纷坠落，不知道是死是活。独角娃不敢恋战，一个匍匐倒地，借着黑夜又无声无息地潜回洞中。

独角娃就靠着洞中的岩壁，两眼注视着洞外的动静，暂时的安静不见得是好事，但至少可以给独角娃有喘息的机会。东方已经翻起鱼肚白，岩石周围已经逐渐有了几丝透亮，模模糊糊地已经可以看清地面。独角娃探头扫视一下岩石下面。他一阵惊呼，除了昨晚从岩石跌落死去的野人之外，密密麻麻地站满了食人族，手中拿着木棍和吹筒，准备擒拿独角娃。

独角娃只好退回洞中，寻思对策，死亡的恐惧并没有把他击倒，孤注一掷为保卫生命而战的斗志反而激起了他的力量。他已经没有退路，只有崛起，否则，山洞就变成了他的坟墓。可是一人要对决一个部族，取胜的可能性几乎为零，但总不能等死吧。他做好了一切准备，就等待战斗的打响。天空已经透亮，食人族越聚越多，密密麻麻站立着就等待擒住独角娃这一刻。食人族最重要的法宝就是吹筒，只要小小一枚毒针，足可以摧毁任何强大的生命。今天也不例外，毒针将要毁灭独角娃，把独角娃变为部族的盘中餐。

数十只吹筒已经向独角娃伸来，进攻同时从四面八方像铁桶一样聚拢，收网也就在顷刻之间。独角娃容不得多想，先使用完所有的石头，然后是箭筒里的所有箭，如果不能奏效，就只有一条出路，变成食人族的腹中肉。独角娃使劲地投掷出几块石头，石头砸中的几率已经没有黑夜高，白天的效果明显差很多，投掷出去的石头还是致使两人倒下。

岩洞下叽叽喳喳的叫声此起彼伏，混合着飞瀑的响声，不绝于耳。独角娃无法听懂，只是拼命用剑挡落飞来的毒针，很难有间隙去攻击食人族。独角娃只有退守到洞中底部，但飞来的毒针还是像长眼睛一样，不偏不倚冲着自己的身体飘悠悠追来。来回挡落的毒针已经不计其数，洞中已经落下一层。这样防守也不是最佳策略，独角娃不断寻找空隙，甩出了几块石头，飞来毒针的数量瞬时减少了不少。他急忙拈弓搭箭，射出了几支箭，每一支箭都射中了一人，岩下顿时大乱，杂乱的叫喊声响成一片。独角娃顺势接着又射出了一批箭，岩石下倒下了不少食人族。眼看箭筒中的箭已尽，独角娃只好把最后几块石头投出去，暂时击退了食人族。

独角娃急忙跳出岩洞，和食人族展开最后一搏。实际上，食人族仅仅只是退守到五十米开外，以避开独角娃掷出石头的攻击。当独角娃侧身冲出山洞的时候，呼叫声响彻山谷，哗啦一下，食人族围了上来，和独角娃展开了多对一的决战。独角娃手中的碧水晴空剑威力四射，顿时削倒了好几人。食人族一看形势于己不利，急忙退到一边，纷纷拿起吹筒，对着独角娃就是猛吹，如牛毛，如花针，独角娃不断翻飞躲避，难耐飞针如雨，如何能避，身上瞬间就中了一枚，直挺挺地扎在腰上，顿时就感觉到手脚有些麻木，头重脚轻。

独角娃仗剑直立，急忙摸出阿盖娜送给自己的灵丹妙药百毒散，往口里吞服了一些，不知道是否有用，死马当活马医，然后摇摇晃晃地挡住飞来的毒针。就这样来回了几个回合，独角娃感到天旋地转，一头扎在地上不省人事，一场轰轰烈烈的战斗就这样无声地结束了。

食人族得胜了，一般中毒针的猎物无一幸免地死亡，只是挣扎的时间有所不一样而已。独角娃就被放在一个临时制作的藤蔓担架上，几个男子抬着担架沿着丛林小径逶迤而上，不一会就来到了独角娃昨天小憩碰到人骨头的平台之上。

独角娃就被放在平台的一端，同时还摆放着被独角娃砸死、射死的野人。食人族在平台的中央烧起了一堆大火，围着火堆又跳又唱，抑扬顿挫，声音传遍了整个山谷。这是食人族的祭拜仪式，先将捕获来的猎物交由上天享受，然后才归自己享用。今天食人族损失惨重，已经有多人非死即伤，捕获独角娃之后的祭拜仪式显得格外隆重，很多野人的脸还涂抹成花脸，各种图案异常诡异，来来回回地跳跃和叫唱着，一直持续了一个多时辰。

接下来的仪式就是享用独角娃的肉体。食人族的首领举起一把尖刀，准备把独角娃的心脏剖开，心脏就由首领独自享月，这是部族的多年的传统习俗长久以来赋予他的神圣权利。他反复在空中比划着祈求上苍原谅的动作，口里喃喃自语，或跪或立，万分虔诚。

独角娃被毒针射倒之后，已经没有任何知觉，直到一个多小时后此起彼伏的声音冲击，才渐渐地苏醒过来。看到眼前的场景，即使不中毒针，也难以逃离漫山遍野的食人族的地盘，不如就佯装死去，择机而起，或许还有一线生机。可是眼前的情况并不容乐观，当他看到食人族的首领的尖刀已经向他的胸部刺来的时候，好在他的身体没有被绑住，独角娃只有顺势一躲，然后直挺挺地站立，怒目圆睁，口吐舌头，俨然一副刚刚复活的样子。

独角娃的头顶上戴的高帽不知道什么时候掉落，裸露的独角直立，玉树临风的样子着实吓人。忙于祭拜的食人族哪里相信已经死去的猎物会复

活，这是从未发生过的事情。这些毒针都是经过特殊处理的，没有任何疏漏，有的毒针是用毒蛙分泌的液体浸过；有的则是使用一种见血封喉树的汁液蘸过。共同的特点是一经毒针扎入，结局是死路一条，没有例外。

突然直挺挺站立的独角娃对整个部族的惊吓非同一般，跳唱着的整个食人族顿时拜伏在地，祈求上帝饶恕，而后疯狂地逃离，生怕性命不保，口里不断发出惊惧的呼喊，漫山遍野偌大的一个部族瞬间消失殆尽，只留下独角娃和死亡的食人族死尸。

独角娃感到很奇怪，眼前空荡荡的，一片茫然。刚才还为生命的即将终止绞尽脑汁，现在又奇迹般地活下来，一个小小的生命休止符顿时转化为延长符。

独角娃容不得多想，急忙收拾行装快速离开，生怕食人族意识到真相后返回。眼前的一条金色的绳子吸引了独角娃的好奇，绳子做工精致，粗细适中，弹性十足，上面还有一些诡异的符号，只是长度稍微短了一些。独角娃来不及考虑，把绳子匆匆忙忙塞入包中，留待以后使用，至少不用到处寻找山草搓绳子。

经历了毒针的生死考验，独角娃尚未痊愈，头痛欲裂，行动有些迟缓。他一刻也不敢停留，生怕食人族醒悟过来，抱头鼠窜地顺着瀑布，懵懵懂懂地顺着山谷下去。

可是面对道道深坎，插翅难飞，绕道行走需要翻山越岭，何时才能走出崇山峻岭不得而知。独角娃只有拔了很多山茅草，然后搓成绳索，配合着金色的绳子，套在树上，逐渐向下靠近，翻越了一道道悬崖峭壁。毕竟悬崖太高，经常独角娃完成最后一跳，连人带绳子一同跳入水中，节省了不少时间。

经历了整整十天之后，独角娃才跨过茫茫的高山丛林，精神饱满地向东海又迈进了一步。

第十四章　龙宫亮宝群仙惊　东海对决夺宝贝

独角娃又花了几个月的时间，翻越了许多高山，穿过了众多河流，历经了艰难险阻，逐渐靠近了东海。羊皮地图越来越出现奇异的现象，除了准确显示这就是他日思夜想的东海之外，还发出怪异的响声，产生一股宛如钢铁受到强大的磁铁的干扰一样的暗力，一刻也不停歇。独角娃感到很迷惑，想不明白其中的奥秘。

东海的情况和他的想象大相径庭，差距很远。原想这里是东海龙王的龙宫，理应阳光和煦，碧波万里，祥瑞笼罩，犹如人间仙境一般。但实际情况正好相反，此时正值深秋季节，乌云翻滚，阴雨霏霏，狂风大作，飞沙走石，恶浪滔天。分不出哪里是海，哪里是天。一派死气沉沉的感觉让人难受，仿佛妖魔鬼怪就要出动一般。这样的环境，对于远道而来的独角娃而言，无异雪上加霜，处境万般艰辛，不知如何面对。

东海之滨几十公里周围都没有住家，这种没有人烟的迹象表明了这里生存环境的恶劣，扩大了关于对妖魔鬼怪想象的空间。狂风已经摧毁了地面上的一切有生之物，海潮时不时卷到岸上很远的地方，侵吞了几十公里地面上的沃土，只留下硕大的石头还孤苦伶仃地屹立着，在狂风中与海潮展开激烈的搏击，发出巨大的轰隆声。

独角娃毕竟涉世不深，看问题总是从最好的方面出发，带着美好的憧憬，原本打算即刻见到东海龙王，讨回增寿龙珠就返回华龙村。可是恶劣的天气使他望而却步，反复在岸边徘徊了好多回，都被狂风和大海的巨浪赶回岸边，进退维谷。只好暂时放弃，择机再作打算。

东海之滨第一天的夜晚已经降临，海边的石缝成了独角娃最好的栖身之所，勉强挡住部分狂风的肆虐。别看海阔天空，可独角娃的食物来源极度困难，风高浪急，无法捕获到海中的鱼，只有天空中翻飞的海鸥还有一点点可能。独角娃箭法好，几次想取出箭射下几只来，无奈大风狂吹，即使射下海鸥也会落到海面上，望洋兴叹。独角娃只有趁着落潮的时段和海鸟争抢食物，在沙滩上还是抢到了几只螃蟹和一堆海贝。无柴禾无法生火，独角娃只有闭着眼睛生吃，总算腹中有物，不再难受，把心思收回到向东海龙王讨要增寿龙珠的计谋上来。

第二天又等待了一个白天，眼看已经临近下午酉时，天气并没有出现转好的征兆，乌云滚滚低低地压着海面，狂风还一个劲地喧嚣，浊浪铺天盖地卷到岸上很远的地方。独角娃已经无法再忍受长时间的等待，每等待一天，他的身体就会虚弱一天，精神意志就会受到一定削弱，甚至会垮塌，真是伤不起。不管天气如何，他决定在太阳落山之前展开东海亮剑行动。

酉时已至，见不到一丝阳光，狂风依然如旧。独角娃终于举起了碧水晴空剑，对着巨浪滔天处，准备向龙宫进发。碧水晴空剑发出了耀眼的光芒，刺向天幕，射向东海，一种躁动而迸发出来的无限力量，将东海之水大片卷到天空中，和天体连接在一起，分不出哪里是天哪里是海，天海合一。狂风乱窜，海水顿时呈现出浓烈的腥臊味来，一片一片飞将过来。东海已经变为水的世界，顿时升高的海浪吞噬着一切，狂卷着一切。整个世界仿佛消失了一般，摇荡的感觉颠覆了万事万物。

独角娃已经被狂风和巨浪击倒了几次，眼前全是滔滔浪花，连喘息都显得很困难，濒临死亡的境地。他感到万分奇怪，碧水晴空剑并没有出现如霸下描述的预期的效果——水体分两边，呈现出海中灿烂的大道来。碧水晴空剑并没有给自己带来任何好处，反而变得连立锥之地也没有，这绝对不是好征兆，是不是某个环节可能出现了偏差？独角娃等待了一会之后，情况越来越危急，他已经处于死亡的边缘，不断飞溅的潮水把他急速抛到高空，而后又将他急剧甩入海底，来回翻飞，不留任何喘息机会。

独角娃已经对碧水晴空剑的功效产生怀疑，眼前出现的可怕景象并不是期待多时的好兆头。他只好立即结束亮剑行动，把剑插入剑鞘。剑入鞘，可风浪并没有减小的迹象，反而一浪高过一浪，大有毁灭一切的趋势。

已经容不得等待，面对一个跳跃的水世界，希望挽救败局的希望刻不

容缓。独角娃突然想到塔拉送给他的避风丹来，立刻掏出避风丹对着苍茫的东海使劲划了几下。避风丹极小，独角娃心里还在忐忑不安，担心没有秘诀，不知道管不管用。几道美丽的光环在天幕中急速游走，形成万条耀眼的精美图案，图案逐渐散尽，幻化出千万只喜鹊来，飘忽在天际水体之间，慢慢演化为千万个精灵，各怀抱一只宝瓶，不断在天空中舞动着身体，瓶口对着浩瀚的东海，东海之水急速向天庭游走，忙忙碌碌的景象令人称奇。

随着精灵的不断舞动，惊人的奇迹终于出现了，天开云散，狂风骤停，巨浪不再狂躁，海水急速下降，整个东海逐渐呈现出美丽而温柔的祥和景象来。岸边的远山上笼着淡淡的彩云，悠悠然升腾起来。夕阳透出了玫瑰色的笑脸来，跳跃着准备坠落在大海之中。

独角娃感到前所未有的迷茫，眼前的结局别说进入龙宫，可能连龙宫的影子也见不到，更不用说实现日思夜想前来东海讨要增寿龙珠的计划。他感到痛苦，感到无助，又饥又饿的感觉使他有些消沉，甚至有打退堂鼓的想法。他想睡觉，疲惫的身躯有些摇摇晃晃，站在退潮后裸露的岸边，心潮澎湃。当他想打退堂鼓的时候，耳边突然响起了霸下的声音，悠然如仙乐一般。他本能地昂起头来，一种不服输的精神又充满胸怀，开始审视刚才的所作所为，决定要为下一次的卷土重来做好充分的准备，打下必胜的基础。

天空中耀眼的精灵一个接一个消失了，只留下几道火红的光环还在变幻莫测。

独角娃靠着岩石，看着缓缓落下的夕阳寻思起前往龙宫的计谋来。一时无计，饥饿的驱使，他只好趁着突然落下的潮水寻找食物。刚才卷起的狂浪将大条的鱼掀上岸来，潮水骤退，鱼儿留在了岸上跳动着，飞鸟在岸边不断争抢啄食着一切可食之物。独角娃不费吹灰之力就捡到了几条大鱼，吃饱了肚子，力气恢复了几分。

独角娃思绪惆怅地打开包来，慢慢清点着带来的宝贝，准备制定来日的计划和谋略，此刻才突然想起霸下临走时提起的锦囊来。他取出装着锦囊的竹筒，慢慢除去封蜡，露出的油纸上写着“务必到东海再开封”。他打开油纸，一张棉纸逐渐呈现开来：怕你滥杀无辜，碧水晴空剑威力巨大，甚至可以颠覆江河。请原谅我撒了个弥天大谎，此剑可以反复使用，连续使用每十天为一次，一次之后务必取出宝剑，重新吸收日月之光，天地精华，直至宝剑剑锋变色，才可以第二次使用，否则，适得其反，后患无穷，其魔力有多大，危害就有多大，慎之，慎之！

今夜是阴历十五，夕阳落尽，海上生明月，圆盘大的圆月逐渐跳出海平面，柔美的光晕四散开来，朦胧地照耀着东海的上空。

独角娃突然明白过来，父亲的宝龙长剑丢失之后，在食人族的领地上已经多次使用了碧水晴空剑，能量早已经枯竭，因此才导致今天恐怖的结果。独角娃再次取出碧水晴空剑，对着刚刚升起的圆月。碧水晴空剑吸收着月亮的光芒，几道绚丽的宝光和月亮对接着，不时发出吱吱的声响和击发出淡蓝色的碎光。不知道碧水晴空剑什么时候才能吸足天地之精华，大地之能量，这是独角娃最关心的事情。时不时想起霸下的身体状况反而加重了他忧愁的情绪。

东海龙王敖广近来刚刚游历完神州五岳，心花怒放，收获颇丰。在东岳泰山顶上采到了心仪已久的造型独特的灵石，此石头凝聚了碧霞元君的精气，敖广打算在将来把灵石变为一件法力高强的宝贝。在南岳衡山上还采摘到了仙草，顺便收集到几桶仙露，无人知晓这些玩意将作何用，这是敖广内心的秘密。

东海龙王一直忙于炼制增寿龙珠，酿制好酒，制造武器，没有时间参与众神仙的诸多活动，感觉与他们的关系有些生疏。经过几天的游历，情感间隙有所缩小，觉得有必要趁此和众神仙再进一步增进情感，于是顺便将众神仙一同邀请到东海龙宫，一方面答谢众神仙的款待，另一方面也见证一下东海龙宫的豪华。有三官大帝，有五方五老，有四大天王，有四值功曹，有四大天师；有东岳泰山天齐仁圣大帝，南岳衡山天昭圣大帝，中岳嵩山中天崇圣大帝，北岳恒山安天玄圣大帝，西岳华山金天愿圣大帝；还有西海龙王敖钦，南海龙王敖润，北海龙王敖顺；五斗星君：东斗星君，西斗星君，中斗星君，南斗星君，北斗星君；八仙：铁拐李、汉钟离、吕洞宾、何仙姑、蓝采和、韩湘子、曹国舅和张果老；福禄寿三星；还有其他各路神仙。队伍浩大，前所未有。

游览五岳，各地神仙做东，招待颇为周到，安排井井有条，规格高，仪式盛大，气氛热烈。东海龙王还不断回忆起站在五岳之顶，与诸位神仙一道与苍天对话，祭拜日月，饱览山色，吟诗作对的人生快意，好不畅快。游历完五岳之后，东海龙王特地邀请诸位神仙前来游览蓬莱、方丈、瀛洲，此三山为仙山，乃为神仙的最佳栖息之所。白天游玩三山之后，各路神仙兴致极高，对短暂的游览还余兴未尽，谈笑风生，一派其乐融融的场面让东海龙王颜面大增，心情极佳。

下午酉时之后，东海龙王带领群仙拜别三座仙山蓬莱、方丈和瀛洲，浩浩荡荡往东海龙宫奔来。三座仙山的游乐名至实归，乐趣无穷。想不到到了东海上空，水天难分，风滚雷动，浊浪排山倒海。众神仙心里不悦，一时无法进入龙宫，默默无言，看着东海龙王有些失望。好在东海狂躁的时间不算太长，等待了不到半个时辰，就看到天上喜鹊出没，精灵布阵，一阵变幻莫测的景象之后，天高云淡，夕阳露出了红脸，一派祥瑞的气氛顿时呈现出来，喜得众神仙一阵欢呼，直夸东海龙王法道高深，操控天地两头。东海龙王也感到蹊跷，这种家门外的诡异变化居然与他无关，不见得是好事，不觉有几分踌躇起来，好在众神仙的欢呼声掩盖了他的尴尬和无奈，实属庆幸。

回到东海龙宫，东海顿时变得风平浪静，红彤彤的夕阳点缀得水晶龙宫如梦如幻，光晕宜人，格外优雅，实在是一个举办盛宴的好日子。众神仙早已忘了东海上空的不快，在豪华的龙宫中指指点点，谈笑风生，喝着极尽爽口的酽茶，无不透出惊讶于龙宫奢华的神色。

水晶龙宫装饰得极为铺张，晶莹剔透的巨型水晶石是从世间各地收罗而来的，经过顶级大师的悉心切割打磨，雕琢成各种别致的造型，镶嵌出魔幻般东海海底的水晶龙宫。在玫瑰色的夕阳照射下，经过海水的折射作用，水晶龙宫发出柔美而多变的光芒，一直传向天庭，和天庭形成了浑然一体的柔美感觉。

晚宴就设在水晶龙宫中，灯火辉煌，笙歌艳舞，霓裳舞姬；宫女进进出出，卫兵林立，重点把守，一片繁忙的景象，好不热闹。东海龙王经过精心筹备，悉心策划，安排得井井有条，温情备至。

各路神仙分宾主坐定，开始享受龙宫盛宴，整个龙宫呈现出前所未有的热闹。

东海龙王好客，每一道菜上桌，都要不厌其烦地详细介绍一通，包括各道菜的菜名以及来龙去脉的典故、传闻、制作工艺都讲得头头是道，害得神仙们垂涎三尺又无法下筷，咽着口水看着东海龙王。

东海龙王就好一口好酒，对酒有独到的研究，也有最为骄傲的酿酒经验积累。今天晚上即将呈上的是他亲自酿造的千年极品好酒——琼浆玉液万年舒。这种酒是用蓬莱、方丈、瀛洲三座仙山上夏天的仙葡萄、千年灵芝，还有长白山上千年老参，伴着天山仙草上收集的晨露精心酿制而成。已经封存了千年以上，东海龙王一直舍不得开启瓶盖，想要等到他万岁大寿的时候享用。可是今天东海龙宫众仙捧月把东海龙王大大夸耀一番。他正在兴头上，这种酒只有在这样的场合，才能体现出完美的品质，也只有这样的琼浆玉液才能使众神仙心服口服，极尽雅兴。他毫不犹豫就将这种酒作为今晚的招待用酒。

东海龙王亲自为各位神仙斟上万年舒，得意的神色飘荡在脸上。当各路神仙品尝了一小口之后发自肺腑的“好酒”、“美酒”、“佳酿”的夸耀时，东海龙王感觉有些醉了，飘飘然的感觉使他如坠雾里，直到群仙把最后一滴酒喝完，还嚷着要喝，东海龙王只好把空酒缸抬出来放在大家面前才罢休。不愧为好酒，群仙都飘飘然，一种从未有过的满足感令群仙难以释怀，当即约定百年之后还要前来再喝这种好酒。东海龙王连忙不住地摆手，说酿造这种酒至少需要一千年，百年如何能喝得到，只好约定千年后的今天再在东海龙宫聚首，痛痛快快再喝一回琼浆玉液万年舒。

跟随而来的小神仙们也不甘寂寞，趁着年长的神仙边喝酒边谈古论今的时候，一伙小神仙们也围坐在一起，取来一个玛瑙盘子，在里面押了很多金豆子，互相展示占卜明天将要发生的事情，将自己的预测写在手巴掌大的一块羊皮上，互相展示确认，待到明日一一揭开谜底，以显示占卜功底，赢者将得到盘中的金豆子。其中，一小神仙写着：明日将有一远道而来的独角怪造访龙宫，功力非凡，人品一流，想不到在龙宫中展开一场声势浩大的对决……小神仙们都嘲笑他痴傻、无知，弄得他浑身像长刺一般难受。

好酒喝完，安排有一项赏宝活动，散散酒气。东海龙王余兴未尽，决定带领群仙看看自己的宝贝。群仙处于极度的兴奋之中，料想不到敖广还藏有如此的美酒佳酿。

武库就建在水晶龙宫不远处的地方，直接由龙三的亲信把守。诸位神仙来到东海龙王的武库，龙王一件一件操弄展示，看到琳琅满目的新式武器，群仙无不交口称赞，颔首诚服。

东海龙王从门后取出一根龙头拐杖，用仙桃木制作，极尽精制典雅，造型诡异。虽为龙头，却有几分东海龙王的影子，似乎就以东海龙王的影像作为摹本，虬枝状的自然弯曲透出几分曲线美。降魔杖上雕刻的雄鸡图案鲜活无比，雄鸡就在其上跳动，上下翻筋斗，仿佛就具有生命一般。这根龙头拐杖的另一个名字叫做降魔杖，东海龙王亲自设计雕琢，将毕生的降魔咒语和图案精雕细刻到拐杖上，并把毕生累积的降魔功力储存到其中，做到“拐杖一扬，妖魔必亡；拐杖一挥，恶鬼必摧；拐杖对云，大雨倾盆”。只是东海龙王的宝贝太多，降魔杖并不是他的挚爱，就放在门后，做辟邪之用，并未引起群仙的重视。今日群仙欢聚，东海龙王进门后才想起还有这么一件宝贝，顺便炫耀一下，不失为一个表演节目。

群仙并不在意，降魔杖乃为一件普通的工艺品而已，估计其功力平平，有的神仙连看也懒得看，鄙夷地瞟了敖广一眼。

最令人羡慕的恐怕是东海龙王食库中的宝贝，采自天上人间的各种仙草、仙木、仙果，奇珍异品。有千年灵芝，千年人参，各地仙泉，佳酿美酒，天地各方果实……应有尽有，分类储藏，塞得库房没有多少空余空间。

接下来将是东海龙王的藏宝阁，密室不大，但极尽精致和森严。当金光闪闪的金色大门缓缓地打开的时候，几道令人目眩的七彩之光扑面而来，群仙发出一阵阵惊呼。当东海龙王捧出七彩悬珠的时候，整个龙宫发出绚丽的七彩光环，宛若白昼下的千道美丽彩虹环绕一般，极尽绚丽多彩，熠熠生辉。小神仙们都好奇地伸着头想要看清其中奥秘。众神仙再也无法平静，极度的惊呼声和赞叹声不绝于耳，整个龙宫已经处于鼎沸时刻。

独角娃此刻正在欣赏着夜幕下美丽的月光，几天来阴霾的天空使他心中十分沉闷，加上今天的霉运，一时半会缓不过神来。此刻的月光显得格外吸引眼光，逐渐冲淡了他心中的不快。突然，海面的天空中闪出几道极

强的七彩眩光，照得他不住用手遮住眼睛。七彩眩光并没有一味射向天空，而是旋转着冲向碧水晴空剑而来，在夜空中旋转出七彩的美丽花环，不住往碧水晴空剑的尖端流到剑柄。倏尔让碧水晴空剑发出绚烂的红光来，几道寒光从剑锋中喷薄而出，照亮着山川和海面。

碧水晴空剑已经变色了，独角娃一阵跳跃欢呼，急忙将碧水晴空剑插入剑鞘。意味着明天将不平凡，就等待明天太阳的再次升起，那一刻将是见证碧水晴空剑大放异彩的光辉时刻。

各路神仙看着美丽的七彩眩光从密室的门口流出，就像七彩丝带一样，放出异样的光彩，无不睁大眼睛，猜度着七彩光芒足可以点亮整个天庭。只有东海龙王觉得有些蹊跷，往常悬珠只会发出熠熠不灭的七彩之光，照得整个龙宫华光异彩。今天的光带咋会射到了龙宫之外，在短短几分钟之间，仿佛悬珠的光芒尽失，最后逐渐暗淡下来？好在神仙们没有看到最后的瞬间，不然将会作何感想，甚至遭到笑话，实在是不幸中的万幸。

东海龙王独有的养生宫一直秘而不宣，就连他的九个儿子也不知晓其中内情。今天东海龙王决定要在各路神仙面前炫耀一下，看看各路神仙的反应。刚才琼浆玉液的赞美已经使他飘飘欲醉，七彩悬珠已经让他内心自豪，这里还有一个秘密不曾向外人透露，就是关于七彩悬珠不仅仅能发出强大的奇异光彩，结合秘诀还可作为一件杀伤力极强的武器使用，这是龙王深藏心中不能外泄的秘密。

养生宫中的宝物波澜不惊，众神仙似乎不感兴趣，仅仅只是眼光所及，不作更多的停留。但当东海龙王带着自豪的口吻介绍养生宝物的时候，各路神仙才投来异样的眼光，决定探访一下这个从未听过的神秘世界。东海龙王先是拿来各种自己研制的灵丹妙药，在各路神仙看来不过是平平常常的补药，甚至是狗皮膏药，没有什么神奇之处，也索然无味。琼浆玉液万年舒发作，加上白天旅途的劳累，有些昏昏欲睡的感觉，催着东海龙王尽快结束亮宝活动。东海龙王哪里肯轻易结束，今天是他最幸福的时刻，能有这么多神仙捧场，不厌其烦赏识自己，幸福感指数会上升到人生的最高峰，而后即使悄然仙逝，也会无怨无悔。英雄赞英雄，乃为真英雄，这个道理他最懂。

东海龙王把众神仙引领到一个密室之前，装饰很不起眼，各路神仙不以为然，都在抱怨东海龙王故弄玄虚，口里还喋喋不休地抱怨和挖苦。当随着密室的门慢慢打开的时候，各路神仙的眼光都搜寻着非比寻常的养生宝物，能够藏到这样的密室中的东西，绝对不是平凡之物。当一块巨型水晶石板缓缓向一个方向移动，露出了一个十平方米的水晶密室，水晶密室整体逐渐向上升起，直到密室底层和地面平齐的时候才戛然而止。

升上来的水晶密室中仅仅只放着一个金丝楠木柜子。当各路神仙的眼光落到柜子上的时候，一落千丈失望的心情顿然显现，觉得东海龙王想扮演吹鼓手娶老婆——自吹自擂，无非就想要炫耀一番，只有忍着性子往下看。神仙们都各管一方天庭，为四方世人所追捧，自负、清高与口不饶人的个性显得淋漓尽致。有的神仙直接挖苦东海龙王，身上搓起肮脏的汗球还当养生丸炫耀，就这金丝楠木柜子的木材，五岳山头比比皆是。如果东海龙王稀罕，可以送他几船，别说做个柜子，就修建十个龙宫也不成问题。东海龙王仿佛没有听见，依然慢慢地打开金丝楠木柜子，在偌大的柜子中央，仅只摆着一个小叶紫檀的盒子。

紫檀盒子很精美，外壁雕饰着美丽的镂空图案，四角包着金光灿灿的黄金，蔚为养眼。可是这帮神仙，在这物件上并没有给东海龙王应有的评价，东海龙王内心受到极大的打击，甚至有些创伤，有打算鉴宝到此为止的想法。可是碍于面子，手还是不听使唤，慢慢拉开盒子的盖子，一个羊脂白玉圆盒子又露了出来。

说起白玉圆盒子，还有一段故事。汉武帝时，洪灾频发，毁坏家园和农田，汉武帝派人祭天，祈求东海龙王停雨，特意想四处寻找一件宝物作为祭品，想到玉石具有无限的灵性，最终寻到一块宝玉灵石。准备请琢玉大师根据灵石的外形精心雕琢一件玉器。大师也特别喜欢这块石头，其造型独特，皮壳颜色怪异、养眼，不忍心下刀，想方设法截留这块灵石。琢玉大师收藏有一个战国初期羊脂白玉圆盒子，颜色与这块灵石相仿，就用这个盒子冒充灵石雕琢后的宝物。殊不知这羊脂白玉圆盒子乃为鬼谷子装药的宝盒，是随其修道过程中随身携带的宝贝，其上已经凝聚了非凡的力量，而且置于其中的东西千年不会腐败。东海龙王看到此物，窥透其中秘密，龙颜大悦，大笑着收入囊中，命令即刻停雨，洪灾不再。

众神仙已经等得不耐烦，有的干脆靠着水晶柱养神。当东海龙王打开羊脂白玉盒的时候，一枚核桃大小的褐色丸药逐渐显现出来，外观看起来并没有多稀奇。各路神仙一阵失望，摇摇头无奈地看着东海龙王，看他如何演绎最后的辉煌。

东海龙王小心翼翼地取出增寿龙珠，眉飞色舞，声调却异常地低调，但不乏抑扬顿挫，说道："此增寿龙珠乃是我潜心研究的结果，这是我这一生演绎的最高境界，修炼成一颗增寿龙珠相当不容易，需要消耗我五百年的主要时光和精力。可只能够增寿六百年，仅仅只有一百年的盈余，我就是为这一百年疲于奔命。你们别以为神仙都是不死之躯，非也，到了寿命将尽之时，就如油灯一样油尽灯灭，和凡人一样离开尘世有什么两样？那时你们的口里才会遗憾地说道，我真的好想再活五百年，一百年也行！这时你们才会想到我，想起我的话来，最终想到的是我的这枚增寿龙珠，它在这世间是显得多么的宝贵！你们即使拥有家财万贯、美姬无数、万般兵器、山川大地……有什么东西比性命更重要？我研究的结果可以明确告诉你们这些所谓的神仙，你们的性命将随着仙风道骨的出现，呈现出衰败的迹象！看看你们的白发，连眉毛都是白的，民间的说法'仙风道骨'是老人斑，就是年寿将尽，离死不远。我的这枚小小的增寿龙珠，却给我带来无限的满足和快乐，我拥有我快乐。"东海龙王指着增寿龙珠不住地夸耀，鼻音中还带着打击的成分。

东海龙王环顾左右，继续演说道："看看我吧，我就是一个活生生的实例，每六百年要服用一粒，增寿龙珠造就了我这样的好身板，这样的精神世界，长生不老的最后拥有者，我将笑看你们逐渐衰老而仙逝，虽然无法看到你们的出生，但完全可以看得到你们的死亡，看得到你们由于生前一时的疏忽而做错事被后人痛骂，这就是我的法宝，我的秘密，靠的就是这颗小小的增寿龙珠。今日与众神仙共享快乐，亮亮我的宝贝，展露我的心声，但我声明，这只是我的宝物，是延续我生命的宝贝，几乎没有多余，不卖，更不转赠，是我的命根子！就连我的儿子，我也会吝啬到不会给予芝麻大的微微的一小粒！哪怕就皮上崩落下来的那么一点点，我也会爱如眼球一样珍贵！我在增寿龙珠的问题上俨然就是一个吝啬鬼！我绝对承认，毫无争议。"东海龙王边说边比划着，炯炯有神的眼光放着得意的光彩，不断看着手中的增寿龙珠心潮澎湃。

各路神仙面面相觑，看着东海龙王极度自负的样子，倒过来嘲弄众人，都是信非信地看着他。看着他红润的面庞，看着他没有一点衰老迹象的龙体，都在猜度着增寿龙珠的真正功效，眼前的现实逐渐征服了部分神仙的高傲，开始有些臣服于东海龙王非凡的能力。尽管东海龙王的万般炫耀，可还是无法通过事实证明增寿龙珠的万般神奇，耳听为虚，眼见为实，使众神仙难以心服口服。众神仙决定寻找一个合适的机会一试，也好验证东海龙王的言语。

此时，一只千年龙龟从墙角爬出来凑热闹，看看以前只听说过天庭中神仙的真实模样。龙龟老态龙钟的样子看起来将不久于世，显得有几分瘦弱，苍老的皮壳，斑斑驳驳的花纹，无不透出生命的体征已经走到尽头的迹象。几个神仙顺势叫道，用千年龙龟做一个实验，如果奇迹出现，东海龙王所言才可信。大家一齐鼓掌，欢天喜地地看着东海龙王。几个小神仙跑到龙龟面前，抱起龙龟翻了个四脚朝天，一个劲地大笑。龙龟口里不断叫嚷着，诅咒这群该死的孩子。

东海龙王自己服用增寿龙珠没有任何问题，可是用到千年龙龟身上是否见效，他心里没有百分之百的把握。但他自己亲自研制，深信不疑自己的增寿龙珠的功效，千年龙龟将会返老还童，又要创造一个世间童话。

东海龙王痛苦地从增寿龙珠上抠下芝麻那么一小粒，然后放到龙龟口中。千年龙龟一阵咳嗽，摇晃着脑袋，挤眉弄眼，非常不愿意的样子，把几乎没有感觉的芝麻大小的增寿龙珠像灰尘一样吸进。东海龙王骂骂咧咧，咒骂着这不领情的千年龙龟。小神仙们摸着龙龟的头顶，感觉十分好奇。

各路神仙看着东海龙王的样子，既可笑，又感到是信非信。奇迹并没有立即发生，一袋烟功夫，千年龙龟并没有任何变化。众神仙又开始活跃起来，对东海龙王的冷嘲热讽铺天盖地地袭来。东海龙王也感到纳闷，用在自己的身体上都那么灵验，换到龙龟身上就这样反常，开始责怪自己太过于狂妄，可能是人兽有别，只好低头接受众神仙的打击，默默地寻找退路和搪塞的理由。

神仙众多，里三层外三层，拥挤非同一般。众人早已经暂时忘记了千年龙龟，把注意力都放在对东海龙王的玩笑上。不知是谁踩到龙龟的脚，龙龟叫了一声，众神仙才被千年龙龟的童声吸引过来。龙龟已然变为年轻的龙龟，声音细腻，皮壳变软，花纹变得柔滑，行动变快，看起来十分可爱。众目睽睽之下的千年龙龟俨然是另外一番调皮的样子。这个不知不觉的变化对众神仙神经的刺激非同小可。众神仙不约而同地看着千年龙龟不敢相信，太神奇了。看够了突然变得年轻可爱的龙龟，才把赞许的目光投向东海龙王，不断称赞东海龙王今非昔比，已经可以称霸天庭，雄踞四方。众神仙都想和东海龙王攀亲，搞得东海龙王难以招架，不断摆手推让。

“你们只知道忙于犬马声色，大建行宫，透支自己的身体，让自己的躯壳超负荷运转。就不想想为将来着想，延长寿辰，实为可悲！”东海龙王像老师教训学生一样直白。众神仙面面相觑，摇摇头无可奈何。

直到很晚，东海龙宫才恢复了平静，众神仙在琼浆玉液万年舒的作用下深深睡去，忘却了一天的辛苦和欢愉。

东海龙王开始后悔自己的冒失行为，为炫耀自己的虚荣心出卖了自己的秘密，生怕自己研究的这些宝贝遭遇不测。于是又悄悄返回去将各个宝贝替换为赝品，特别是增寿龙珠无论放到哪里都觉得不妥，干脆把增寿龙珠放在一个事先准备好的木匣子中，连同木匣子放入贴身口袋。在白玉盒中放了一颗颜色类似的糖丸，方觉安心下来。就在出门返回卧室的瞬间，降魔杖引起了东海龙王的注意，这也是他的一件宝贝，倾注了他毕生的精力。他把仙桃木降魔杖带走，在门后留下了形状类似的另一根拐杖。

天光云影共徘徊，初升的太阳照亮了东海上空。天空中只有几朵飘忽的云彩，无风，无浪，风和日丽。独角娃已经做好了深入龙宫的一切准备。

独角娃突然拔出碧水晴空剑，有几分疑虑地对着东海深处一指，口里念念有词，顿时海水翻飞，碧浪分两边，露出了一条宽敞的大道来，整个海底中的龙宫顿时裸露出来，放着耀眼的光芒。在朝阳的照射下海底的城池是如此美丽，宛如天庭中的瑶池一样，金碧辉煌。

突然暴露在光天化日之下的龙宫，虾兵蟹将还在茫然地看着四周一阵阵惊悸，有些动弹不得又不知如何是好，环顾左右，反应过来之后决定将实情禀报东海龙王。

独角娃盼望了多少个日日夜夜，付出了沉重的代价，这才是想象中的场景，心里感到无比满足。没有任何犹豫，他就往龙宫方向疾速跑去。虾兵蟹将看到打扮怪异的独角娃，本能地想上前阻拦，可是难以挪动的身躯不听使唤，只是嘴里不住地大声叫唤。

独角娃急速冲到龙宫门前，并不理会摇摇晃晃的虾兵蟹将，使劲地叩响了巨大的神兽龙宫门环。

昨夜东海龙宫的热闹喧嚣，各路神仙都很累，现在还在沉睡之中，琼浆玉液万年舒真的功效明显，乃是仙酒中的佳酿：口感好，醇香宜人；颜色柔和，晶莹剔透的棕红色；功效好，在不知不觉中有几分醉人的感觉，身体会在飘飘然中变得无病无疾，仿佛进入了青壮年一般。众神仙在好酒中沉睡的感觉更好，自然入睡，身体得到了极大的放松，就如压缩的弹簧释放之后恢复了原有的良好弹性，就如清晨的阳光和鸟儿的鸣叫也无法唤醒贪睡的孩童一般。

巨大的龙宫门环撞击之声搅得整个龙宫不得安宁，就如敲响巨型铙钹一般。实际上，碧水晴空剑已经将东海之水隔离，整个龙宫已经赤裸裸地暴露在清晨阳光的直射之下，使得门环之声响彻宫廷，直接传向天宇。东海龙王昨夜在安顿好各路神仙，藏好宝贝之后，也自斟自饮，又喝了几杯万年舒，自我体验一下神仙们出自内心的赞誉，心里无比满足，沉醉于自我的满足中。以致贪杯，有些酒醉，良好的睡眠根本没有听到龙宫大门门环的巨响，直到几个虾兵蟹将摇摇晃晃来到床头把他唤醒，才意识到已经是第二天的清晨。报告说有个远方的孙子求见，东海龙王一头雾水，感到无比奇怪。只是头顶上的阳光猛烈晒在龙头上的时候，才感觉到今天大不相同。容不得多想，东海龙王一骨碌爬起来，三步并作两步走，急忙来到龙宫门口，一场大事就要爆发了。

独角娃在龙宫门口等了半个时辰，还不见东海龙王的影子，感觉到有些纳闷，就在龙宫门口东瞅瞅西望望，好奇地打量着水中龙宫的一草一物。就在看着虾兵蟹将怪异装束的时候，听到一阵急促而高亢的“龙王驾到”的沙哑之声。

独角娃很有礼貌地拜服在地，口里叫道：“龙爷爷受孙儿一拜！我的名字叫独角娃。”

东海龙王围着独角娃左看看右看看，狐疑的眼光上下打量，总觉得眼前站着的这个孩子与自己的龙族似乎没有任何关系，血脉没有任何相连，“孙子”二字从何谈起。只是看着水体分开，龙宫外露，阳光直照，心想这孩子功力肯定非凡，不敢小觑，想要发作的怒火暂时熄灭了一半。拈了一下龙须说道：“你口口声声称‘孙儿’，可有什么凭证证明你跟这座龙宫有着千丝万缕的关系？”

独角娃头也不敢抬，大声回答道：“有，有十足的凭证！”边说边从口袋中取出竹筒，解去封蜡，把霸下的家书呈给东海龙王。

东海龙王接过家书，认真地看了起来，沉思良久，似有回忆，似有心计，然后大声说道：“几个狗屁字不足为凭，谁都可以模仿，莫不是看中我巍巍龙之家族的钱财，打起了鬼主意？”

独角娃有些生气又不好发作，无奈地又从口袋中急忙摸出一个红丝绸层层包裹的物件，逐层打开，双手捧上神兽羊脂白玉章，加重音调说道：“还有一物足可证明，此物乃出自龙王爷爷之手，不会再有什么疑虑吧？”

东海龙王接过熟悉的玉章之后，翻过来翻过去端详了一会，发现并没有什么不妥，没有找出任何破绽来。他的嘴唇嚅动了几下，胡须跟随跳动，好像在和玉章对话，又好像在念咒语一样，慢慢地，羊脂白玉章印面出现了清晰连续的影像，好像是霸下近来的境况。东海龙王心事重重，神情异常复杂，倏尔又快速恢复了平静。大声说道：“此乃明显为伪造之物，你莫不是看中我东海富庶之地，奇珍异宝遍野，真的想来骗我一遭，讹我一回？”

独角娃并不分辩，看着东海龙王的脸庞，静待东海龙王的下文。东海龙王见独角娃没有言语，忍无可忍，说道：“冒充我儿霸下的义子，也敢来龙宫中捣乱，居然敢把堂堂皇皇的偌大龙宫暴露在光天化日之下，破坏了几千年来的规矩，罪不容诛，给我拿下！”

东海龙王一声令下，顿时就有神兵猛将扑将过来，试图将独角娃锁住。独角娃是习武之人，岂能束手就擒，一个大旋转，跳到三丈开外较高的位置，对着龙王说道：“这就是你给俺的见面礼？你不仁我不义，先礼后兵，我已经尽到了我作为孙子的礼数！看来我们爷孙俩只有在刀光剑影中逐渐认识，在对决中重新获得尊重，只是代价有些沉重。俗话说不打不相识，我虽然不同意你的做事方式，但是暂且也只有如此，我愿意接受您的挑战。”

“小小一个毛贼，竟敢冒充我龙之家族的孙儿，岂有此理！我不抽你的筋，扒你的皮，趁着各方神仙还在东海龙宫，也好一齐吃了你的肉下酒。”东海龙王用大手指着独角娃，显得义愤填膺。

各方神仙正在深睡之中，被东海龙王和独角娃巨大的吵闹声搅醒，都陆陆续续走出来看个究竟，站着看着整个场面，面面相觑不知发生什么情况。特别是小神仙们，专门看看眼前独角娃的头顶，高帽掩饰下的独角格外明显，禁不住互相传递着眼色，对昨夜准确占卜到独角娃前往龙宫的小神仙投去羡慕的一瞥，不禁对今天将要发生的战斗捏了一把汗。

东海龙王看着诸位神仙，显得有些尴尬，家门不幸，只有快刀斩乱麻。于是一个再次下令的手势，命令神兵擒拿独角娃。神兵毕竟脱离了水体，功力大打折扣，舞动两下身躯就显得上气不接下气，加上太阳的暴晒，早有一种瘫倒的感觉，口中不断吐着白沫。纵有千军万马也是徒劳，哪里是独角娃的对手，三下五除二，虾兵蟹将就被独角娃撂倒一大片，半天起不来。

东海龙王一看形势不对，一个小毛孩，竟然能独挡自己的千军万马，在众人面前颜面扫尽。养军千日用在一时，顿时之间全成饭桶。东海龙王气得乱窜，胡须飘飞，哪里还坐得住。一个转身翻飞就来到独角娃面前，使出了吞天食日的神功，旋口大张，要极力吞噬独角娃，尽快了却这场小小的争斗。

独角娃眼疾手快，退后一大步，举起碧水晴空剑横将过去。东海龙王张开的大口无法吞下碧水晴空剑，反被碧水晴空剑的内力击得歪歪斜斜，站立不稳。碧水晴空剑已经击中东海龙王的牙齿，一阵剧烈的疼痛，使他紧闭大口，龙须也被削去几根，气得龙王一阵颤抖。

料想吞天食日的神功难以发挥作用，东海龙王又心生一计，定下心来，决计要教训一下眼前狂傲的独角娃。东海龙王站定，顾不得牙齿的剧烈疼痛，心想自己是玩水专家，一方水神，洪流、降雨无所不通，发挥自己的优势，何不利用猛水将其赶出东海，或许是最具杀伤力的策略。同时

也可以为阳光下的龙宫重新补充水分，避免由于缺水而灼伤了虾兵蟹将，不失为一箭双雕之谋。

龙王潜心比划着动作，口里念着咒语，似乎使出了全身的力气，开始了乾坤大挪移。张开的大口瞬间将东海水吞下了一半，不征求南海龙王的意见，顺便就调用南海之水，好好收拾这毛孩，看看这毛还没长齐的孩子往哪里躲。旋口大张，对着独角娃就将水喷将出来，试图将独角娃淹没在滚滚的洪流中。水力巨大，所及之处，顿时成片泥土掀翻，石头崩裂，气流呼啸，整个东海摇摇晃晃，没有半点安宁。

独角娃没有想到东海龙王的玩水功夫会研习到如此高的境界，要想逃避已经没有时间，看着眼前已经变得混沌一片，天地难分，天摇地动，浊浪滔天。只好顺势举起手中的碧水晴空剑直指东海龙王的大口，力图将喷出的滔滔之水靠碧水晴空剑的内力逼回。同时掏出避风丹，在空中来回比划，滚动的洪水瞬间风平浪静。东海龙王喷出的水流不但没有触及独角娃，离开大口不远就改变了方向，一部分飘向天庭，一部分反被碧水晴空剑的威力逼回了龙王的肚中，对独角娃毫发不伤。

东海龙王肚里装满了东海和南海之水，哪里还动荡得了，眼睁睁看着碧水晴空剑巨大的威力对着自己，纵有万般本领又如何能使将出来？东海龙王被逼到了绝境，口里不住地模模糊糊叫道：“快拿宝贝来，快拿宝贝来!”

虾兵蟹将皮肤严重缺水，经太阳一暴晒，皮肤都快要干裂，感觉到异常难受，行动迟缓，反应较慢。听到东海龙王的狂叫，一时难以听清，乱作一团地返回武库中去取宝贝。金蟹将军、海夜叉、龟丞相面面相觑，不知道如何面对眼前的突发事件。

东海龙王哪里等得，无法挪动的身躯变成了负担，用手指着金蟹将军，吓得金蟹将军不知如何是好，呆傻了半天没有反应。只要独角娃不放下宝剑，东海龙王就寸步难移。玩水千年，反被水困，实属笑话。东海龙王颜面丢尽，变为困兽。

众神仙看在眼里，毕竟和东海龙王交情深厚，哪里容得下独角娃在龙宫中为所欲为。南海龙王、北海龙王和西海龙王窃窃私语，寻求良策；五岳之神心事重重，考虑该不该出手；八仙一个看着一个，希望有人出头。

就在踌躇之间，不知是哪位神仙，抛出了一枚良渚玉佩，玉佩瞬间变为一块巨大无比的挡板，挡住了独角娃手中的碧水晴空剑的锋芒，隔断了独角娃和东海龙王的正面接触。东海龙王急忙吐出了肚中的水，玉佩后面的水体逐渐合拢过来，东海龙王终于有了喘息的机会，恢复了一些元气。虾兵蟹将也在水中急忙休养调整，干裂的皮肤终于感到舒服一些。

独角娃一声叫苦，集中意念，准备以碧水晴空剑的巨大力量击破良渚玉佩。可就在这时候，玉佩中一下飞出一群兽面神人来，但见：人头、鸮耳，大眼睛，长羽毛的怪兽；头戴帽冠，口含铁链，巨目发出绿光，摄人魂魄。兽面神人的出现，打乱了独角娃的方寸，一齐向独角娃扑来，又飞又跳，把独角娃团团围住，对着独角娃就是一阵猛烈攻击。独角娃只有不断被动避让，偶尔回挡一下兽面神人的攻击。铁链在空中哗啦啦直响，旋转着飞向独角娃。独角娃跳到一边，寻找着空挡，镇静了一会，观察着兽面神人的缺点，好在出手之时一举击败兽面神人。

兽面神人的帽冠带着光芒发出嗤嗤的响声，像无数无形的花针向四周有序发散出来，照得独角娃难以睁开眼睛。兽面神人直线扑向独角娃，翻飞腾空得很高，就如天降神兵一样。独角娃只有在匆忙间抓起装着木棉袈裟的包裹来回挡住强烈的光芒，准备迎接兽面神人的攻击。一时无计，殊不知反被兽面神人的流光击中包裹，木棉袈裟滑落出来，瞬间寒光闪闪，流光四溅，将兽面神人帽冠击落，兽面神人大受伤害，一时没有先前嚣张。兽面神人顿时失去战斗力，站在一旁微微颤抖，左顾右盼，只有口中的铁链像青蛙的舌头时不时吐将出来，已经对独角娃没有多大威胁。独角娃抓住机会，手起剑落，砍断铁链。兽面神人准备转身逃跑，速度极慢，反被独角娃尽数砍为两半，身首分家。良渚玉佩被木棉袈裟强大的能量封住，瞬间无法发挥功力。只听见一声巨响，良渚玉佩四分五裂，崩落为无数碎片，像天女散花一般悠悠飘落，不再具有任何攻击的力量。

只听见旁边群仙发出一阵惊叹和呼叫，看着功力盖世无双的神兽良渚玉佩瞬间消失，吓得急忙退后几步，一阵骚动。手中各自握着准备出手的秘密武器又悄悄收了回去，生怕损失宝贝而又遭到嘲笑的下场，热血澎湃而又无可奈何。看着独角娃不敢出手，只有静待合适的机会再作打算。

独角娃又举起碧水晴空剑，将东海龙宫再次暴露于光天化日之下，烈焰下的东海龙宫呈现出另外一种特有的景象来。

东海龙王乘此机会吐出了肚中的东海之水，腹中怒火已经义愤填膺，整张龙脸已经严重变形，好在金蟹将军已经率领着虾兵蟹将带着宝贝赶到，让龙王有了十足的信心，顿时又万分狂躁起来。

龙王已经研究了多少年的武器，原来仅仅限于玩水，对水研究得很精到，想不到反而在阴沟里翻船。可是后来又对火产生浓厚的兴趣，居然还研究出火的武器来。常言道水火不相容，可是东海龙王居然就制造出了水火为一体的好武器，这种神秘的武器就是七彩悬珠。

东海龙王已经明显摆脱了刚才的尴尬，托着七彩悬珠超过头顶，面色刚毅果敢，口里念念有词。七彩悬珠顿时光芒四射，宛如千万条彩虹交叉连接在东海之上，形成一张生杀大网。虽然是白天，但整个天空被七彩悬珠艳丽的光芒装点，七彩光芒盖过了太阳之光，呈现出了七彩悬珠流光和太阳之光交汇的盛景。

诸位神仙不禁啧啧称赞，昨天看似平常的七彩悬珠并没有多少令人惊叹的地方，原以为仅仅是装饰龙宫之用，或者哗众取宠之物，哪里想到它还是一件致命武器，甚至是主宰生杀大权的夺命之珠，对东海龙王投去欣赏和赞美的眼光。

随着东海龙王不断演变的手势，悬珠发出的七彩光芒顿时演变为密密麻麻的绣花针，花针的尾部带着呼呼的火苗，拖着长长的影子，向独角娃急速呼啸飞来。独角娃早就看到了这一切，花针太多，实在无能为力，只有等死，眼睁睁看着带着火苗的七彩花针向自己飞来。独角娃唯一能做的就是不断躲避，可是密密麻麻的花针一齐飞来，岂有能躲避之理？只有死亡是最后的结局。

独角娃顾不了向自己飞来的带着火焰的七彩花针，显然已经无计可施，但还是在犹豫之间掏出了青花乾坤神火罐，对着东海龙王的七彩悬珠，当各个方向的七彩花针抵达独角娃身边的时候，被乾坤神火罐牢牢吸住，越聚越多。独角娃有难以支撑的趋势，他只好顺势发力，挥臂一扬，密密麻麻的花针四散开来，向着东海龙王和诸位神仙飞过去。原本处于踌躇之间的各路神仙，被飞来的尾部带着火焰的花针吓得魂飞魄散，四处逃避，有的一路跳跃，有的翻起筋斗云……心中的怒火已经点燃，群仙联手的攻守同盟已经建立。

诸位神仙原本只想看热闹，不想出手帮助东海龙王，一方面东海龙王性格要强，对付这么一个毛孩，还需要众神仙动手？另一方面，神仙们也不想介入东海龙王的家事，刚才不知哪位神仙抛出的良渚玉佩，被独角娃连兽面神人一同击个粉碎，得不偿失。可是此刻，看着飞来的花针，连逃避的机会都没有，已经深深扎入到诸位神仙的躯体之中，战斗很快就演变为独角娃和群仙的战斗。

铁拐李看到遭受花针折磨的群仙，一阵叹息，嘲笑群仙功夫没有长进，反而被独角娃所败，束手无策。于是拿出宝葫芦，口里念念有词，带火焰的花针就像受到万般诱惑的虫子，乖乖地飞入铁拐李的宝葫芦中，盖上塞子，一并被铁拐李收走。铁拐李一阵狂笑，不知道是笑独角娃，还是笑东海龙王，抑或笑群仙。

铁拐李在空中狂舞了几圈，打开宝葫芦的封口，包裹着花针的火球向独角娃袭来。烈焰熊熊，亮光逼人。东海之水顿时热气腾腾，快要沸腾起来，虾兵蟹将难以忍受如此的温度，顿时死去无数。东海龙王连连叫苦，看着自己多年调教的虾兵蟹将死于沸腾的海水，忍不住落下泪来。可是，毕竟有人出手相助肯定是好事，不觉抹去眼泪，准备再战。

独角娃还举着手中的乾坤神火罐痴傻地看着群仙的狼狈相，听到呜呜飞来的带着火球的花针不知如何应付。但见乾坤神火罐外壁绘制的凤凰穿花一时灵动起来，依次列队飞出无数火凤凰，一只凤凰叼住了一枚花针，顿时瓦解了密密麻麻的花针，硕大的火球缩小着滚入了青花乾坤神火罐中，瞬时失去了威力。

铁拐李看着出奇的火凤凰，一时没有反应过来，只感觉寒光闪了一下，手中的葫芦已经被一只凤凰叼走，飞出几公里之后就丢弃在东海水面上，随着冒着热气的波浪随波逐流。铁拐李念了一阵暗语之后，宝葫芦才飞回到手中，痛苦地看着独角娃，不知道独角娃究竟还有多大能耐，不再敢贸然轻易出手相助。

群仙看着崩碎的良渚玉佩，还有被火凤凰愚弄的铁拐李，不愿意再插手东海龙王之事。

就在东海龙王看着铁拐李出手相助十分得意之时，火凤凰已经吐出口

中的花针，几枚花针猛然插入他的龙体，他痛苦得龇牙咧嘴，又一次败北，痛苦、愤怒使他几乎要爆炸。特别是看着众神仙也遭到七彩花针的伤害，他已经失去了理智，决定要痛下杀手。

东海龙王又从口袋中取出一面铜镜，用手指对着铜镜划了几下，几匹看似海马，又似西极天马，又似海中怪兽，从铜镜中狂奔了出来，直奔独角娃而来。此面仙镜，是东海龙王以前游历华山时，唐王亲自呈贡的礼物。东海龙王回来之后，对镜中的动物加以训练豢养，发现是相当凶猛的动物，并且适于在海中生存、作战，深得东海龙王喜爱，高兴得狂饮了几日。

独角娃刚刚才躲过一劫，想不到又要面对西极天马的攻击。西极天马飞翔优雅，速度极快，攻击力极强，哗啦一声就从独角娃头顶擦过，好在独角娃避让及时，否则脑袋将不复存在。已经有越来越多的西极天马飞来，独角娃只有往后退却。他想要取下玛珞公主赠送的游子弓，可是哪里来得及。

就在犹豫之间，西极天马攻击而来之际，独角娃避让之时滑倒在地上，右手执着碧水晴空剑，左手摸着西域女王送的铜钥匙，不知如何是好。就在懵懂之间，铜钥匙中飞出一只朱雀来，对着来攻击的西极天马一啄，啄去了西极天马的一只眼睛，飞马顿时乱飞乱撞。可是飞来的西极天马越来越多，朱雀已经难以招架，扇动翅膀之间，一阵光芒四射之后，又跳出一条青龙、一只白虎、一只玄武，四个方向护住独角娃，西极天马不得靠近。翻飞来回忙碌的朱雀尽数啄去西极天马的眼珠，天马乱撞，尽皆死亡。铜镜失去西极天马，顿时化为乌有，不复有形，立即化为青烟随风飘散。

东海龙王已经没有计谋，只有把求助的眼光投向众神仙。各路神仙被刚才七彩花针所伤，正在气头上，不再明哲保身，一齐举起弓箭，准备射杀独角娃。天空中一时箭如飞蝗，遮天蔽日，无处藏身。

独角娃毫无应对之策，一时焦虑，额头渗出豆大的汗珠来。独角娃的担心是多余的，朱雀、青龙、白虎和玄武一齐跳出，接住大部分飞箭重重护住独角娃，独角娃得以顺利取出游子弓。看着各路神仙射来的如蝗虫般的飞箭，只有被迫反击，急忙放出一箭射向神仙们。这一射让独角娃没有想到的是一箭瞬时变成万箭，对着诸位神仙的心窝穿去。独角娃躲过各路神仙奋力射来的第一箭。可是神仙们没有料到独角娃的游子弓射出的箭会功力如此强大，直穿心窝的箭让他们乱了方寸，几个翻腾躲避之后，还是有几个神仙中箭退入水晶宫中，关门不敢再出来。

东海龙王哪里肯甘心，开始玩水以失败而告终，现在想玩玩风雨尝试一下。他舞动袖子，顿时乌云四起，狂风大作，伸手不见五指，整个东海龙宫处在黑暗之中。独角娃不慌不忙，这种功夫已经听塔拉说起过，早有心理准备。他摸索着取出塔拉给的避风丹，在空中一扬，东海顿时云开雾散，恢复了风和日丽的景象。

东海龙王一看形势不对，感觉已经黔驴技穷，每一招都以失败而告终。况且诸位神仙都已经逃回宫中，不管东海龙王的死活，东海龙王感到很孤单；单打独斗没有观众就会感到凶多吉少。今天要打败独角娃已经不可能，挥手收兵，逃回水晶宫中，关上大门。任凭独角娃如何叫骂，不再应战。

诸位神仙正在忙于疗伤，虽然无生命之虞，但是箭伤和针伤已经让皮肤溃烂，发出一股怪味，也不敢大意，极尽各种疗法。看见昨天还意气风发的东海龙王落败而归，不敢乱语，等待东海龙王首先发话。东海龙王一声不吭，气冲冲地坐在龙椅上，胡须抖动，喘息方定之后，才和诸位神仙搭讪。

独角娃看到水晶宫宫门紧闭，拿出碧水晴空剑在上面劈了几剑，火花飞溅，宫门毫无反应，也无人应答，看看天色已晚，饥饿难耐，只好回到东海之滨准备过夜。

东海恢复了平静，夜空中闪烁着星星。经过白天一天的鏖战，独角娃已经感到极度疲惫，可是还没有得到增寿龙珠，心里感到极度泄气。独角娃将夜间栖息之所退离海边十公里，这里终于有了几棵树木，还找到了一些干柴，点燃了一堆大火。碧水晴空剑已经出鞘，静静地吸收着天地精华、四海灵气，补充着白天损失的能量。

独角娃简单吃过一点东西之后，总结着一天的得失，这时才突然想起在给东海龙王家信的时候看到竹筒底部的锦囊来。霸下就是心细，每件事都考虑得那么得体。独角娃借着微弱的火光，勉强看清了霸下的第二条锦

囊妙计来，心里感到一阵欢喜，对第二天讨得增寿龙珠充满了希望。急忙往火中添了一些柴，好好睡一觉，为明天激烈的战斗做好充足的准备。

东海龙宫中灯火依旧辉煌，只是气氛不如昨天热烈，东海龙王的失败搅得整个龙宫气氛有些紧张。东海龙王大叫大喊，看着各路神仙遭到七彩花针的攻击，他取出自己研制的金创膏，在众神仙的皮肤上一抹，受伤的肌肤顿时完好如初。只是被独角娃的箭所伤的神仙对金创膏没有任何效果，显得痛苦不堪，骂骂咧咧。

东海龙王依旧摆好盛宴，犒劳众神仙。今天的美酒是万年青，其中就有增寿龙珠的成分，可以延年益寿，舒心养性。众神仙听说万年青可以增加寿延，每喝一杯至少可以增寿十年，都争着抢喝万年青，一大坛美酒转瞬之间就争抢一空，醉得有些东倒西歪，害得东海龙王有些生气，悔恨不该再招待美酒。

东海龙王招待众神仙喝美酒万年青是别有用心的。酒足饭饱之后，各路神仙被引入聚义厅，还有重要的大事要商议。如何捉拿独角娃成了东海龙王的心头大患，一时无计，只有集思广益，听听诸位神仙的高见。东海龙王滴酒不沾，他的心头燃烧着无名之火，还有重要的计谋需要众神仙帮助斟酌。可是看着众神仙一听可以增寿，就争先恐后狂喝得烂醉，他的心中有一种说不出的痛楚。

众神仙还在吵吵嚷嚷，有的议论着万年青的功效是否真的如东海龙王所说，有的已经发出了轻微的鼾声。直到东海龙王拍着桌子的时候，整个聚义厅才安静下来，肃穆的气氛充斥着整个聚义厅。其实，桌子上的茶水也是养生茶，其中也有增寿龙珠的成分。东海龙王不敢再明示，否则，明天将无法面对独角娃，再次失败已经无法避免。

“诸位神仙，今日老夫遭受的奇耻大辱，虽然是我的切肤之痛，但是诸位神仙也参与了，也是你们的耻辱，被一个无名毛孩愚弄而束手无策，被打得大败而归，颜面无光，乃为我们神仙界的屈辱。”东海龙王把话锋转移到众神仙身上，指指旁边被箭所伤的神仙，看看众神仙的反应。可是众神仙还沉浸在万年青的快感中，对东海龙王的言语反应甚微。

“今天夜晚，本该是一个饮酒作乐、畅谈未来仙界，欣赏月光下东海龙宫美景的好日子。可是，这样的气氛被一个毛孩破坏了，居然把我们赶入聚义厅中商讨捉拿他的大计，看起来是一个笑话，天大的笑话，但实属无奈，现实如此。今晚诸位神仙要献计献策，为明天的胜利打一场有预谋的战斗。”

东海龙王声若洪钟，低沉而充满磁性、抑扬顿挫，整个聚义厅一阵阵回荡。“有个秘密我原打算不想告诉大家，可我转念一想，还是忍不住要告诉各位神仙。今晚喝的是普品万年青，仅仅能延寿十年，如果明天能取胜，捉住毛孩，我将取出能延寿百年的极品万年青，保管每位都能喝得尽兴，喝醉。要知道，我们已经是一个荣辱与共的联盟，有福同享有难同当。不过，丑话说在前，明天不能取胜，别说喝酒，就连一点水我也不给，各自回家，散伙！”

诸位神仙面面相觑，不知如何是好，慢慢反应过来之后，才意识到今晚的任务艰巨，开始挖空心思思考着明天对付独角娃的计谋来。先通过天庭查询独角娃的资料，一无所获。可是通过诸位神仙对独角娃的观察，独角娃乃为一凡物，想要从天庭中获得战胜独角娃的方略失败了。如此怪异的事情只能发生在天庭，民间凡人岂能有如此的能耐？反复折腾，一无所获，无计可施。此时已经是后半夜，看来，要想找到独角娃死穴的计谋已经落空了。众神仙在万年青的催眠下，无论东海龙王怎么咆哮，还是进入了梦乡。东海龙王无奈地走出龙宫，看着满天星斗一筹莫展，只好命令金蟹将军做好整个龙宫的戒备工作，以防独角娃夜袭龙宫。

东海第四天的早晨，天空依旧晴朗。独角娃整装待发，心情极好，健步如飞，离海边十多公里的路程，一会就来到了东海。当再次叩响东海龙宫大门的时候，东海龙王料想的事情如期而至。只好来到门口，准备决一死战。

独角娃恭恭敬敬一躬，说道：“给龙爷爷请安！但愿我们一家人化干戈为玉帛！一粒增寿龙珠非要搅得我们身心疲惫，体无完肤！说句心里话，不值得。”

东海龙王看着独角娃气不打一处来，说道：“出招吧！我已经等你一夜了，休要再让我等待，每等一分钟，我就要多受折磨一分钟。”

“我不是非要和你对决，争个高低，只是来向你讨要增寿龙珠，得到增寿龙珠我一刻也不停留，即刻离开东海，不会打扰你的正常生活！”独角娃义正词严地说道。

“休想，增寿龙珠乃是我的生命，每六百年才炼就那么一粒，命在增寿龙珠在，增寿龙珠不在命已经亡矣！”东海龙王斩钉截铁地说道，毫无商量余地。

“我们可以避免今天的决战吗？”独角娃试探性地问道。

“除非你放弃索要增寿龙珠的梦想，否则不可能，鱼死网破，有你无我！”东海龙王已经做出了最后的决定。

“还有没有其他方式可以避免我们之间的对决？”独角娃又再一次问道。

“没有！”东海龙王大声回答道，“放马过来吧！啰啰唆唆只会让我更早迷失方向，我已经无法忍受！”

“难道你不能为你的儿子着想一下，为你的儿子付出一点，让他能再多生存一些年头？以前他是做了一些错事，危害一方，可是也得到了应有的惩罚，也已经折寿不少。可如今他已经痛改前非，为人们做了不少好事，你应该改变对他的态度呀！”独角娃进一步规劝道，已尽力避免不必要的武力冲突。

“我没有这样的义务，我有九个儿子，他们的生死与我没有任何关系。我不是为他们活着，我仅仅为自己活着，我的幸福不会给予任何人，包括我的儿子！”东海龙王言语铿锵地说道，似乎把昨天战败的痛苦一齐发泄出来。

“我的义父——你的儿子，曾经对我说过，有德行者你会给予一枚增寿龙珠？霸下符合这样的条件。”独角娃重述着霸下的话。

“那是多少年以前说过的话，是我激励孩子的儿时谎言，或者不如准确地说我如今已经改变这个决定，增寿龙珠只属于我一人拥有，即使父子之间，只要打我的增寿龙珠的主意，我们顿时划清界限，将变为敌人、仇人！”东海龙王声嘶力竭地说道。

“那就休怪我无礼了，我将会用我的力量打败你，从你的手中夺取你的心爱之物，让你也感受一下什么叫痛苦！我要用强大的武力征服你的狂妄，武力会让你改变固执！”独角娃反击道。

“鹿死谁手还不知道，乳臭未干，不要这么狂妄，我倒要看看你究竟还有多大能耐？只有最后的胜利者才可以分享这样的喜悦！”东海龙王打击道。

“来吧，来吧！看来你我之间缺乏融洽，就让我们用力量来使对方诚服吧！”独角娃向东海龙王发出了挑战。

独角娃痛苦地闭上眼睛，准备迎接战斗。

龙宫门外已经站立着各路神仙，按照职位依次排列，都手执秘密武器，暗助东海龙王决战。如果有必要，也可以加入到其中。但昨天独角娃的表现，使神仙们还是有些畏畏缩缩，不敢贸然出手。

东海龙王再也忍不住了，昨天被独角娃打败，颜面尽失，今天一定要变被动为主动，主动出击或许是最佳的防守。昨晚后半夜左思右想，还是从武库中精挑细选了几件合适的武器，今天或许派上大用场，以扬龙威。他从袖中抛出一张五行阴阳大网，这张网依据五行相生相克的原理制成，每个角都包含了重生与死亡双重杀机，只要进入大网，必死无疑，大网中的每个角落都是死亡陷阱，至今还没有活口。

独角娃只顾和东海龙王讲道理，根本没有预料到东海龙王出手这么快，就在犹豫之间，大网已经向独角娃罩过来。想要逃脱已经来不及，只好顺势摸出一个查哈王国生产的惊天响雷来，急忙投入到大网中。惊天雷并没有及时发出声响，大网罩住了惊天雷。随着群仙一阵雷鸣般的欢腾，惊天雷突然响彻云霄，随即冒起熊熊烈火，大网变成了火球。一阵大火过后，一张五行阴阳大网瞬间被炸得四分五裂，只有一些绳索还在余震中颤颤巍巍。东海龙王又失算了，脸色气得乌青，一计不成，又生一计。

东海龙王一连出了几招，几乎都被独角娃所败。独角娃也主动出击了几回，互有胜负。打斗激烈，天昏地暗，互不相让，一直打斗到午后还未见分晓。

经过了大半天的激战，东海龙王体力有所不支，决定以最后致命的一招拿下独角娃。一阵寒光闪过之后，旋即变为一条花边黑尾大龙。巨目如铜铃，张着血盆大口，盘旋着向独角娃直扑过来。一般龙现身往往到了紧急关头，此时龙的本性和威力会淋漓尽致地发挥出来，能呼风唤雨撒豆成兵，能驰骋于天地和深海之间，为所欲为。这次独角娃早有防备，急忙抛出预先准备好的在食人族领地捡到的金色魔绳。在东海龙王想要发威之前

捆住其手脚，可以遏制其威力。东海龙王避让不及，头被活生生地套住，被独角娃像放风筝一样控制在空中翻飞盘旋，离开不得。绳索就像施了魔法一样，越攥越紧，勒得东海龙王一时喘不过气来，天旋地转，一头扎在龙宫门前，伏在地上动荡不得，一个劲地喘息，蜷曲的身体像软泥一般，任凭独角娃处置。

众神仙一阵惊呼，退让开来，一直退到水晶龙宫门口。

独角娃收紧了绳子，急速纵身骑在东海龙王的脖子上，就像擒蛇一样掐住要害部位，任凭东海龙王如何挣扎，铁钳一样的利爪使东海龙王连呼吸都困难，痛苦的眼泪顺着龙眼慢慢滚落。

众神仙看在眼里，几次想上前搭救，但又都不想引火烧身，口里虽然不住地叫着，但步子像被黏住一样不愿上前。东海龙王看在眼里，不禁满目凄凉起来，不知道该怎么办。几次鼓足力气想来个咸鱼翻身，但都以失败告终，身上似乎压了三山五岳，动荡不得，不得不束手就擒，被独角娃五花大绑，捆住前往养生宫，去取增寿龙珠。

当东海龙王命令金蟹将军再次打开养生宫中密室的时候，群仙就尾随着跟了进去。虾兵蟹将手执钢叉对准了独角娃，只要东海龙王一声令下，还想要和独角娃较量一番。无奈独角娃手中的致命绳索就如生命线一样控制着东海龙王的命脉。东海龙王气数已尽，嚣张狂妄的气焰已经不复存在，唯一可以做的就是用自己五百年炼就的增寿龙珠为自己换取生命的延续。

金蟹将军拨开巨型水晶地板，地下密室渐渐升起。金蟹将军不愿打开金丝楠木柜子，他知道这是东海龙王隐藏最私密的宝贝之所，平常只有东海龙王可以涉足，其余任何人一旦进入都当入侵者格杀勿论。在东海龙王的命令下，金蟹将军又打开了金丝楠木柜子，再打开紫檀盒子，露出了圆形羊脂白玉盒子。独角娃将东海龙王脖子上的绳索拉得更紧了，东海龙王似乎感到生命已经到了尽头，急忙用沙哑的呻吟声命令金蟹将军尽快打开玉盒。一粒看似平常的增寿龙珠呈现在独角娃的眼前，独角娃不禁为之心动。东海龙王命令金蟹将军掰一小粒给独角娃。独角娃哪里还容得东海龙王言语，连盒带增寿龙珠一齐装入袋中。东海龙王痛苦得几乎站立不稳，只是用眼角的余光偷看着独角娃。

东海龙王以为独角娃得到增寿龙珠就可以罢休了，抱怨龙颈上的绳索还迟迟不退去，甚感窝火。几次思索着绳索退去之后如何还击独角娃，夺回装增寿龙珠的白玉盒子。这个盒子是东海龙王的最爱，岂能易主。

独角娃得到了增寿龙珠，心里很高兴，终于达成了此行的目的。当到达龙宫门口才想起降魔杖的事来，心里觉得犹豫起来。攥紧了手中的绳索，东海龙王一阵叫苦。独角娃命令东海龙王取出降魔杖。东海龙王气得龙须颤抖，阴郁的脸就像梅雨季节的天空，一阵阴过一阵。

东海龙王无奈，使了一个眼色，金蟹将军会意，没过一会就取来降魔杖，恭恭敬敬地递给独角娃。

东海龙王偷眼看着独角娃，心想可以了事。想不到独角娃大叫一声，说道：“岂敢用一根假的降魔杖来欺骗人，是欺我不懂，还是看我年轻，不谙世事？”

东海龙王一阵痛苦，辩解道：“岂能轻言骗人？此乃我一生浇铸心血而成，为我一心爱宝物，此刻给你，我心之痛，实如刀绞，反被你所污蔑，于心何忍？”

独角娃并不言语，再次收紧绳子，痛得东海龙王哇哇直叫，在空中翻飞跳跃，像无头苍蝇乱撞。脸色转为乌青，直至转为乌黑，眼看即将咽气，一头扎在地上。向金蟹将军挥手示意了一下。金蟹将军大步流星，取出降魔杖来递给东海龙王。不等东海龙王接过降魔杖，独角娃已经先手接过。

独角娃看着如此精致的降魔杖，用手翻看了一下，看到了霸下交代的辨识标记，长长地舒了一口气，扛在肩上，总算心满意足。

只有东海龙王有些犯难，独角娃手中的增寿龙珠他倒无所谓，只是降魔杖此刻即将失去，他不禁有几分惋惜起来。平时因为拥有而不会在意，一旦失去的时候，往往会百般珍惜，念念不忘。

独角娃已经达成心愿，准备离开东海。转眼一想，此去华龙村几千里之外，还要徒步回还，路途遥远不说，路上还会凶多吉少。况且霸下能不能等得到自己的回还？何不如让东海龙王送一程，当一回驯龙高手，让不可一世的东海龙王顺便看看他的处于奄奄一息中的儿子，或许是两全其美的好方法。

独角娃把想法告知东海龙王，东海龙王一下趴在地上，赖着不起。东海龙王一千个不愿意驮着一个名不见经传的孩子飞翔在天宇之下，这是旷世奇辱，打死也不愿意做这样的事情。独角娃只好故伎重演，拉紧绳子，东海龙王的身子即刻处于抽搐之中，生命垂危的痛楚使他再次屈服了。东海龙王看着金黄色的绳子一阵发抖。独角娃适当放松绳子，伴着天空中深秋的白云返回华龙村。

华龙村几乎没有变化，只是战后返回的村民已经越来越多，比先前热闹了不少。集市也已经出现，人来人往。

只用了一夜的时光，东海龙王驾着祥云，很快就到达了华龙村。独角娃从华龙村到东海却几乎用了两年的时光。此时天已经大亮，红彤彤的太阳已经冒出地平线，深秋的早晨显得特别凉爽。

华龙村山神庙后的山洞内，霸下等待得几乎绝望了，冬眠疗法也有一个极限，他已经骨瘦如柴，几次近乎咽气，但冥冥之中对独角娃还抱有几分希望。或许命不该绝，几次从死亡的边缘勉强恢复过来。眼看又一个秋天已至，估计无法熬过眼下即将来临的寒冬，剩下的时光已经屈指可数。不知道有没有生命的奇迹出现。

独角娃攥紧了绳子示意东海龙王降下。东海龙王一阵痉挛，连连咳嗽，就慢悠悠地降落在独角娃出发时的洞口。独角娃看着初升的太阳，心里一阵激动。阔别两年的华龙村看起来没有多大变化，但亲切感和归属感让他感觉到好温暖。眼看又能见到霸下，心里就激动起来。霸下有救了，又将迎来一个美好的未来。

霸下自己掐指一算，独角娃也应该返回了，他就靠着信念一再坚持下来。他在好不容易醒来的瞬间，总要算一下独角娃可能的归期，虽然每次都无果而终，但依然都重复着同样的动作。霸下处于冬眠疗法的沉睡中，当冥冥之中听到一声响亮的咳嗽声之后，突然觉得似在梦中，又明明就在山顶之上，不相信自己的耳朵，觉得分明就是父王的咳嗽声，这是他从小就熟悉的声音。他挣扎着从冬眠中苏醒过来，侧耳听清了有对话声，才辨出确实是父王已经来到了华龙村，准备迎接。

东海龙王对着山神庙后山顶的洞口反复呼唤着霸下的小名。霸下听清了之后，已经确认无误，挣扎着站起来，用最后一点力气蹒跚着走出来。

霸下拜服在地，看到父王的相貌比自己还年轻，不想力气不济，一头扎在地上，泪水和血水一齐涌了出来。

东海龙王一看到骨瘦如柴的霸下，起了一点点怜悯之心，眨动的眼睛中还是噙着泪花，不相信眼前的儿子会是如此模样。急忙扶起摔倒的霸下，为他擦去血水，几次嚅动的嘴唇还是没有发出声来，只是看着霸下心情异常复杂。

独角娃急忙取出玉盒，准备将增寿龙珠塞到霸下的口中，挽救霸下奄奄一息的性命。东海龙王见状，脸上泛起愧疚之色，一把将独角娃手中的增寿龙珠打落。滚落的增寿龙珠在岩石板上滚了几圈后坠落在山崖之下，掉入暗河中，翻滚几圈之后就再也寻不见踪影了。

独角娃怔怔地看着东海龙王，感觉十分奇怪，暴怒就在一瞬之间发作。东海龙王看着独角娃的样子，急忙解释道："此乃一枚糖丸，岂能增寿？我花费五百年炼就的增寿龙珠，怎能轻易得到？一般都是贴身珍藏，连你这样初出茅庐的小伙子都能得到，还能称之为稀世珍宝？"边说边从身上的龙袍夹层中取出一个精致的小木匣，打开后取出增寿龙珠来，放入奄奄一息霸下的口中，脸上终于呈现出久违的慈祥来。

独角娃心里咕噜了一下，狐疑地看着眼前的东海龙王，不知道他所言是真是假，不由自主又把手中的绳子收紧了一些，直到霸下的身体出现预想的效果再解开绳子也不迟。

过了一个时辰，增寿龙珠发挥出特有的功力，霸下看起来年轻了许多，气色也开始红润起来，逐渐有了一些力气，但还是显得有些孱弱。两个时辰之后，霸下居然能够行走自如，再次拜倒在东海龙王的脚下说道："儿臣叩见父王，谢父王千里前来搭救儿子性命，给儿子又一次重生。以后，儿将兢兢业业，干一番辉煌的事业，再不会让父王伤心。"

"不要再瞎折腾了，养好自己的身体比什么都重要。纵有江山万顷，命薄无法消受，又能若何？"东海龙王没好气地说道。"以后对你而言，再也没有增寿龙珠了，你还有哥弟，个个都向我伸手，我真是心有余而力不足，只顾得了自己，这次只是个例外，千万不要向弟兄提起。"

霸下伏地不起，默默地接受东海龙王的教诲。

东海龙王背着手，转过背去，看着东方初升的太阳，浮想联翩，不知道是为霸下伤感，还是记恨于独角娃的强悍，起伏的胸部预示着复杂的心绪。几次欲言又止的表情看起来有些痛苦。

直到霸下再次喊着“父王”的时候，东海龙王才如梦初醒，把痛楚的思绪转回到现实中来，扶起霸下，显出一丝关爱。

独角娃急忙解去绳索，跪倒在地，口里不断叫着：“龙爷爷，请原谅孙儿的鲁莽，实乃不得已而为之，性命攸关，才出此下策。”

东海龙王瞪了独角娃一眼，气得不知道说什么，头也不回，也不辞别。随着亮光一闪，便消失在茫茫的苍穹之中。

尾 声

山神庙已经被巫芭拉占领，成了他练就法术的宝地。巫芭拉勤学苦练，精心研读古籍，吸纳古人之秘籍，溶四方之偏方，成就非凡之功力，已经可以达到使苍天改色，湖水断流的神奇力量。但他心术不正，乐于敛财，练功的心态已经逐渐偏离人类正义的方向，这是一个恐怖的信号。

方圆几十公里的村落都笃信他的法术和非凡魔力，千方百计前来一睹他的真容。山神庙变得车水马龙，人来人往。有的来拜谒巫芭拉，有的来拜师学艺，有的来请巫芭拉前去作法，有的返回答谢，有的来求取神药……害得巫芭拉忙得不亦乐乎，端坐在法台中央频频点头示意，心里万般舒畅。一帮徒弟忙里忙外，不断地来征询巫芭拉的意见，招呼着远道而来的客人。

山神庙后直通山洞的洞口已经被巫芭拉用巨大的石头堵住。巫芭拉说这是一个妖洞，吞噬着全村人的精气，是一个无底洞。在独角娃离开华龙村前往东海后不久，巫芭拉就做了一场大法，连做了七七四十九天，特意选定了一块造型怪异的巨石，在其上刻满了咒语和阴阳符号，把大洞口彻底堵死。

独角娃回到华龙村之后，就和霸下栖身在山神庙后的大洞中，只是从山顶的洞口出入，与村民隔了一段距离，暂时相安无事。

九阳山的塔拉败给独角娃之后，显得很低调和乖巧，仿佛消失了一般，不再伤害周围百姓。他久经欢乐与痛苦的考验，明白强中更有强中手的道理，不敢有半点嚣张。他一方面恢复体能，一方面潜心演练九阳神功，功力已经恢复了大半，甚至有全部恢复的征兆，并且揣摩着新的招式。据说九阳神功二级已经练成，并且还溶入了其他门派的失传神功，至于是什么神功不得而知。

独角娃和霸下在居住的洞口一侧的悬崖绝壁之上琢出一洞，将东海龙王的降魔杖放置其中，让其光芒照着整个华龙村和坝区。

在山神庙中作法事的巫芭拉并不知道降魔杖的事情，他隐隐感觉到他的所作所为已经不是很灵验，总有一股无形的力量使他不能安心，惴惴不安的心情搅得他每天都在寻找深层次的缘由，但总是没有结果。原本练就的法力，局部也因为降魔杖的出现而功亏一篑，甚至进入走火入魔的败局。正因为如此，他的脾气变得相当古怪，每个徒弟都被他莫名其妙地骂得狗血喷头，内心万分委屈，准备离他而去。

华龙村已经变得风调雨顺，人寿年丰，一派其乐融融。

独角娃和霸下选择了一个月明之夜，到独角娃父亲的坟山上祭拜。华天民死时独角娃还小，埋葬的坟丘很低矮，其上已长满了层层野草。独角娃花了好长时间才找到。现在独角娃已经长大，用石头和石灰将华天民的坟头修葺一新，还制作了墓碑。在坟头的空地上栽种了几棵松柏树，算是对父亲的怀念。

霸下服用增寿龙珠之后，已经变得很年轻，脱胎换骨之后的容颜和以前判若两人，睿智、内敛已经成为了他的个性。他不再像被大禹收复以前骄横跋扈的样子，决心要做一番大事，开始了冬练三九夏练三伏的壮举。

独角娃和霸下就在山顶上开凿出一块平台来，早晚练功，白天学习古籍，总结先人经验。共同演练雷霆霹雳功，以图来日除霸安良，安定一方。

图书在版编目(CIP)数据

独角娃东行记 / 朱银周,朱彦霖著. —昆明:云南人民出版社,2012. 11

ISBN 978 - 7 - 222 - 10367 - 2

Ⅰ. ①独… Ⅱ. ①朱… ②朱… Ⅲ. ①长篇小说 - 中国 - 当代 Ⅳ. ①I247. 5

中国版本图书馆 CIP 数据核字(2012)第 251515 号

责任编辑 陆卫华 胡 萍
责任校对 胡 萍
责任印制 洪中丽

书 名 独角娃东行记
作 者 朱银周 朱彦霖 著
出 版 云南出版集团公司 云南人民出版社
发 行 云南人民出版社
社 址 昆明市环城西路 609 号
邮 编 650034
网 址 www. ynpph. com. cn
E-mail rmszbs@ public. km. yn. cn
开 本 720 × 1010 1/16
印 张 14
字 数 200 千
版 次 2012 年 11 月第 1 版第 1 次印刷
印 刷 云南省印刷技术研究所
书 号 ISBN 978 - 7 - 222 - 10367 - 2
定 价 35. 00 元